Il contesto

121

Francesco Recami

L'educazione sentimentale di Eugenio Licitra

L'Alfasud

Sellerio editore

2021 © Sellerio editore via Enzo ed Elvira Sellerio 50 Palermo
e-mail: info@sellerio.it
www.sellerio.it

Questo volume è stato stampato su carta Arena Ivory Smooth prodotta dalle Cartiere Fedrigoni con materie prime provenienti da gestione forestale sostenibile.

Recami, Francesco <1956>

L'educazione sentimentale di Eugenio Licitra : l'Alfasud / Francesco Recami.
- Palermo : Sellerio, 2021.
(Il contesto ; 121)
EAN 978-88-389-4228-0
853.914 CDD-23   SBN Pal0344381

CIP - *Biblioteca centrale della Regione siciliana «Alberto Bombace»*

L'educazione sentimentale
di Eugenio Licitra
L'Alfasud

I
L'annullarsi del prima nel dopo

Alle 10 di sera il treno sul quale viaggiava Eugenio
Licitra arrivò alla stazione di Santa Maria Novella con
sei ore di ritardo, proveniente da Villa San Giovanni.
Finalmente era a Firenze! Si portava dietro due borse
pesantissime, una piena di generi alimentari, l'altra
contenente almeno una quindicina di libri, quasi tutti
dello stesso autore. In più trascinava una grossa valigia
verde e nera.

Uscito fuori dalla stazione cercò di respirare a pieni
polmoni l'aria toscana. Piovigginava, ma non faceva
freddo come si sarebbe aspettato. Estrasse dalla tasca
del cappotto un foglio di carta ripiegato dove c'era
scritto l'indirizzo e le istruzioni di base per raggiungerlo,
a piedi.

Bastava arrivare alla Fortezza da Basso, costeggiarla,
da lì raggiungere il fiume Mugnone, seguirlo quasi fino
al Ponte Rosso e poi si era dalle parti di piazza Vittoria,
quartieri borghesi riservati e tranquilli, gli avevano detto.

Alla Fortezza passò per un parco con una fontana
secca. C'era una gran sporcizia, tante cacche di cane,
cartacce miste a foglie fradice. Il fiume Mugnone non
era altro che un rigagnolo che scorreva in mezzo a due
mura e un terrapieno. La strada era deserta e silenziosa,
Eugenio si ricordò che in tasca aveva quasi centocin-
quantamila lire, non aveva mai portato con sé una
cifra così grossa, ma chi mai avrebbe pensato che un

diciannovenne meridionale appena sceso dal treno disponesse di tutti quei soldi?

Con il carico che si trascinava dietro impiegò 45 minuti, sudava come in una sauna, con cappotto e sciarpa, la mamma si era tanto raccomandata.

La città lo colse di sorpresa: in giro non c'era nessuno, le strade, buie e anonime, non gli ricordavano la scintillante immagine della capitale della cultura. Poche automobili circolavano incerte.

Attraversò un quartiere tutto sommato triste, amorfo, gli sembrava di essere a Torino o a Mestre, anche se lui in queste due città non ci era mai stato. Proveniva da Ragusa, un viaggio interminabile. La città era scarsamente illuminata e parecchio bagnata, le poche automobili sollevavano una spruzzata di fanghiglia fine che sporcava le scarpe come una patina di melma nebulizzata.

Arrivò a destinazione in via IX Febbraio n. 25, una palazzina grigia di tre piani, in mezzo a edifici della stessa tipologia ma tutti un pochino diversi. La strada era illuminata da un unico lampione, all'angolo.

Accanto al portone c'era una campanelliera con sei pulsanti. Nonostante avesse le chiavi in tasca suonò a quello dove c'erano appiccicati con lo scotch quattro cognomi diversi, fra cui anche Licitra. Non c'era il citofono, erano quasi le undici di sera. Gli fu aperto in un paio di minuti, dopo altre scampanellate.

Salì le scale, l'ascensore era assente, e raggiunse il secondo piano, spossato. Scostò con cautela la porta, entrò piano piano nell'ingresso. Non c'era nessuno ad accoglierlo, ma finalmente poté poggiare a terra il suo bagaglio, togliersi sciarpa e cappotto e riprendere fiato.

L'ingresso era squallido e caotico allo stesso tempo. Per terra erano disseminate masserizie di ogni tipo, due cartelli stradali, un materasso sporco, secchi da imbianchino, scarpe, un tubo catodico, mattoni, mattonelle, una bicicletta da donna e altro. Sulle pareti, che non conoscevano una rimbiancata forse dal dopoguerra, erano attaccati alcuni poster. La maggior parte, sette o otto, riguardavano gli Inti-Illimani. Eugenio a vederli si sentì rinfrancato, come a casa. Anche a Ragusa il gruppo folk-rivoluzionario spopolava a sinistra, simbolo della lotta del popolo contro la dittatura fascista. Nel loro caso quella cilena, dopo il golpe del 1973 di Pinochet. Il gruppo si era felicemente trasferito in Italia, dove aveva fatto fortuna. Non c'era una manifestazione politica o sindacale dove la loro musica non fosse diffusa a tutto volume. *El pueblo unido jamás será vencido* fu la loro hit. Se avessero potuto intascare i diritti SIAE sarebbero diventati ricchi. Erano ubiqui, facevano concerti dappertutto, una volta erano venuti perfino a Ragusa, accompagnati dai loro famosi flauti di Pan andini. Nella sinistra però c'era qualcuno che, di nascosto, accennava alla possibilità che avessero un po' rotto i coglioni. Ma non si poteva certo affermare pubblicamente.

Un altro manifesto, dall'aspetto più recente, era quello del Secondo Congresso di Lotta Continua, a Rimini, novembre 1976. In un altro ancora Niki Lauda, campione mondiale di Formula 1 nel 1975, prima dell'incidente.

Eugenio si guardava attorno, non pareva esserci nessuno. Eppure qualcuno deve pur avermi aperto, pensava. L'ingresso era illuminato, poco, da una lampadina nuda pendente dal soffitto, massimo 25 candele. Che silenzio in quella casa, in quel quartiere, non c'era abituato, tirò un sospiro e restò ad aspettare.

2

Il terribile incidente occorso a Niki Lauda nell'agosto del 1976 avvenne al circuito tedesco del Nürburgring. La sua macchina aveva preso fuoco, e lui era rimasto fra la vita e la morte, in coma, gravemente ustionato. Eppure solo quattro settimane dopo sarebbe tornato in pista al GP di Monza. Un miracolo, visti i danni riportati dal pilota austriaco che sarebbero rimasti scolpiti nel suo volto pieno di cicatrici e bruciature, con il suo orecchio mozzato, con la pelle ulcerata.

Il 24 ottobre 1976 James Hunt si aggiudicò il titolo mondiale piloti di Formula 1, piazzandosi terzo nel gran premio del Giappone. Lauda, in vantaggio, si ritirò al secondo giro, giudicando che la forte pioggia rendesse la gara pericolosa. Invece il gran premio fu fatto correre a tutti i costi. La condotta del compagno ferrarista di Lauda, Clay Regazzoni, fu da alcuni giudicata poco incline al gioco di squadra, dato che la Ferrari non gli aveva rinnovato il contratto.

Nello stesso periodo in Italia chiudeva i battenti Lotta Continua (LC), il più importante dei cosiddetti gruppi, detti in modo denigratorio gruppuscoli, che affollavano il panorama della sinistra extraparlamentare. Nessuno è mai riuscito a contare quante fossero queste organizzazioni, forse migliaia, alcune composte da manipoli di 5 o 6 persone, che anche in questi casi erano travolte da un indomabile spirito frazionistico.

Fra la fine di ottobre e l'inizio del novembre 1976 si ebbe lo scioglimento di LC, dopo il tumultuoso congresso di Rimini. Il quotidiano omonimo non chiuse, rimase attivo per qualche anno in più.

Erano periodi di grandi turbamenti e sommovimenti all'interno della sinistra extraparlamentare, dopo la netta sconfitta elettorale e in tempi di governi di «Non sfiducia», geniale conio terminologico degno del miglior Aldo Moro, quello che si era inventato l'espressione «convergenze parallele» non molti anni prima. Insomma, il PCI sosteneva il governo Andreotti.

Anche a Firenze erano tempi di un sobbollimento politico e di incertezza, fra la tendenza a buttarsi nella lotta armata e altre derive movimentistiche più creative. Qui manteneva la sua forza la Federazione Giovanile Comunista (FGCI), costola giovanile del PCI e consuetudinariamente luogo di formazione delle future classi dirigenti del Partito, nonché fucina di dibattito spostato un po' più a sinistra rispetto alla linea ufficiale espressa dagli organigrammi. Si dà il caso che Eugenio a Ragusa militasse in questa organizzazione.

La FGCI veniva considerata dalla sinistra extraparlamentare una deriva revisionistica, da schifare quasi più del PCI stesso, per il quale peraltro LC aveva dato indicazione di voto alle elezioni di giugno.

Il fatto è che in città il clima era rovente, e se si percepiva lo sbandamento delle forze ex extraparlamentari, altrettanto confusi erano i militanti della FGCI, accusati di essere servi e massa di manovra della DC e non del tutto a torto. Non era facile digerire che, in tempi di scandali per la DC, a partire da quello Lockheed, il Partito Comunista appoggiasse con una trovata parlamentare molto simile a una presa in giro, un governo monocolore DC, guidato dal nemico numero uno, vale a dire Giulio Andreotti. La tensione generale aumentava e si alzava il livello dello scontro.

In questa fase comunque il termitaio a sinistra del PCI era allo sbando e alla disgregazione politica e organizzativa. Paradossalmente e involontariamente la figura che cominciava a diventare più di moda era quella del cane sciolto, ostile a ogni inquadramento organizzativo. Era il momento dei movimenti organizzati che facevano della non organizzazione il loro principio organizzativo.

3

C'erano due ragazzi grandi in cucina. Uno era molto alto e magro, doveva essere Loriano, cioè Loris. L'altro invece era massiccio e non molto alto, doveva essere quello che chiamavano il Saggio.

«Buonasera» disse Eugenio «sono il fratello di Pinuccia».

I due continuarono a fare quello che stavano facendo, senza prestare la minima attenzione all'ultimo arrivato.

Loris aveva davanti a sé la «Settimana Enigmistica» e in mano una matita.

Leggeva a voce alta le definizioni.

«19 verticale. "È un sassolino d'oro"».

«Pepita» disse il Saggio.

«Era facile».

«Lo so che era facile. È facile per te che vedi di quante lettere è».

«Io non lo guardo prima di quante lettere è».

«Va bene, vai avanti».

«10 orizzontale. "Il verso della cornacchia"».

«Aspetta, come si dice...».

«Allora, lo sai o non lo sai?».

«... mmmh, gracchiare, non è gracchiare?».

«No, è cra».

«Come cra?».

«Per forza, è di tre lettere...».

«Vedi che riguardi di quante lettere è?».

Eugenio era un po' perplesso se intervenire o no, Loris riprese a leggere le definizioni.

«Guarda, adesso le lettere te le dico prima così non rompi più i coglioni, stai pronto, che questa è facile...».

«Vaffanculo, sono tre ore che mentre parli ci stai pensando, l'hai già vista da un bel po'».

«Ok. "Una Matilde scrittrice"».

«Serao, stronzo, pezzo di merda, Serao. Beccati questa, Serao, esse, e, erre, a, o. Se-ra-o».

«Serao?».

«Vai tranquillo, stronzo, prendi e porta a casa».

Eugenio avrebbe voluto dire la sua, Serao andava bene, era la risposta giusta. Ma non ne ebbe il coraggio.

Loris pareva incerto. «Fammi controllare, non so se ci sta».

«Come non ci sta? Fammi vedere».

Il Saggio strappò dalle mani di Loris la «Settimana Enigmistica».

«Certo che ci va, è di cinque lettere».

«E se poi non è Serao? Fammelo scrivere a matita, nell'incertezza».

L'altro si stava alterando: «Ora ti rompo il culo... scrivi Serao e non rompere i coglioni...».

«Va bene, va bene, contento te, contenti tutti. Ma se poi non è Serao...».

«Smettila e vai avanti».

«Ma la smetto o vado avanti?».

«Vai avanti... pezzo di merda... sono caldo... vai avanti...».

«E va bene... senti questa... "La città del Maraschino"».

Il Saggio fece una faccia smarrita, mentre poteva vedere che Loris stava già scrivendo.

«Allora, la sai o non la sai?».

Il Saggio rifletteva furiosamente, doveva essere da qualche parte in Jugoslavia.

«Si sa per che lettera comincia?».

«Non dovrei dirtelo, ma comincia per zeta».

«Zagabria, pezzo di merda, Zagabria, e ti vado in culo un'altra volta... scrivi... Zagabria».

«No, è Zara, quattro lettere, Za-ra».

«Stronzo, non me l'avevi detto che era di quattro lettere».

«Ma non ti avevo neanche detto che era di otto».

«Che stronzo...».

«Ma te ci sei mai stato a Zara?».

«No, mai stato a Zara».

«Neanche io, ma mi piacerebbe andarci...».

«Anche a me... ma...» il Saggio si fece meditabondo per qualche istante. «Vabbè, lasciamo perdere questo cruciverba del cazzo».

Guardarono Eugenio, che non aveva proferito parola.

«Io sono Eugenio, sono il fratello di Pinuccia».

«L'abbiamo capito che sei il fratello di Pinuccia, quella furbacchiona. Non lo ripetere un'altra volta».

«Accomodati, vuoi un bicchiere di vino?»

«Grazie, volentieri».

Loris si accese una sigaretta e si mise a osservare da vicino il ragazzo venuto ora ora dalla profonda Sicilia.

Eugenio aspettava che iniziasse la conversazione, di poter dire qualcosa, ma i due se ne restavano in silenzio. Si incantò sulla plafoniera che illuminava il tavolo di marmo.

4

«E così tu saresti il fratello di Pinuccia».

«Sì, sono Eugenio, il fratello di Pinuccia».

Loris guardò il Saggio e scosse la testa.

«E occupi la stanza di Pinuccia finché lei non torna, giusto?».

«Sì, mi sono iscritto all'Università, qui a Firenze».

Loris chiese al ragazzo, pur sapendolo benissimo, quale fosse la Facoltà che avrebbe frequentato.

«Filosofia» rispose il giovane, timoroso.

Anche Loris frequentava la Facoltà di Filosofia, ormai era al quarto anno.

«Bene, allora dimmi le prove dell'esistenza di Dio».

«Cosa? Che c'entra? Perché?».

«Ti iscrivi a Filosofia e non sai le prove dell'esistenza di Dio?».

«Mah, beh, che c'entra, io per filosofia intendo tutta un'altra cosa...».

«Ah, tu intendi un'altra cosa. E cosa intendi per filosofia?».

«... Intendo, mah, studiare altre cose...».

«E quali cose intendi studiare, allora?».

«Altre cose, più, più...».

«Per esempio?».

«Mah, il pensiero, il pensiero moderno, il pensiero contemporaneo, la critica, la filosofia della prassi...».

«La filosofia della prassi?».

«Sì, per esempio la filosofia della prassi».

«E tu che ne sai della filosofia della prassi?».

«È la filosofia che ti porta all'azione, non quella astratta e metafisica».

«E quale sarebbe quella astratta o metafisica?».

«Quella che parla di concetti idealistici, astratti».

«La filosofia parla? Fammi un esempio di un concetto astratto e di un concetto concreto».

«Ma ora che c'entra, è chiaro che...».

«Allora, questi esempi?».

Il Saggio lasciava correre, non era interessato.

«Mah, astratto per esempio è il concetto di "essere"».

«E concreto? Vorresti forse dirmi che il "non essere" è concreto?».

«No, insomma, ci sono concetti concreti».

«Dimmene uno».

«Per esempio quello di "classe"».

«Ah, secondo te il concetto di "classe" sarebbe concreto?».

«Beh, sì, insomma, è concreto».

«Che cosa intendi per classe? Non ti pare che invece sia un concetto astratto, come quello di "insieme", o quello di "genere" o quello di "specie"?».

«Ma io per "classe" intendo la classe operaia, è concreto, no?».

«Ah, a te il concetto di classe ti sembra concreto?».

«Ma certo, ma come...».

«Ma tu l'hai mai vista, la classe?».

«Che discorsi, ho visto gli operai...».

«Tutti insieme? Tutti tutti tutti?».

«Ah no, ne ho visti alcuni, la classe li raccoglie».

«Così non l'hai mai vista la classe».

«Ma sì, è l'insieme degli individui, non li posso vedere tutti».

«Allora hai visto degli individui che fanno gli operai. E con questo avresti visto la "classe". Non pensi che per passare al concetto di classe tu abbia dovuto fare un'astrazione?».

«Come un'astrazione, un'astrazione hegeliana?».

«No, babbeo, un'astrazione logica».

«Secondo la Logica hegeliana?».

«No, secondo la logica e basta. "Classe" non è un concetto concreto, e questo lo troverai scritto in qualsiasi dizionario filosofico, che ti consiglio di procurarti immediatamente».

«Ma io...».

«Senti, vatti a studiare le prove dell'esistenza di Dio, domani, se non ho troppo da fare, te le risento. Hai portato i soldi dell'affitto?».

«Beh, certamente». Eugenio si affrettò a tirare fuori il portafoglio.

Il Saggio aprì il frigo e mostrò al siciliano come era suddiviso: la zona di Loris (occupata da una grossa scatola dotata di lucchetto), la zona di sua spettanza, con un avanzo di stracchino e un barattolo di marmellata vuoto, e la zona di Pinuccia.

«Il quarto inquilino, che si chiama D., ha un frigo personale in camera sua. Adesso seguimi bene perché ripeterò una volta sola... In bagno il tuo turno è il primo, dalle sette e trenta alle sette e 45, e cerca di non fare troppo rumore. Puoi usufruire della cucina dalle 12 e trenta alle 12 e 45 oppure dopo le 14 e trenta. Puoi cucinarti i tuoi cibi, olio, sale e altre spezie fanno parte delle spese comuni, per il resto veditela da te. Versa immediatamente 2.500 lire per la cassa comune che è quella scatola di latta lì».

Nella scatola c'erano 250 lire.

«Ma perché lo chiamate D.?»

«È una storia lunga. Ti basti sapere che il suo è un nome innominabile».

Alle due di notte il nuovo venuto fu accompagnato nella sua stanza, cioè quella di sua sorella. Eugenio si trascinò dietro la sua grossa valigia e le due pesantissime borse. Quando entrò ebbe una sensazione di smarrimento.

«Buonanotte» gli disse il Saggio, che era persona educata. In mano aveva un libro giallo, *Addio, mia amata*, di Raymond Chandler. Eugenio prese contatto con la sua camera, tre metri per tre metri e quaranta.

Il fatto era, come si è detto, che ufficialmente era la stanza di sua sorella, la quale poteva, anzi avrebbe dovuto, tornare da un momento all'altro, e che aveva decorato l'ambiente a suo modo, allo scopo di dare un'impronta decisamente femminile all'arredo, per distinguersi nettamente dalla sciatteria e dal disordine dei suoi coinquilini maschi. Non aveva avuto molto tempo per rendere «sua» la stanza, solo qualche giorno, ma aveva fatto in tempo a installare delle tendine operate rosa. Le tende abbellivano la finestra e soprattutto dovevano celare la camera di una ragazza da sguardi indiscreti. Aveva realizzato una piccola libreria con tavole di legno e mattoni, dei foratoni trovati in un cantiere vicino. Sul letto aveva disperso cuscini fantasia molto leggiadri, alcuni riproducevano motivi hippie-floreale, altri disegni geometrici grecizzanti; di entrambi gli stili Eugenio si sarebbe vergognato moltissimo, pur senza poterli rimuovere. Anche l'abat-jour fatto di carta color salmone dipinta a mano, con raffigurazioni di scene d'amore, lo metteva a disagio: la lampada diffondeva nella stanza una luce rossastra da postribolo e rimandava sul muro sagome antropomorfe di dubbio gusto.

La ciliegina sulla torta era un poster del famoso cantante Maurizio Arcieri, l'idolo di sua sorella, che da quando aveva 15 anni sbavava per lui, fin dai tempi di *Cinque minuti e poi*. La star adesso aveva appena intrapreso la «carriera solista». Il poster raffigurava il biondo cantante in una posa ammiccante e sexy, foto che probabilmente risaliva ai primi anni Settanta, ancora lontani dal successo ottenuto dallo stesso artista proprio l'estate appena scorsa, al Festivalbar, con la canzone *Amore*, anche se lì si presentava in duetto, con una sciacquetta, secondo Pinuccia, probabilmente la sua fidanzata, una che si chiamava Christina. In tutti i casi Eugenio era certo che di quel poster c'era da vergognarsi, lo terrorizzava l'ipotesi che si facessero illazioni sui suoi gusti musicali, e soprattutto su quelli sessuali. E se un giorno, facciamo il caso, fosse riuscito a portare una ragazza nella sua stanza, che cosa avrebbe pensato lei di quella faccia un po' bisex di Maurizio, per non parlare della lampada salmonata e delle tendine rosa?

Ma di fatto non poteva rimuovere niente, tutto doveva rimanere com'era perché... sua sorella poteva tornare da un momento all'altro. E sapeva che la sua permanenza in quell'appartamento era appesa a un filo.

Si accasciò sul letto, non era nemmeno rifatto, si addormentò all'istante, era in giro da 36 ore. Ma com'è che quella stanza ufficialmente era di sua sorella?

Nell'estate dello stesso anno il precedente occupante della stanza piccola, Biagio, detto Biaggio, uno studente di Scienze politiche, se ne era andato senza troppe giustificazioni, lasciando fra l'altro svariate quote delle sue bollette da pagare. Il Saggio e D., gli intestatari del contratto, decisero di procedere con i piedi di piombo nella valutazione di un futuro candidato a occupare la stanza.

Purtroppo per loro non disponevano di nessuna difesa di fronte all'eventualità che a proporsi fosse una ragazza, e neanche male. Si chiamava Pinuccia ed era siciliana, iscritta al terzo anno di Lingue. Dunque in quella casa sarebbe venuta a stare una donna, il che di per sé magari non significava niente, se non doversi controllare un po' di più nell'uso del bagno e in certe libertà di abbigliamento o di comportamenti domestici, ma una ragazza conosce e frequenta altre ragazze e questa prospettiva da sola bastò. Pinuccia disse di essere indifferente a coloro con cui conviveva, bastava che non la importunassero e non facessero troppa confusione di notte e che non esagerassero con le flatulenze.

Nessuno sollevò obiezioni, anzi c'era una grande attesa per il momento in cui lei avrebbe preso possesso della stanza, il che avvenne nell'ottobre del 1976.

Il Saggio, D. e Loris all'epoca giocavano a fare i gentiluomini, era tutto ben accetto, erano super disponibili ad aiutarla a portare su alcuni mobiletti.

Dopo aver fatto il trasloco la ragazza se ne tornò a casa in Sicilia, ma presto venne fuori la novità: se ne sarebbe andata a Bologna per un periodo, la stanza la lasciava al fratello, che nel frattempo si era appena iscritto al primo anno di Lettere e Filosofia.

Una trappola, una vera trappola, quelli lo sapevano benissimo, era chiaro, ma a questo punto, cosa fare?

Per questo motivo l'accoglienza nei confronti del fratello di Pinuccia, che da quel momento fu lapidariamente chiamato il Ragazzo, fu di primo acchito fredda e diffidente.

5

La mattina seguente il Ragazzo si recò, per la prima volta, in Istituto. Era molto emozionato, lui che veniva dalla Sicilia più profonda, a trovarsi nella culla del sapere. L'Istituto di Filosofia della Facoltà di Lettere e Filosofia era situato in un antico monastero, sui primi rilievi di via Bolognese. L'interno era dominato da un amplissimo corridoio, lungo il quale svariate porte in legno conducevano ad aule e aulette. Ma il cuore pulsante della Facoltà era il corridoio, veniva attraversato in su e in giù da studenti, professori e assistenti, tutti impegnati in meditabonde conversazioni, come al Liceo o all'Accademia o alla Stoa, fotocopie alla mano. Probabilmente per essere ammessi a queste discussioni occorreva essere un laureando.

Il primo contatto con l'Istituto di Filosofia lo portò a essere in parte motivato e in parte disorientato. C'erano molti corsi interessanti e fu piacevolmente stupito dell'orientamento generale. L'insegnamento di Filosofia morale aveva come tema «La dialettica nella logica di Hegel». Quello di Filosofia della storia trattava del giovane Marx, con particolare attenzione ai *Manoscritti economico-filosofici*. Storia della Filosofia era sulla «Sinistra hegeliana». Chi avesse seguito Filosofia antica quest'anno aveva un corso su «La dialettica in Platone e Aristotele». Un altro insegnamento di Storia della Filosofia aveva come titolo: «Critica dell'epistemologia capitalistica: da Mach a Lenin».

Antropologia culturale: «Antropologia e modi di produzione». Filosofia politica: «G. Lukács da *Storia e coscienza di classe* alla *Distruzione della ragione*». Psicologia: «La critica marxista al pensiero di Freud». C'era solo un insegnamento che si discostasse un po' dall'orientamento generale prettamente marxista – il Ragazzo già sapeva della enorme, più che enorme differenza fra marxista e marxiano – ed era quello di Filosofia teoretica: «L'idea di Dio in Peirce e James». Il Ragazzo non sapeva chi fossero.

In effetti c'era l'imbarazzo della scelta, al neoiscritto dispiacque un po' che non ci fosse niente su Gramsci, il pensatore che conosceva meglio, per suoi interessi personali, a scuola non ne avevano neanche parlato. In effetti non è che al liceo i suoi studi filosofici fossero stati molto regolari. Aveva cambiato cinque professori in tre anni e si erano fermati a Hegel, non approfondito granché, visto che alla maturità Filosofia non era compresa fra le materie d'esame.

Decise, forse proprio per colmare questa lacuna, di intraprendere «Morale sulla dialettica in Hegel», «Filosofia della Storia sul giovane Marx», e magari, se gli ci rientrava, anche Antropologia, esame, a quanto gli avevano detto altri studenti che osservavano gli stampati attaccati in bacheca, «più leggero».

Eugenio tornò a casa eccitato e ottimista poco dopo mezzogiorno. In casa non c'era nessuno.

Dalla sua riserva di provviste estrasse un barattolo di salsa di pomodoro preparato dalla mamma, il pezzo di guanciale speciale e mezza forma di pecorino romano.

Entrò in cucina e in un primo momento gli si piegarono le gambe: il tavolo era coperto da tazzine da caffè, cartacce, pacchetti di sigarette vuoti, posacenere pieni ecc. Il lavabo era ricolmo di piatti e pentole sporchi.

Si mise subito al lavoro, voleva fare bella figura. In un quarto d'ora lavò stoviglie e padelle, dopodiché mise l'acqua a bollire e il guanciale tagliato a liste sottili ad abbrustolirsi in padella.

Dette una pulita al tavolo di marmo e apparecchiò per tre. Trovò una confezione di penne Barilla nel carrello di rete metallica definito la dispensa.

Quando Loris e il Saggio arrivarono in cucina verso le 14 si guardarono intorno, videro la cucina tirata a lucido e messa in ordine ed ebbero un mancamento. Sbalorditi rimasero quando il Ragazzo scodellò in tavola le penne all'amatriciana e ancora più sbalorditi quando lo stesso offrì loro un vino del ragusano, un Cerasuolo. Temettero che fosse un sogno, eppure, affamati com'erano, l'amatriciana la mangiarono in pochi minuti, ed era reale.

Il giovane avrebbe fatto qualsiasi cosa per rendersi amici i due, i quali peraltro gradirono molto, pur mantenendo un atteggiamento distaccato. Eugenio mise in tavola del pane cunzato e olive.

Alla fine del pranzo si godettero tre sigarette, senza dire niente.

In cucina entrò un individuo in accappatoio, fresco di doccia, con la copia di «Lotta Continua» sottobraccio. Il Ragazzo pensò si trattasse di D., l'ultimo inquilino dell'appartamento. Loris e il Saggio fecero come se non fosse entrato nessuno.

«Ah, siete qua, fresconcelli, voi che pensate solo a mangiare e a farvi le seghe. Io invece sono distrutto, ho scopato tutta la notte». Si toccava le reni ripiegandosi un po' all'indietro, per chiarire la situazione. «Quella lì ci ha il diavolo addosso, ne abbiamo fatte quattro ma ne voleva ancora, ma che cazzo...».

Sapeva di infastidire il Saggio, che si sarebbe accontentato di farsene una, ma che comunque restava impassibile.

«Che cazzo, queste non vogliono altro che scopare, e poi vengono a fare le femministe. Ma quali sono le loro rivendicazioni? Cazzo per tutte! E noi glielo diamo, no? Che dobbiamo fare, glielo diamo, anche se ci distraggono dalla lotta. Oggi, per esempio, c'è un'assemblea all'Istituto Tecnico dove bisogna fare presenza, ma chi cazzo ne ha voglia? Vuoi venire con me? Certo ai tecnici di ragazze ce ne sono poche... ma voi, figgicciotti, almeno scopate? Ah ah, ah, ma no, voi ve la fate mettere in culo dal compagno Berlinguer, che vuole fare il governo con Andreotti, ma che bellezza!».

Il Saggio se ne stava in silenzio, non reagiva alle provocazioni, sapeva che D. cercava di metterlo in difficoltà, ma d'altronde sulla questione del governo di «non sfiducia» non è che avesse molto da rispondere.

«E questo chi è?».

«Sono il fratello di Pinuccia, occupo provvisoriamente la sua stanza».

D. lo guardò con disprezzo.

Quando uscì dalla cucina il Saggio sputò per terra e Loris fece un gestaccio.

Poi si chiarirono col Ragazzo.

«Ricordati bene. O con lui o con noi».

La risposta fu un gesto di assenso, come se avesse capito.

I due si chiusero in un silenzio al quale lui non era abituato. Il Saggio prese a fare un solitario con le carte, Loris leggeva un giornale sportivo di qualche giorno prima. Eugenio, per non saper che fare, si mise a lavare i piatti, ma quel silenzio lo inquietava, non riuscì a non romperlo.

«Ehi, vi piacciono i giochi di intelligenza?»
Il silenzio non si ruppe.
«Insomma, i quiz di intelligenza, li sapete?».
«Gli indovinelli?».
«No, i quiz di intelligenza».
«Boh».
«Allora, senti questo» disse a Loris «ma se lo conosci già dimmelo che se no non sa di niente».
«Va bene».
«Allora, tu sei alla guida di un autobus, lo conosci?».
«No, non lo conosco».
«Se lo conosci dimmelo, devi dirmelo, che soddisfazione ti può dare l'idea di fregarmi, quando lo conosci già?».
«Ti dico che non lo conosco».
«Insomma, su questo autobus alla prima fermata salgono 5 persone, è tutto chiaro? 5 persone».
«Va bene, vai avanti».
«Alla seconda fermata salgono 3 persone e ne scende una. Ok?».
«Ok».
«Alla terza fermata salgono 4 persone e ne scendono 2. D'accordo?».
«D'accordo».
«Alla quarta fermata salgono 2 persone e ne scendono 3».
«Va bene».
«Alla quinta fermata sale una persona sola e ne scendono 3. Ci siamo?».
«Ci siamo».
«A questo punto ti chiedo: come si chiama l'autista?».
E mentre lo diceva se la rideva fra sé, Loris sembrava confuso, in mezzo ai calcoli.

«Come si chiama l'autista, hai detto?».

«Sì, esattamente: come si chiama l'autista?».

«Loris, si chiama l'autista, e come si deve chiamare?».

Il Ragazzo ci rimase male, ma non ebbe il coraggio di dire a Loris che era uno stronzo bastardo e figghio di bottana, perché il quiz lo conosceva già. Finì di lavare i piatti.

6

Nel pomeriggio il Ragazzo si chiuse nella sua stanza, sistemò i libri nella scaffalatura improvvisata. La sua formazione intellettuale era, fino a questo momento, prettamente gramsciana. Ne possedeva diversi libri, almeno tre dei *Quaderni del Carcere*, quello sugli Intellettuali, quello sulla Questione Meridionale e le famose Note sul Machiavelli.

A quell'epoca Gramsci era tornato prepotentemente alla ribalta, e ciascuno lo tirava per la giacchetta, appropriandosene come meglio credeva: dalla sinistra più estrema a quella più conservatrice, vale a dire il PCI.

Per Eugenio Gramsci era il Platini del Comunismo mondiale, in particolare era sensibile alla centralità del Partito, come mediatore della «separazione» della classe, ma anche come vettore della lotta sovrastrutturale. A questo proposito trionfava l'argomento dell'«intellettuale organico» che convinceva molto il Ragazzo, tanto da coinvolgerlo personalmente. C'era una mai sopita polemica allora sugli intellettuali medio o piccolo borghesi, che si riempivano la bocca di frasi proletarie, ma che un operaio non l'avevano mai visto in vita loro. Passavano il loro tempo a leggere «Rinascita» e «Critica marxista», e usavano grandi paroloni, ma in realtà avevano la pancia piena e i termosifoni caldi. La matricola sapeva trattarsi di una polemica becera e strumentale, certamente la classe operaia aveva bisogno dell'appoggio del ceto intellettuale,

32

ma questi discorsi un po' li subiva, soprattutto quando li facevano i suoi genitori. Costoro avevano acconsentito a che il loro figlio si iscrivesse a Lettere e Filosofia perché tutto sommato per loro avere in famiglia un insegnante di Lettere, soprattutto di Storia, era una buona e solida prospettiva, ma sugli intellettuali improvvisati paladini della classe operaia esprimevano pareri piuttosto sommari. C'è da aggiungere che il padre del Ragazzo possedeva una ben avviata attività commerciale, alcuni negozi di abbigliamento, uno a Ragusa centro, uno a Ragusa Ibla e un altro aperto a Marina di Ragusa. I due fratelli maggiori erano già stati inseriti a lavorare in bottega, e non dispiaceva ai genitori di avere un «professore» in famiglia, secondo un atteggiamento forse tipicamente meridionale. Inoltre il più piccolo dei Licitra aveva sempre dimostrato una propensione per le materie umanistiche, ottenendo ottimi voti a Italiano e a Storia, e loro lo vedevano bene come professore di Storia, da loro riconosciuta come materia utile e legittima. La Filosofia no, per loro erano solo discorsi, ma di preciso non avrebbero mai conosciuto il piano di studi del figlio.

La teoria gramsciana dell'intellettuale organico salvava per il Ragazzo capra e cavoli, la classe operaia aveva bisogno di un ceto intellettuale che la aiutasse a fornirsi di un livello scientificamente più alto di conoscenze e di consapevolezza: e questa, nel suo intimo, era la prospettiva. Perciò bisognava essere preparatissimi, i migliori, per permettere al proletariato di vincere scientificamente. La teoria del «primi a scuola, ultimi nella vita» non aveva ancora trionfato nel ceto politico.

Ricapitolava mentalmente i nomi dei più grandi teorici e attivisti del marxismo, e nessuno di questi veniva dalle classi povere: Lenin, Togliatti, Sorel, Bordiga, Gramsci,

Berlinguer, eccetera, tutta gente che aveva studiato, e in qualche modo dotata di mezzi; vogliamo dimenticarci degli stessi Marx e Engels? E anche il mitico Ingrao, partigiano e leader assoluto della sinistra vera del PCI, non era forse figlio di proprietari terrieri? Bisognava allora tappargli la bocca?

Solo che adesso il messaggio gramsciano sembrava un po' sbiadito: come rientrava nelle sue vedute la «non sfiducia» al governo Andreotti? Come la si poteva giustificare, in base a quale disegno tattico o strategico?

A Ragusa Eugenio Licitra, in quanto membro del Collettivo politico, si sentiva un estremista al limite dell'illegalità. Ma qui, nella città cosmopolita, capitale della cultura e delle lotte, crogiuolo di elaborazione politica e di idee nuove, avrebbe capito che stare a sinistra poteva significare tante cose, e per quanto uno potesse pensare di essere più a sinistra di tutti, c'era sempre qualcuno che si trovava più a sinistra di lui. E di essere simpatizzante della FGCI, c'era forse da cominciare a vergognarsi?

7

D. stava uscendo quando nell'ingresso suonò il telefono. Rispose.

«Pronto».

«Pronto, sono la madre di Euggenio, Euggenio ci sta?».

«Buongiorno signora, e chi è Eugenio?»

«È mio figlio».

«Sì, ma chi è, perché lo cerca qui?».

«Oh Signore mio, Euggenio non arrivò?».

«Non lo so, non so chi sia».

«Dovrebbe essere arrivato per stabilirsi in quell'appartamento».

«Eugenio? Non lo conosco, e io abito qui».

«Prese il treno dalla Sicilia, e questo è il numero che mi dettero».

«Ma è amico di chi?».

«Amico? In che senso?».

«Perché dovrebbe essere qui? Signora, ho da fare».

«Ma è sicuro? Sbagliai numero?».

«Aspetti che sento».

D. fece un urlo verso la cucina.

«C'è un Euggenio qui?».

Eugenio corse nell'ingresso.

«È per me».

«Pronto, sono Euggenio».

«Ah, Euggenio mio, mi dissero che non c'eri, allora arrivasti?».

«Certo, mamma, sono qui, arrivai».

«E come stai, stai bbene?».

«Sto bene, tutto a posto».

«Fa freddo?».

«No, piove solo un po'».

«Oddio, piove?»

«Sì, mamma, piove, qui piove».

«Piove molto?».

«Eh sì, qui di questa stagione piove».

«Oh mamma mia, e tu non tieni neanche l'impermeabile. E l'ombrello lo tieni?».

«Mamma, ho tutto quello che mi serve».

Seguì qualche secondo di silenzio.

«E chi era quel signore che mi rispose prima? Non ti conosce?».

«È un altro studente che vive in questo appartamento».

«E perché a te non ti conosce?».

«È da poco che sono qui, non si ricordava come mi chiamo. Poi lui quando sono arrivato non c'era».

«E dov'era?».

«Non lo so, mamma».

«È del Nord?».

«No, mamma, è pugliese».

«Ah... mangiasti?».

«Sì, mamma, ho mangiato, voi state tutti bene?».

«Inzomma...».

8

Eugenio, seduto sul baule vicino all'apparecchio telefonico, vide la porta a vetri gialli della stanza del Saggio, che dava sull'ingresso, probabilmente una volta era un salotto. Era socchiusa, in casa c'era solo lui. Così la aprì, giusto per dare un'occhiata. Un odore fortissimo di sudore, acidità di stomaco, biancheria sporca gli tolse il respiro. Entrò.

Spesso per spiegare il difficile concetto di entropia si ricorre all'esempio della stanza disordinata, della cameretta di un adolescente. Si parte da un'immagine di una stanza ordinata, dove tutti i libri sono al loro posto nella libreria, le matite negli astucci e nell'apposita vaschetta, i giochi nello scatolone, il tappeto piazzato senza pieghe, eccetera eccetera. Questa configurazione dovrebbe dare il senso di ordine. Come si sa l'entropia è una misura del disordine, o del grado di dissipazione dell'energia, direttamente proporzionale al disordine. Allora tutti sanno che una stanza, se non ci sono interventi esterni che richiedono ingenti apporti di energia provenienti necessariamente da fuori del sistema, tende ad assumere un aspetto, e non solo quello, profondamente disordinato. Ecco, quando si vuole spiegare cos'è l'entropia si fa menzione di una tendenza naturale al disordine, che non richiede investimento energetico, ma procede autonomamente, e se l'energia non la richiede, è pur vero che la disperde. La tendenza naturale porta al caos, secondo l'etimologia «voragine sbadigliante», nel quale le distinzioni, le collocazioni dei vari oggetti, tendono a perdersi, e tutti i materiali normalmente disposti ciascuno nella sua corretta posizione si mischiano, si confondono, in terra, sul letto, sul tappeto.

Fatta questa premessa la stanza del Saggio spingeva i concetti introdotti precedentemente al limite. La parola caos non si attagliava a riassumere la situazione, è troppo semplice. La stanza era più simile a una discarica, dove la roba rovesciata sul pavimento superava in quantità quella appoggiata su altri supporti, era come se ci fosse stato il terremoto e la maggior parte degli oggetti fosse cascata per terra. In mezzo alla stanza c'era un tavolino, che emergeva fra mucchi di materiali vari, era impossibile camminare, trovare un buco dove infilare un piede. Sopra il tavolino troneggiava un unico imponente volume, il manuale di Anatomia patologica, testo sul quale il Saggio stava studiando intensamente da cinque mesi. Non faceva mai entrare nessuno nella sua stanza, ma se qualcuno avesse goduto del privilegio, avrebbe avuto, vedendolo che studiava assiso al suo tavolino, spesso a torso nudo, possente, l'impressione di un altare sacrificale eretto su un campo di battaglia nel Peloponneso in mezzo a migliaia di vittime. Fra queste nessuna si lamentava, non c'erano fumi e odore di sangue, la battaglia evidentemente aveva avuto luogo molte settimane prima, il che spiegava l'inconfondibile afrore.

In un angolo della stanza c'era una vecchia televisione, collegata ad una antenna portatile. Si diceva – a Eugenio glielo aveva detto Pinuccia – che il Saggio, nelle lunghe sedute di osservazione televisiva, per poter ottenere un segnale dovesse brandire l'antenna portatile fuori dalla finestra. Nel cuore della notte, pareva, in molti, guardando in su dalla strada, si erano chiesti che cosa facesse quell'ombra robusta estrudendo un'antenna televisiva, tenendola ferma, immobile, direzionata, come se cercasse di captare dei segnali clandestini e/o alieni dallo spazio.

Il Ragazzo tornò in camera. C'erano da studiare le prove dell'esistenza di Dio.

9

L'orologio in cucina segnava le venti e quindici. Eugenio, solo, si stava preparando due uova fritte con un po' di salsa di pomodoro. Aveva comprato mezzo chilo di pane. Quel pane non sapeva di niente, era insipido.

Alle nove entrò in cucina Loris, ed estrasse dal frigo la sua scatola di provviste. Aprì il lucchetto. Prese del salame e un pezzo di formaggio, si servì del pane del Ragazzo, evidentemente era incluso nella cassa comune.

Non parlò.

Dopo un quarto d'ora Loris richiuse la scatola a chiave e la ripose in frigorifero. Chiese a Eugenio la prova ontologica dell'esistenza di Dio.

Quello gliela disse, l'aveva imparata a memoria.

Arrivò il Saggio, si affacciò alla porta proprio mentre il Ragazzo pronunciava la frase: «Negare l'esistenza di ciò di cui non si può pensare nulla di maggiore è una contraddizione».

Scosse la testa e se ne andò in camera, a telefonare. A quanto aveva detto Pinuccia il Saggio passava tutte le sere, dalle 21.30 alle 23, a telefonare alla sua ragazza, che abitava a Roma. Per cui il telefono non era disponibile in quell'intervallo di tempo.

In effetti pareva che spendesse tutti i suoi soldi in telefonate interurbane. Che si saranno detti in quelle ore? Era un mistero. Se qualcuno osava alzare la cornetta per controllare se il telefono si era liberato si sentivano dei grandi silenzi, interrotti solo dagli improperi del Saggio rivolti a colui che si era introdotto nella telefonata.

«E la prova morale?».

Il Ragazzo fece un'espressione smarrita, ma presto riaffiorò che: «è conveniente e necessario per l'uomo credere in Dio».

«Mmmhhh...».

Loris disse che per ora poteva bastare e andò in camera sua a lavorare a quello che sapeva lui, in mano aveva certi pezzi di ricambio cosparsi di morchia.

L'altro dette una riassettata e poi si richiuse nella sua stanza, a leggere.

Dal Saggio aveva trovato un romanzo che si intitolava *La nausea*. Sul comodino c'era *Il grande sonno*, manco a dirlo di Chandler.

Erano le undici e trenta passate quando Loris entrò senza bussare: «Muoviti, usciamo».

Per il Ragazzo questa intimazione risultò come musica celestiale, non se l'aspettava. Era stato accettato dai grandi?

«Usciamo? E dove andiamo?».

«Da nessuna parte. Usciamo e basta».

Uscirono in tre con l'idea di farsi una girata in macchina, la Seicento, senza una meta precisa. Potevano fare il solito giro dei viali, alla ricerca della prestazione, ma non erano di grande umore, Loris si limitò a immettersi nel viale Lavagnini procedendo in terza velocità a bassi regimi. Il viale era avvolto da una sottile nebbia umidissima, che rifrangeva la luce dei lampioni diffondendola a macchie sull'asfalto bagnato. Le strade erano deserte, come sempre a quell'ora. La marmitta svuotata faceva il suo dovere e il rombo della Seicento D truccata si poteva percepire a notevole distanza.

Sui viali di circonvallazione la Seicento transitava a caccia di una preda. Finalmente, a un semaforo, si affiancò un'Alfasud rossa con a bordo tre ragazzotti «perbenino», si sentiva la musica dell'autoradio da un chilometro. Loris dette una sgassata e il rombo esasperato della sua FIAT coprì la musica per qualche istante. I tre giovani si girarono sorpresi, e dettero un'occhiata di scherno alla Seicento beige, un modello del 1963. Loris non desiderava altro. Innestò la prima e continuò a sgassare. Al verde partì come una schioppettata, quei gonzi non se lo aspettavano, la Seicento gli aveva preso una trentina di metri, ma subito c'era un altro semaforo rosso, dove attenderli. Quelli erano tutti infoiati e desiderosi di rivincita. Scattò il verde e partirono a tutta manetta, ma in accelerazione, almeno per i duecento metri fino al rosso successivo, la Seicento non perdonava. Aspettò l'Alfasud al semaforo seguente. Loris sapeva che su una distanza più lunga non avrebbe avuto speranze, almeno prima di montare il kit che stava aspettando, quello della Abarth 850 TC. Al nuovo semaforo fece una finta, scattò di qualche centimetro prima dell'arrivo del verde. Quelli abboccarono e partirono a tutta velocità, poi si resero conto che era ancora rosso, e dovettero inchiodare nel mezzo del crocevia, per evitare di prendere in pieno una Prinz 1200. L'Alfasud si mise di traverso. Nel frattempo la Seicento scattò, ma senza tirare troppo le marce. Si fermò all'altezza dell'Alfasud, i tre coglioni erano scesi, facendo finta di non essere stati umiliati.

Loris aprì lentamente il finestrino, serio e trionfante.

«Ti faccio un culo che non ti immagini».

«Quando vuoi e dove vuoi» gli disse un bellimbusto con un golfino color salmone.

Il Saggio scrisse il numero di telefono su un foglietto e glielo allungò.

Ma il conducente della Prinz aveva da recriminare, sosteneva che lo avevano urtato. Pareva di no, ma il tipo aveva varie ammaccature sul paraurti anteriore, secondo lui erano nuove.

Mentre quelli discutevano, la Seicento come un leopardo che fa le fusa si incamminò verso via Reginaldo Giuliani, i tre erano soddisfatti e gasati.

Nessuno diceva niente, ma la gioia era nell'aria.

Giunti in località Osmannoro il Ragazzo cercò di rompere il silenzio.

«Ce n'ho uno nuovo» disse a Loris «però se lo sai dimmelo subito se no non c'è gusto».

«E come faccio a sapere se lo so già, tu dimmelo, ma poi non ti lamentare se lo indovino».

«Eh già, tanto ora te lo dico e tu non sei mica scemo, anche se lo conosci già non lo ammetti».

«Vabbè, se la pensi così allora non ne facciamo niente».

Il Saggio stava in silenzio, con un'espressione disgustata sul volto.

La Seicento si trovava ora a transitare in un viale alberato deserto, dalle parti di Calenzano.

«D'accordo, allora, prova a ripetere la parola "gialleggia" tante volte di seguito. La sai?».

«No, non la so, cos'è che devo fare?».

«Devi ripetere "gialleggia" tante volte».

«Come?».

«Gialleggia, gialleggia, gialleggia...».

«Ma è una cazzata...».

«Dai, comincia...».

«Gialleggia, gialleggia, gialleggia...».

«Ancora...».

«Gialleggia, gialleggia, gialleggia, gialleggia, gialleggia...».

«Più svelto...».

«Gialleggia, gialleggia, gialleggia, gialleggia, gialleggia...».

«Ancora, non ti fermare...».

«Gialleggia, gialleggia, gialleggia, gialleggia, gialleggia, gialleggia...».

«Allora, che cosa fa un sasso in mezzo al mare?».

Loris non ci pensò un attimo: «Va a fondo».

«Vaffanculo! La sapevi, la sapevi già, stronzo...».

«No che non la sapevo...».

«Ma certo che la sapevi... l'avevi già sentita... mi prendi per un cretino?».

«Non dico di no, ma ti dico che non la sapevo...».

«Ma te... tutti dicono "galleggia"...».

«Tutti chi... sei tu che mi prendi per un cretino».

«Tu la sapevi... di' la verità...».

«No, non la sapevo... e poi sei tu che vuoi fare questi giochetti del cazzo, e dopo te la prendi».

«Ok, basta, non ne faremo mai più».

Il Ragazzo rimuginava cercando uno sguardo di intesa con il Saggio, che era indifferente a quei giochi e non fece commenti. La Seicento ora stava transitando fra Sesto e Campi, in mezzo a strade sconnesse, male illuminate, desolate.

10

La FIAT Seicento era entrata in produzione nel 1955 con un motore che sprigionava 21,5 cavalli vapore e permetteva di toccare i 90 km all'ora. Nel corso degli anni i modelli erano stati potenziati e modificati. Parallelamente la ditta Abarth ne costruiva delle versioni elaborate. Mise in circolazione dei kit, definiti «Cassetta di derivazione», in cui c'era tutto l'occorrente per trasformare la propria Seicento standard in una bomba.

Loris possedeva una Seicento D del 1963, dotata di partenza di un motore di 750 cc e in grado di raggiungere i 110 km/h, ma sognava una cassetta, per trasformarla nella FIAT Abarth 850 TC, mostro che superava i 50 cavalli di potenza e raggiungeva i 138 km/h. In attesa del kit si era un po' arrangiato con elaborazioni cosiddette casalinghe.

Aveva trovato un carburatore doppio corpo e la proverbiale coppa dell'olio ribassata con scritto sopra Abarth, ma soprattutto aveva sostituito il dispositivo di scarico, cioè aveva montato una spettacolare marmitta a doppia uscita. Naturalmente aveva dotato il mezzo di quei supporti indispensabili per tenere il portellone posteriore perennemente aperto e distanziato dal vano motore, in modo da migliorare il raffreddamento. In effetti quello doveva essere il problema principale delle piccole FIAT truccate, che portando il motore a prestazioni non previste, lo surriscaldavano.

Nell'estate del 1976 Loris era riuscito a assemblare queste parti sulla sua Seicento, e quando l'aveva messa in moto per la prima volta gli venne quasi da piangere. Il motore rombava gioioso, le prestazioni assai migliorate. Lui sosteneva, forse esagerando un po', di aver raggiunto in autostrada la velocità di 127 chilometri all'ora, e sul percorso da casa a Firenze, scalando il passo appenninico della Colla di Casaglia, era stato in grado di spuntare un 2 h e 9', di tutto rispetto, nonostante ritenesse che una volta montato il kit Abarth 850 TC sarebbe sceso con facilità sotto le due ore.

La caratteristica più saliente della sua Seicento era il rumore. Non ci sono parole, metafore, stratagemmi narrativi, enfasi liriche sufficienti, il rumore leggendo un libro non si sente. Peccato, perché ne varrebbe la pena. Per Loris il rumore della sua Seicento era poesia pura, una poesia di grande impatto, più epica che lirica, e ogni volta che dava una sgassata gli pareva un miracolo. Quando il motore era al minimo lo scarico era un borbottio, un sornione ronfare, un brontolio insistente e sommesso, simile a quello del caffè quando sta passando.

Ma bastava toccare il pedale dell'acceleratore per scatenare prima un urlo rabbioso e poi un vero boato, un'esplosione di forza scagliata verso il cielo e che Dio stesso, specie una volta dimostrata la sua esistenza, non poteva non sentire. Ancora meglio lo potevano sentire gli sfortunati inquilini, specie quelli di età avanzata, che abitavano in certe stradine strette del centro storico, quando passava la Seicento temevano fosse ricominciata la guerra.

Sui maschi aveva un effetto esaltante ed euforico, sulle femmine, per quelle che non soffrivano di mal d'auto o non avevano indossato i tappi per le orecchie (che Loris teneva sempre a disposizione), eccitante.

Il motore era talmente compresso che bastava alzare il piede dall'acceleratore perché la macchina decelerasse bruscamente.

L'assetto era ribassato e le sospensioni rinforzate, la macchina sfiorava l'asfalto, perché più basso voleva dire più veloce e con una migliore tenuta di strada. Non si può dire che la caratteristica principale di quell'utilitaria fosse la comodità.

Il mattino dopo il Ragazzo arrivò in Facoltà in ritardo ed entrò in aula che la lezione di Filosofia morale era già cominciata da un po'. Il professore, uno che aveva un sacco di tic, non sembrò gradire la cosa. Stava parlando di alcune difficoltà del capitolo sulla Riflessione nella Logica di Hegel. La prima era il passaggio dalla diversità all'opposizione. La seconda era il passaggio al fondamento.

«C'è un incremento di concretezza nel passaggio dall'esteriorità all'interiorità. Si realizza pienamente la Riflessione. Qual è il punto interno alla trattazione della diversità che mi fa passare all'opposizione? Non sembra esistere. Hegel tenta di trovarne due, ma il suo risultato non è soddisfacente. Il primo è questo: i termini della disuguaglianza sono veramente irrelativi? (Si veda pagina quarantaquattro). Fra uguaglianza e disuguaglianza c'è una relazione, una differenza; ma qui il vero nome sarebbe: opposizione...».

Il Ragazzo prendeva appunti ma non è che seguisse molto il filo, però aveva fiducia, rileggendoli lo avrebbe trovato, anche se la sua mente volava altrove.

«L'eguale è eguale di uguaglianza e ineguaglianza, l'ineguale è fra uguale e ineguale. Ma perché non convince questo passaggio?».

Il professore lanciò questa domanda come se qualcuno avesse potuto dare una risposta, ma tutti i presenti avevano lo sguardo inchiodato sul quaderno.

«Beh» disse lui «è evidente che la diversità era relazione fra due cose, queste due cose dovevano essere per certi aspetti uguali e per altri diverse. Il rapporto fra le due cose è esteriore (le due cose non vengono toccate nella loro natura dal rapporto con l'altro). Ma qui il punto è che l'"opposizione" non è un'opposizione fra cose, ma è fra ineguaglianza e uguaglianza». Il Ragazzo non sapeva se aveva colto il punto ma scrisse questo:

«Ma qual è la vera opposizione contenuta nella diversità? È quella contenuta *in ogni e qualsiasi* categoria».

Il Ragazzo già da qualche minuto era annebbiato e distratto, ogni tanto cercava di focalizzare l'attenzione sulle parole del professore, che diventavano sempre più confuse, per esempio... «la diversità non esiste...», oppure «... ricorrere alle categorie che si autofagocitano è un peccato tipico dello Schellingismo... nella fenomenologia non c'è un tale scivolone... giallo e viola sono diversi, ma più che altro sono opposti... e così anche la Luna e il tavolo...».

La Luna e il tavolo sono opposti? In che senso? Che giallo e viola siano opposti si può anche capire, sono complementari, o no? Mettiamo che lo siano: messi insieme fanno il bianco. Il vuoto. O il pieno? Ma la Luna e il tavolo? Sono come ordine e disordine?

Proprio in quel momento entrò nell'aula un drappello del movimento: la lezione era sospesa, tutti in aula magna per l'assemblea...

Il professore cercò di aggiungere che *Selbständig* qui era tradotto «indipendente», e invece significa «fondato su se stesso», ma non ci riuscì, ci fu un fuggi fuggi generale, come se di lì a poco dovesse verificarsi un terremoto.

Il Ragazzo era rimasto come incantato in mezzo ai suoi pensieri e stava continuando a scrivere sul suo quaderno, in trance. Il professore non sapeva se esserne contento, che quello studente avesse veramente passione per la teoria hegeliana dell'opposizione? Quello invece sul quaderno stava disegnando dei ghirigori senza significato.

12

È comprensibile che i primi giorni di frequentazione da parte di Eugenio Licitra della Facoltà di Filosofia di Firenze non fossero facili. A lezione spesso non capiva niente, ma il problema non era solo quello.

Va detto che nessuno studente fuori sede si trova bene a Firenze, al primo impatto. Questo perché la popolazione fiorentina fa di tutto per rendersi antipatica e poco accogliente nei confronti di qualsiasi presenza non autoctona, ad eccezione degli anglosassoni, e inoltre i suoi usi e costumi sociali non sono di facile e immediata comprensione per chi, arrivando nella capitale della cultura, notoriamente orientata a sinistra, spera di trovare un mondo ideologicamente aperto e cordiale e invece trova sopracciglia rialzate e un elevato grado di disinteresse.

Il Ragazzo era stato messo sull'avviso, però dovette comunque toccare con mano una realtà che andava oltre le sue aspettative, e che oltretutto pareva non avere delle motivazioni fondate. Perché gli studenti del luogo stavano così sulle loro? Perché gli unici ragazzi con cui capitava di scambiare due parole, di bere un caffè insieme, di ritrovarsi fuori dalle aule dell'Istituto, erano anch'essi, necessariamente, dei fuori sede?

Eugenio non aveva fatto ancora il militare eppure si sentiva come un soldato di fanteria in qualche caserma del Friuli-Venezia Giulia o del Piemonte, in quei paesi nei quali a fronte di 1.000 abitanti c'erano 2.000 soldati di leva: la popolazione ti schifa perché sei un baluba, perché non porti una lira, perché... perché...

Non ne era completamente consapevole, ma si stava più o meno rendendo conto di essere un emigrante come un altro, un terrone.

Al Ragazzo era capitato quello che era successo a molti altri come lui. Conosci qualcuno in Istituto o in Biblioteca, ci fai quattro chiacchiere, scambi due opinioni, ti presenti, insomma, familiarizzi. Poi incontri, a breve distanza di tempo, un giorno, ma anche meno, quattro ore, la stessa persona per strada e la saluti calorosamente, gli dici «Ehi, come va?» eccetera, e quella non ti saluta, anzi ti guarda come se tu fossi un alieno, come se pensasse «Ma questo chi è? E perché mi saluta? Conosce la mia famiglia? Che vuole?». Il tutto concentrato in un'espressione della durata di un attimo, fra il disprezzo e l'indifferenza, che lascia il malcapitato nella frustrazione, come se fosse un intruso il quale accatta (SIC) discorso rivendicando rapporti inesistenti.

Non ci volle molto al Ragazzo a capire come funzionava, tanto che smise anche di cercare di parlare con i colleghi fiorentini, visto che poi non lo avrebbero neanche salutato. E così però sarebbe entrato anche lui nel tunnel dei fuori sede, che se la intendono solo fra di loro e ricreano comunità corrispondenti agli stessi luoghi di provenienza. Di fatto all'Istituto fece lega con un paio di studenti pugliesi, altri due siciliani e un gruppetto assai compatto di calabresi, anche questi piuttosto chiusi, ma per motivi più filosofici che sociali o antropologici. Erano infatti una sorta di setta, una piccola scuola filosofica, con un leader e dei seguaci fedelissimi. Si diceva che addirittura passassero le loro serate a giocare a poker e a discutere di Heidegger, filosofo che se oggi viene citato anche nelle pubblicità di detersivi, a quei tempi, nelle facoltà italiane di Filosofia, era considerato al pari di qualche mistico islamico come Al-Hallaj, cioè uno del tutto sconosciuto, oppure come un Mengele della filosofia germanica: insomma, un nome off-limits.

Ma, in conclusione, con i fiorentini era impossibile legare, forse succede così in tutte le città universitarie. Tuttavia, almeno secondo il Ragazzo, la puzza sotto il naso dei fiorentini non aveva pari. E questo anche se erano dei «compagni» come gli altri.

13

Il Ragazzo finì per rendersi conto che le sue difficoltà su Hegel erano dovute alle sue carenze di una formazione di base. Quindi, per non arrivare al corso del tutto impreparato, decise di comprarsi un saggio, qualcosa di recente, che lo mettesse in contatto con la materia, o almeno gli rendesse familiari alcuni concetti o anche solo una certa terminologia.

Si comprò un volume edito da De Donato, Bari, appena uscito, intitolato *Hegel e il tempo storico della società borghese*, di Biagio De Giovanni.

Ne lesse l'introduzione e tutto filò abbastanza liscio: capì che si specificavano gli obiettivi del saggio, se glieli avessero chiesti dopo dieci minuti non avrebbe saputo ripeterli, ma in fondo le introduzioni si possono anche saltare. Così attaccò il primo capitolo dal titolo «Il formalismo del tempo».

Fu uno shock. Non ci capiva assolutamente niente. Lo leggeva e rileggeva, anche una parola alla volta, ma niente, non riusciva ad associare un concetto a un altro. In particolare una frase, proprio, lo metteva in difficoltà, a pagina 22:

«Il formalismo del tempo, infatti, si giustifica in una veduta il cui vero problema sia quello di *costruire* il rapporto fra il soggetto e l'oggetto come *continuum* condizionato dalla riduzione dell'*episteme* alla dimensione generica del soggetto anche se tale dimensione è destinata ad approfondirsi nel passaggio dall'estetica all'analitica trascendentale».

Cadde in una profonda depressione: perché non ci capisco niente? Quali sono gli strumenti teorici che mi mancano? Anche lui era di quelli sicuri che se in un testo non ci si capisce niente la colpa è tutta di chi legge.

Decise di farne la parafrasi, come aveva imparato a fare a scuola, sui versi di Dante Alighieri. Ma le sue difficoltà erano anche lessicali.

Per fortuna Loris disponeva di un Dizionario filosofico, glielo chiese in prestito, si sarebbe aiutato con quello.

Cominciò proprio dalla parola «formalismo», ma il dizionario ne dava quattro significati diversi. Tuttavia uno riguardava Kant, era già un bell'indizio: «Formalismo è stato chiamato il punto di vista kantiano nell'etica, perché fa appello alla forma generale delle massime, prescindendo dai fini cui sono dirette». Ok, si parla di Kant, ma che c'entra qui l'etica?

Il Ragazzo ci passò tutto il pomeriggio, ma non ne venne a capo. Un turbine di pensieri gli girava per la mente. Intorno alle 18 questo era il risultato del suo lavoro:

«La teoria (di Kant) che concepisce il tempo come una forma, infatti, ritiene che il rapporto fra il soggetto e l'oggetto sia continuo perché la teoria della conoscenza *parte dal* soggetto anche se poi questo soggetto passerà dalle cose che gli appaiono a quelle che sono, sempre per lui».

Era tutto sudato, affranto. Che cosa doveva fare? Intorno alle sei e mezzo tornò Loris, con in mano quattro candele Champion nuove di zecca.

«E allora, che fai, studi? Hai già cominciato a studiare?».

Se la rideva e si versò un bicchiere di Chianti.

55

Il Ragazzo era andato avanti nella lettura, era arrivato a pagina 28, dove si era imbattuto in un altro scoglio.

«Scusa eh, se ti chiedo aiuto, ma me lo spiegheresti questo passaggio? Io non ci capisco niente. È quello sottolineato». Loris lo lesse a voce alta:

«"Questa medesima generalità dell'*altro*, all'altezza del tempo, significa che l'annullarsi del *prima* nel *dopo* non stabilisce l'emergere di una differenza qualitativa, giacché il non-essere che nasce in quel movimento pone soltanto la 'semplice, indistinta uguaglianza' delle determinazioni distintive del movimento: il prima non è logicamente dissimile dal dopo, essendo elisa la differenza nell'unità astratta del punto temporale". Ma che roba è, chi è che ti fa leggere queste schifezze?».

«No, beh, è una lettura mia, è un testo di grande importanza nel dibattito attuale...».

«Ma questo chi lo dice?».

«Lo dicono in molti, è Biagio De Giovanni, il fondatore della Scuola di Bari, un grande interprete dei rapporti fra marxismo e Hegel».

Loris prese in mano il libro come se fosse infetto, dette un'occhiata all'indice, poi si mise a sfogliare. Trovò altre parti sottolineate a matita.

«Senti» disse «secondo me questa roba in casa non ci dovrebbe neanche entrare, comunque non sono la persona adatta. Ora devo andare».

L'altro, sconsolato, tornò nella sua stanzetta. Perché il prima si annulla nel dopo? Beh, è ovvio, quando è dopo il prima non esiste più.

14

Il Ragazzo stava leggendo in cucina, con i piedi poggiati sul tavolo, sul quale c'era il suo piccolo quaderno per appunti e una penna Bic. Era molto impressionato da quello che stava leggendo, un romanzo, quello che aveva sottratto in camera del Saggio. Un pochino si vergognava, a chi interessavano più i romanzi, nel 1976? I romanzi erano morti e sepolti, si leggevano solo saggi o testi critici. Però quello che aveva per le mani era un romanzo filosofico, valeva come scusante? Forse no, era pur sempre un romanzo. Si chiamava *La nausea*, di Jean-Paul Sartre, quello che aveva rifiutato il Nobel.

Era arrivato alla scena del tram, quando il personaggio Roquentin non riusciva più a riconoscere le cose, una casa gialla non era più una casa gialla, un sedile non era più un sedile, la parola sedile non gli si posava più addosso, era un insieme di righe o un asino morto, una sacca rossa.

Anche a lui pareva, certe volte, che gli oggetti non fossero più corrispondenti al loro nome, bensì una percezione globale e indistinta, una massa di impressioni, un tutto unico. E quando aveva quelle esperienze le persone sembravano un ammasso di colori e dettagli che non andavano a comporre un individuo. Pure a lui succedeva spesso in tram, per meglio dire in autobus, ma tutto sommato era la stessa faccenda.

Per questo quando lesse che «la radice, le cancellate del giardino, la panchina, la rada erbetta del prato, tutto

57

era scomparso; la diversità delle cose e la loro individualità non erano che apparenza, una vernice. Questa
vernice s'era dissolta, restavano delle masse mostruose
e molli in disordine – nude, d'una spaventosa e oscena
nudità» appoggiò il libro sul piano di marmo, alzando
gli occhi al soffitto e meditando. Perché «le parole erano
scomparse, e con esse, il significato delle cose...», c'era
scritto prima.

Il Ragazzo si abbandonò ai suoi pensieri, preso da
un'estasi filosofica gli pareva di partecipare personalmente
a una delle massime espressioni di pensiero del secolo.
Come era ben rappresentata quella sensazione, che lui
provava spesso, specialmente quando era in camera sua,
sul letto, a guardare proprio il soffitto. Poi passava in
rassegna panoramica la sua squallida stanza, e allora sì
che gli oggetti, le cose, perdevano la loro definizione.
Oddio, lui non l'avrebbe mai chiamata nausea, però gli
sembrava in quei momenti di essere in diretta comuni-
cazione con l'essere e non con la mera apparenza.

Un'altra frase si era segnato dal libro: «Ogni esistenza
nasce senza ragione, si protrae per debolezza e muore
per combinazione»... Questa citazione se l'era anche
scritta sul suo quadernetto, come una sorta di epigrafe
dal valore immortale. Non era il caso di sfoggiarla a una
riunione politica, questo lo capiva anche lui, ma gli piaceva immensamente.

Improvvisamente entrò in cucina il Saggio, che lanciò
uno sguardo di riprovazione sia sui piedi poggiati sul tavolo, sia sulla copertina del libro, riconosciuto immediatamente. Fra l'altro la copia era la sua.

Non disse niente e si dispose a prepararsi un caffè. Il
Ragazzo era in triplice difficoltà, perché leggeva un romanzo, perché era quel romanzo, e perché lo aveva sot-

tratto dalla libreria del Saggio, senza chiedere il permesso. Fu così che sentì l'esigenza di parlare, cosa della quale il proprietario del libro avrebbe fatto molto volentieri a meno.

«Lo sai? Io nelle situazioni descritte in questo testo – usò effettivamente la parola "testo" – mi ci identifico abbastanza. Mi capita tutti i giorni di sentirmi spaesato sull'autobus, sul 25, non riconosco "le cose", perdo il controllo. Chi sono io? Cosa sono le cose? Perché?».

Il Saggio mantenne un rigoroso silenzio, sperando che quello capisse che non gliene fregava un cazzo.

«Non trovi che questo romanzo mantenga intatta la sua validità, il suo impatto? Non trovi che sia il punto di non ritorno della critica dell'alienazione borghese? È una alienazione che ci prende tutti, a te non capita? È contro questo che lottiamo?».

Il Saggio si mise a sedere al tavolo, girando lo zucchero nella tazzina.

«Non trovo» si limitò a dire.

Il Ragazzo era in imbarazzo, ma sempre un po' eccitato.

«Io penso che l'estraniazione provata da Roquentin sia una critica del mondo alienato borghese... lui in fondo in quel mondo-macchina tipico della società industriale capitalistica non ci si ritrova più, e lo critica... gli viene la nausea...».

Il Saggio buttò giù il caffè, poi fece un'espressione di disgusto, non si sa se era per via del caffè oppure per le cose che aveva sentito, comunque sembrava volesse esprimere un senso di nausea.

Alla fine parlò.

«Ma che cazzo dici, Ragazzo. Queste segate esistenzialistiche sono l'ennesimo, forse l'ultimo, forse il penultimo, non fa molta differenza, rigurgito e cascame dell'ideologia borghese anticomunista. Sono solo stronzate. Allora, dobbiamo passare il nostro tempo a fissare la radice di un albero o una foglia marcia, o un giornale mal ripiegato, per renderci conto che siamo nulla?... A me la nausea me la fanno venire queste cagate anticomuniste. E il partito? Che ne ha fatto del Partito?».

«Ma Sartre era comunista».

«Macché, sostiene di essere con il Partito ma contro l'Urss, che è come chiedere uno zabaione senza uovo. O con me o contro di me, in guerra».

Il Ragazzo era confuso. A lui *La nausea* stava piacendo molto, anche se era solo a metà e non sapeva come sarebbe andato a finire. E l'altro glielo smontava in quel modo, e con quale competenza, ma come faceva a sapere la faccenda della radice, lui che studiava Medicina?

Con gravità, il Saggio si alzò dalla sedia e si incamminò verso la sua stanza, era più che evidente, non avrebbe aggiunto altro. Il Ragazzo si rimise a leggere. In fondo anche Marx per criticare tutti quelli sottoposti alla sua feroce demolizione li doveva pur aver letti. Così si dispose, in uno stato d'animo lievemente più avvertito, a continuare la lettura.

Erano le tre del pomeriggio, un'ora tranquilla, silenziosa, tranne la solita televisione in sottofondo e qualche rumore domestico che proveniva dagli appartamenti vicini, stoviglie riposte, un gorgoglio di una macchinetta da caffè, qualche clacson in lontananza. La tazzina vuota sul tavolo di marmo attraeva l'attenzione del Ragazzo. Era una tazzina o non era una tazzina? Era quello che tutti si immaginano essere una tazzina, ma guardandola così, che cosa era se non l'immagine di una tazzina? Chiuse gli occhi per controllare se dentro di sé ci fosse l'immagine della tazzina, e c'era, era identica a quella che aveva davanti, ma nella sua testa questa immagine aveva un nome? Occorreva pensare alla parola «tazzina» per vedersela davanti? Che cosa si fa quando si richiama alla mente un volto, un oggetto, un panorama? Si pronuncia silenziosamente la parola «tazzina» e allora l'immagine arriva? Oppure uno richiama alla mente l'immagine senza dirsi niente, senza usare internamente quella parola, ma pensa alla tazzina, cioè all'immagine della tazzina, senza nominarla, e allora quell'immagine assume i suoi connotati, si distingue, passa per qualche frazione di secondo nella testa? Ma uno pensa a parole o a immagini?

Il Ragazzo riaprì gli occhi e quella tazzina da caffè, sporca, con un cucchiaino appoggiato accanto, senza piattino, era ancora implacabilmente lì, a testimoniare la dittatura degli oggetti. Però, dopo tutto questo pensare, la tazzina era sempre la stessa? Era sempre lei? E allora che differenza c'è fra questa tazzina qui di fronte – ma mi sta «veramente» di fronte o è una mia illusione? – e questo tavolo che ho parimenti di fronte? Questi due oggetti si differenziano fra di loro, o sono un tutt'uno? Che ne sanno loro della loro differenza, se non sono io a nominarli con parole diverse?

La mente del Ragazzo vacillava, quando si sentì il rumore della porta, e di Loris che si precipitava eccitato in cucina.

«Allora, è fatta».

L'altro ci mise un po' a riprendersi dalle sue speculazioni.

«Che cosa è fatta?».

«Vengono!».

«Vengono? Chi, vengono?».

«Le ragazze, vengono».

«Ma chi, dove?».

«Le ragazze vengono a cena, stasera, qui».

«Quali ragazze?».

«Due, due ragazze che ho conosciuto ieri...».

Loris era già in piena attività, stava scrutando il frigorifero e panoramicamente le condizioni della cucina, buttò sul tavolo un sacchetto della spesa.

«Come sarebbe a dire due ragazze che hai conosciuto ieri?».

«Ma sei scemo? "Due" vuol dire due, "ragazze" vuol dire ragazze, "conosciuto ieri..."».

«Ma dove....? Come? E come sono?».

«Le ho conosciute ieri in biblioteca, sono due studentesse calabresi, e con questo ho detto tutto... Che cosa aspetti?».

«Ma quanti anni hanno?» chiese il Ragazzo quasi terrorizzato.

«Sono del primo anno, sono come te, deficiente... Ma qualcosa mi dice che sono assai più sveglie di te... vuoi darti da fare?».

«Ma come, vengono a cena, qui?».

Loris si fermò un attimo e lo guardò con compatimento.

«Ascolta, le due vengono a cena, e ho intenzione di fare in modo che si sentano a loro agio. Non mi far fare brutta figura, ci sono mille cose da organizzare. C'è da dare una ripulita a questa cucina che fa schifo, lavare i piatti, dare una bella lustrata. Poi c'è da completare la spesa, comprare il vino, preparare tutto a dovere. Io mi occupo della spesa e della cucina, tu delle pulizie. Il Saggio... boh, non si occuperà di niente, e poi alla cena non ci sarà, tanto lui a quell'ora è al telefono».

«Vuoi dire che a cena saremo solo io e te, con le ragazze?».

«Se cominci un'altra domanda con "vuoi dire" ti rompo questa tazzina in testa».

Il Ragazzo, con l'animo in subbuglio, si sollevò dal suo torpore e cominciò a inquadrare i piatti da lavare. Aprì il rubinetto in attesa dell'acqua calda e pensò che la tazzina, nell'urtare la sua testa, avrebbe manifestato la sua piena oggettualità. Questo in parte lo rassicurò, anche se ormai era già in pieno marasma pensando alla cena con due ragazze calabresi.

15

Non c'era da stupirsi se Loris era riuscito ad agganciare due ragazze dal niente e nel giro di un giorno a invitarle a casa a cena. Era romagnolo, il suo spirito era socievole e disponibile. Tuttavia per i suoi conterranei era un romagnolo anomalo, una sorta di alieno, in quanto non aveva la passione per la moto, il «motore» come lo chiamava lui, bensì per le automobili, in generale e in particolare per la sua Seicento truccata.

La sua camera era per oltre tre quarti occupata da pezzi di ricambio, parti meccaniche ben oliate che erano state via via sostituite da altre più performanti, carburatori, marmitte, giunti, filtri dell'olio, basamenti, testate, valvole e alberi motore.

Per questo nella stanza, oltre al disordine, imperava un fortissimo odore di gasolio. Non che la Seicento andasse a gasolio, ovviamente, ma non si sa perché col gasolio si tengono pulite le parti meccaniche, ci si impregnano, ci si tuffano. Così in quella camera c'era lo stesso odore stagnante di un'officina.

Le ragazze che Loris introduceva in camera sua non gradivano molto quell'odore, soprattutto il mattino dopo, infatti non si trattenevano mai più del necessario, di solito nel cuore della notte se ne andavano, qualcuna forse si era sentita anche male, accusando nausea e vomito. Raramente tornavano una seconda volta.

Questo non toglie che Loris avesse un discreto movimento di femmine nella sua stanza. Erano donne di vario genere, bellezza e simpatia. Lui non si faceva problemi di nessun tipo, le donne gli piacevano tutte, bastava che non avessero la puzza sotto il naso (a questo, è il caso di dirlo, provvedeva lui) e che a loro piacesse, come piaceva a lui, stare insieme, divertirsi e darsi reciprocamente piacere. Lui aveva esperienza, tatto e occhio, discriminava a un primo sguardo se la ragazza era disponibile, e se sarebbe stato carino passarci un po' di tempo insieme. Altro non chiedeva, né garantiva. Non ambiva a ragazze dalla sfolgorante bellezza, o dalla straordinaria capacità seduttiva, per lui sarebbe stato tempo perso.

Il suo ménage sessuale abbastanza intenso e spregiudicato, naturale e semplice, toglieva il sonno al Ragazzo, il quale per una sola, una sola, delle ragazze che Loris frequentava avrebbe fatto i salti mortali. Vederlo rientrare a casa con qualcuna, e soprattutto ascoltare dopo il rumore che facevano, le loro camere erano separate da un muro assai sottile, era una tortura. Ma come faceva? Qual era il suo segreto? Dove le trovava? Il principale bacino, il terreno di caccia, era la biblioteca. Loris nel pomeriggio andava lì a studiare, ma soprattutto a conoscere. Nel giro di due o tre giorni passava dai primi contatti all'uscita, dopo la quale il giorno stesso o quello successivo loro si presentavano all'appartamento. Se ci voleva di più, almeno a quanto millantava, lasciava perdere, non per una becera fretta di arrivare al sesso, ma per antipatia. Lui aveva piacere ad andare con persone che avessero piacere ad andare con lui: se doveva trattarsi di una cosa difficile, una conquista, una concessione, diventava una complicazione, lasciava perdere.

Sta di fatto che a nessuna, proprio a nessuna, piaceva l'odore di gasolio, e neanche il rischio di appoggiare magliette e mutande su un filtro dell'aria sporco di morchia. Il Ragazzo aveva pensato che in un primo momento l'effetto di quell'odore fosse di stordire le ragazze, inebriandole, abbassando loro le difese. Per lui queste esperienze erano come un corso di formazione accelerato, ma gli sembrava un corso per corrispondenza, dove la parte pratica non esiste, accumuli solo una grande quantità di nozioni teoriche. Comunque quando Loris e la sua ospite venivano al dunque e cominciavano a sentirsi sospiri, grugniti e la testata del letto che urtava il muro, lui si eccitava moltissimo e finiva irrimediabilmente per masturbarsi. D'altronde ogni sera ci finiva lo stesso, anche senza stimoli uditivi.

Insomma quella sera di ragazze ne aveva agganciate due. Una era per lui, ma l'altra? Forse per il Saggio? Il Ragazzo non sapeva immaginarsi una situazione del genere, perché il Saggio era fidanzatissimo da anni e all'ora di cena era sempre al telefono.

Se le cose andavano come al solito si sarebbe trattenuto a cena solo per la prima parte, poi verso le 9 si sarebbe ritirato in camera, salutando la compagnia.

E allora per chi sarebbe stata la seconda calabrese?

Il Ragazzo era immerso in questi pensieri mentre lavava una pila di piatti. Come saranno? Cosa dirò?

Nel frattempo fu di ritorno Loris che aveva fatto la spesa e comprato il vino, un fiasco di Chianti Spalletti. Il menù prevedeva «melanzane alla parmigiana».

«Mi raccomando» disse «mantieniti lucido, almeno per la prima parte della serata».

«Prònto, Euggenio, sei tu?».

«Sì, mamma, sono io».

«Ah, Euggenio, come stai?».

«Sto bene, mamma, sto benissimo. E voi come state?».

«Eh, e come dobbiamo stare... qqua siamo...».

«Papà come sta, sta bene?».

«Papà, sta bene, tutto a pòsto, ma tu, ma tu, come stai? Fa freddo?».

«No, si sta proprio bene. Non fa freddo per nulla».

«Ma che fai, parli fiorentino?».

«Come fiorentino, che ho detto?».

«Dicesti "si sta" e mai l'avevi detto prima. E poi "nulla" mai l'avevi detto».

«Mamma, ma che mi stai a dire, ora non si può dire si sta».

«Non l'avevi detto mai, prima».

«Eh, sai, un po' uno si condiziona, qui parlano in modo diverso, lo sai che dicono "spengere" invece di "spegnere"?».

«Ma che mi vai dicendo... "spengere". Ma tu, studi?».

«Eh mamma, non faccio altro».

«L'altro ieri telefonai, e parlai col tuo compagno, come si chiama, quello che studia da dottore, com'è che si chiama, fu molto gentile. Mi ha detto che sei un bravo ragazzo e che studi molto».

«Lui di persona ti ha detto questo, vuoi dire tutte queste parole?».

«E ccierto che me le disse, perché, attè non te lo disse?».

«No... è che... negli ultimi tempi non l'ho visto, sai, io sono sempre in Facoltà, lui è sempre a studiare, deve dare l'esame di Anatomia patologica».

«Oggi che cosa mangiasti?».

«Mah, nulla... fusilli al pesto e lasagne».

«Come, due primi piatti, e poi, di secondo?».

«No, mamma, di secondo niente, non ti basta fusilli e lasagne? Le ha fatte la mamma di Loris, sapessi come cucina bene, gli prepara delle teglie di roba, sono la fine del mondo».

La madre del Ragazzo qui lasciò trascorrere trenta secondi di silenzio, a indicare che si era offesa.

«Comunque, mamma, ho nostalgia delle cose che si mangiavano a casa».

Quel "mangiavano" fece sprofondare la signora in uno stato di malinconia ancora più acuta.

«Beh, insomma, mamma, ora ti saluto, devo uscire».

Silenzio.

«Mamma, ci sei?».

«Sì, qqua sono».

«Allora salutami tutti».

«Va bene, anche qui ti salutano tutti».

«Allora ciao mamma, stai tranquilla, qui va tutto bene».

«Allora ciao».

«Ciao mamma...».

«Ciao Euggenio, mi raccomando...».

Il tardo pomeriggio fu caotico. Il Ragazzo, dopo aver finito, controvoglia, di lavare tutta quella montagna di piatti, in parte consistente sporcati da D. e dai suoi compagni passati per pranzo, dovette darsi alla pulizia a fondo della cucina, dai lavelli ai fornelli, che erano veramente in cattive condizioni. Mentre lo faceva esibiva un atteggiamento lamentoso, invece Loris, dedicatosi alla preparazione della parmigiana, era eccitato e contento, quasi gasato.

«*Per aspera ad astra*» diceva al giovane socio, mentre quello puliva sconsolato e lento le mattonelle, con la stessa indole che potrebbe avere un piantone incaricato di lavare i cessi in caserma.

«Devi superare questa fase infantile di risentimento, caro mio. Qui non ci sono genitori coi quali tu possa lamentarti e ai quali non gliene frega un cazzo del tuo disagio. Qui devi darti da fare e basta, hai capito? *Hic Rhodus, hic salta*».

Il Ragazzo era giovane, non aveva ancora capito granché, puliva le mattonelle con ostentata ritrosia, come se dovesse mostrare a qualcuno con quanta sofferenza lo faceva.

In tutti i casi alle otto di sera la cucina era uno specchio, e le melanzane in forno. La tavola apparecchiata, con addirittura una tovaglia recuperata da Loris in mezzo a biancheria varia che sua madre gli aveva attribuito, cinque coperti, e perfino due candele, per ora spente, in mezzo alla tavola.

Loris cercava di portare Eugenio alla concretezza della cosa.

«Ricordati, le ragazze le devi fare ridere, se fai il taciturno o l'introverso a loro non gliene sbatte niente, cerca di essere brillante, falle divertire, e soprattutto, dico soprattutto, non tirare fuori i tuoi giochi di intelligenza del cazzo. Alle donne non piacciono, a loro sembrano delle grandi seghe, quali peraltro probabilmente sono, non ci si appassionano, non si divertono, sono cose che ricordano i tempi della scuola, ci siamo capiti?».

«Certo che ci siamo capiti» replicava il Ragazzo ancora impegnato a pulire.

«Un'altra cosa, non ti mettere a parlare di piatti tipici: i migliori arancini di Sicilia, i migliori cannoli, la pasta al forno con gli anelletti, il pane cunzato... alle ragazze di queste cose non gliene importa niente. E nella peggiore delle ipotesi si mettono a parlare dei piatti tipici calabresi. Non è il nostro scopo. Piuttosto inventati delle balle, quella volta che hai fatto un salto di venti metri col motore».

«Ma io non ho mai fatto un salto con la moto, non ce l'ho nemmeno».

Loris era sconsolato, comunque aggiunse: «E poi sappi un'altra cosa, D. stasera non c'è, il pericolo è scongiurato...».

Il Saggio uscì in trance dalla sua camera dopo sei ore di Anatomia patologica e nonostante la sua inespressività si capiva che non credeva ai suoi occhi. Entrò in cucina col desiderio di un caffè, gli fu annunciata la cena in preparazione, con melanzane alla parmigiana, e degli ospiti. Guardò il Ragazzo, che ancora stava rifinendo i lavori di pulizia, con un'espressione di riprovazione, mentre lanciò a Loris uno sguardo interrogativo estremamente serio: che cazzo state facendo?

Loris stava dando gli ultimi ritocchi a un'insalata verde con pomodori e feta.

«Beh, che te ne pare?». Il Saggio pareva perplesso.

In quel momento suonò il campanello.

«Ci siamo, sono loro». Loris dette uno sguardo panoramico all'ambiente, per controllare che tutto fosse a posto. Sembrava esser così, quando notò che la lumiera non lo era affatto. Era una di quelle plafoniere di vetro opaco sospese sopra il tavolo di cucina, ma era, e ciò era risaputo da tempo, piena di mosche.

«Saggio» disse Loris non fidandosi del Ragazzo, «intrattienile per qualche istante prima che vengano qua dentro».

Il Saggio era uomo rude ma conosceva le buone maniere. Riuscì a stoppare le ragazze all'ingresso e a far perder loro quei due minuti che furono sufficienti a svuotare la plafoniera dalle mosche morte.

«Poi ne parliamo» disse Loris al Ragazzo, il quale nel frattempo era già a livelli altissimi di eccitazione per l'arrivo delle ragazze. Si era imposto di non scrutarle dalla testa ai piedi, ma di comportarsi come un signore.

Le due calabresi entrarono con un atteggiamento a metà fra la diffidenza e la risatina isterica. Erano vestite molto pesante. Una volta toltesi i lunghi cappotti maxi, rivelarono di indossare dei maglioni adatti a un clima rigidamente invernale. Dunque si presentarono sfoggiando certi maglioni norvegesi pesantissimi. Il Ragazzo, nella sua inesperienza, lo captò come un segno di chiusura, di rigidità. Loris invece, assai più pratico, capì subito che sotto quella pesante coltre di lana c'erano solo magliette leggere, destinate ad emergere presto, dopo i primi bicchieri di vino, e nel caldo che faceva in cucina, quei golfoni se li sarebbero comunque dovuti togliere.

Loris le mise subito a loro agio e offrì un bicchiere di vino e un po' di bruschetta, o fettunta, come la chiamavano a Firenze, con l'olio nuovo. In realtà non era olio toscano bensì romagnolo, per la precisione quello pregiato di Brisighella, glielo regalava un suo parente di quelle parti. Le ragazze si chiamavano Patrizia e Francesca e manco a dirlo erano una bionda, un po' slavata, con gli occhi azzurri chiari e vicini, l'altra mora, con gli occhi molto scuri e un po' iniettati di sangue. Si fecero le presentazioni e il Saggio versò il vino come fosse un sommelier, prendendo il fiasco di Spalletti, peraltro già consumato per un terzo, per il fondo e facendolo roteare quel tanto che serviva per non versare la goccia. Dopo brevi presentazioni partì la conversazione, mentre la parmigiana finiva la cottura. Le ragazze parlavano vivacemente, Loris ogni tanto inseriva battute sagaci, il Saggio assaporava il vino come se fosse un Amontillado, il Ragazzo se ne stava zitto, accennando ogni tanto un sorriso ebete di assenso.

«Voi non potete neanche immaginare che cosa ci è successo oggi...».

Le ragazze cominciarono a raccontare, alternandosi come se si fossero messe d'accordo in anticipo, che nel pomeriggio in biblioteca erano state abbordate da un signore vecchio, avrà avuto più di quarant'anni, il quale aveva visto un libro sul loro tavolo e si era messo a parlarne dicendo un sacco di cose, che era un libro eccezionale, fondamentale, che aveva cambiato la storia. E loro mentre lui faceva i suoi discorsi lo guardavano e assentivano, e si chiedevano dove volesse arrivare. E quello continuava, diceva che lui l'aveva letto nel '68, la parola sessantotto a quell'epoca faceva ancora molto colpo, e che lui...

«E noi a questo cornuto lo stavamo a sentire, e non dicevamo niente ma solo: Ah, davvero, ma... ah...».

«E lui: fate bene a leggerlo, una lettura indispensabile... sono contento di vedere che due belle giovani... e se ne continuava così, questo cretino...».

«Insomma alla fine lui non si toglieva e noi ridevamo fra di noi...».

«Allora lui ci rimane male e noi continuiamo a ridere come due stupide... Ma che c'è da ridere, fa lui, che comincia a essere un po' nervoso. Ma vede – Patrizia fece una pausa ad arte – quel libro non è mica nostro, è di uno che stava seduto qua, noi non sappiamo neanche che minchia di libro sia...».

Qui Patrizia guardò Francesca che già si sbellicava e proruppe in una sonora risata.

«Che pezzo di cretino...».

Loris si mise a ridere anche lui, mentre il Saggio sogghignava a denti stretti, il Ragazzo mostrava la solita faccia ebete, con un mezzo sorrisetto...

Le melanzane alla parmigiana erano ottime e riscossero un grande successo. Nel frattempo le ragazze i maglioni se li erano tolti, in quella cucina piccola, con il forno acceso, faceva un caldo impressionante, inoltre il vino scorreva a fiumi, tanto che intorno alle 21 e 15 era quasi finito.

La conversazione procedeva a strattoni, in certi momenti scivolava via fluida e piacevole, in altri si bloccava, a un certo momento il Ragazzo approfittò di una pausa per intervenire:

«Ma poi, quel libro sul tavolo, ma che libro era?».

Le ragazze si guardarono stupite, come a dire, ma questo che minchia dice, fortunatamente proprio in quell'istante il Saggio si alzò da tavola, annunciando l'impegno della telefonata.

Si esibì in un baciamano.

Quando se ne fu andato le ragazze dissero: «Il vostro amico è molto gentile, ma non è che sia loquace assai, eh?».

«Mettiamo un po' di musica? Che ne dite? Metti la cassetta, metti quel pezzo, è una bomba».

Il pezzo in questione era *Try me, I know we can make it*, che fu rimesso tre volte di fila.

Ormai erano le dieci, la serata stava decollando, però il vino era terminato.

«Ragazzo, fai una cosa, mentre io preparo il "cabaret" di formaggi e affettati, scendi a comprare un'altra bottiglia di vino», disse Loris, prendendolo da parte. «Ma fai presto...».

Il Ragazzo uscì rapidamente di casa, solo che a quell'ora, nella città di quell'epoca, non era facile trovare un locale aperto. Il Bar del Secco era il punto di riferimento, ma era chiuso. Dove andare? Dovette farsi dei chilometri a piedi, prima di trovare qualcosa di aperto, un ristorante in chiusura in via San Gallo, dove fra l'altro una bottiglia da 75 cl gliela fecero pagare una fortuna.

Fu di ritorno dopo un'ora e in cucina non c'era più nessuno. C'era solo un biglietto sul tavolo con scritto: «Ma dove sei finito? Ti pare il modo di fare? Siamo andati a bere qualcosa».

In casa c'era solo il Saggio ancora al telefono, se ne intravedeva la sagoma dietro il vetro giallo fumato della porta di camera sua.

Il Ragazzo, con la bottiglia in mano, non sapeva se offrirgli un po' di vino, poi pensò non fosse il caso di disturbarlo mentre era al telefono, si sarebbe irritato parecchio. Aprì la bottiglia e mandò giù una sorsata. La cucina era molto in disordine, cominciò lentamente a rassettare, con la rassegnazione di una servetta, quale si sentiva, che riflette sulle sue sventure. Rimuginava sul fatto che quelli erano degli stronzi. Non potevano aspettarlo? E il secondo? Ma non aveva più fame, ripose in frigo anche il pasticcino rimasto per lui, sul cabaret.

Andò in camera sua e si dispose a leggere, come se il suo posto nel mondo e il suo scopo poco avessero a che fare con quelle sceme. Pertanto affrontò il primo capitolo di un libro di Mario Tronti, *Operai e capitale*. Lasciò di proposito la porta aperta e la luce grande accesa. Di lì doveva passare quello stronzo al suo ritorno, ed era proprio curioso di sapere che cosa gli avrebbe detto. Si inflisse trenta pagine del volume, non privo di asperità terminologiche e concettuali. Nonostante tutti i suoi sforzi per rimanere sveglio intorno alle una dovette cedere.

Quando Loris rientrò in casa con una delle calabresi, quale delle due il Ragazzo non ebbe mai il modo di identificare con precisione, se la bionda o la mora, egli dormiva profondamente. Loris non pensò a coprirlo amorevolmente con il plaid, né a spegnere la luce del comodino, chiuse solo la porta.

18

Nella casa regnava il silenzio più assoluto, a parte una fievolissima eco di una lontana televisione, appena percettibile, probabilmente qualcuno si era addormentato e l'aveva lasciata accesa. Nel buio dell'appartamento dalle finestre filtrava una luce lattiginosa e fioca, prodotta dall'illuminazione stradale, quella poca che c'era, un unico lampione all'angolo.

Un'ombra scurissima attraversò il corridoio e si nascose dietro la porta della cucina. Lì restò, forse era stata solo un'illusione ottica.

Per strada passò una macchina di ritardatari, per fare la curva scalò una marcia, magari si divertivano a fare le corse a quell'ora della notte, sicuramente degli sbandati, dei perditempo. I fanali dell'auto mandarono di riflesso qualche bagliore anche dentro l'appartamento, e l'ombra questa volta si mosse, quasi infastidita. Allora era veramente lì. Dopo pochi secondi il rombo era scomparso e tornato il silenzio, che in città non è mai veramente tale, a prestare attenzione c'erano da decifrare, oltre a quella ovattata televisione accesa, anche altri suoni meccanici, continui, e forse, in lontananza, uno sciacquone.

L'ombra entrò in cucina con circospezione, a ogni passo si fermava, in allerta.

Improvvisamente la stanza si illuminò di una luce fredda. Lo sportello del frigo era stato aperto senza produrre alcun rumore, ma il compressore era partito, e il suo ronzio sicuramente stava innervosendo l'ombra furtiva.

Sul secondo ripiano del frigo c'era una grossa scatola di plastica sulla quale era stata applicata una targa traforata di latta, recante l'immagine della morte secca e la scritta: «Chi tocca muore». Evidentemente era stata trafugata nei pressi di una centrale dell'energia elettrica, o di qualche traliccio dell'alta tensione. Con destrezza l'ombra estrasse dal frigo la scatola, che pur pareva essere abbastanza pesante, e senza prestare attenzione all'avvertimento e senza indecisioni la appoggiò sul piano di marmo del tavolo di cucina.

La scatola era chiusa e sigillata da un grosso lucchetto che recava il marchio «Yale». L'ombra con gesti misurati estrasse dalla tasca un mazzo di piccole chiavi e nel giro di meno di un minuto aveva già trovato quella giusta, riuscendo ad aprire il lucchetto, senza il minimo rumore. La luce interna del frigo, con il portellone ancora aperto, illuminò il contenuto della scatola: c'erano varie confezioni ben impacchettate con carta oleata o sacchetti di plastica, le quali parevano contenere generi alimentari. L'ombra cominciò con metodo a scartarle, disponendole in ordine sul tavolo. Le dita penetravano dentro la scatola misurando a tasto la consistenza del formaggio molle, probabilmente un caprino, lo si poteva intuire dall'odore, o del salamino piccante, o della caciotta. Cosa cercavano esattamente quelle mani? Arrivate ad un plico più duro e sodo degli altri, probabilmente l'obiettivo della missione, indice e medio riuscirono con mossa agile a scartare l'impacchettamento e a intrufolarsi dentro la confezione, realizzata veramente con accuratezza.

La molla scattò con violenza, e la tagliola della trappola si chiuse in un decimo di secondo sulle due dita, che non fecero in tempo a ritrarsi. Non era una trappola per piccoli sorcetti, era una elaborazione di un prodotto di serie in commercio, con molla rinforzata, avrebbe mozzato la testa a un grosso ratto o forse anche a una serpe.

L'ombra ebbe un sussulto, fece un salto sul pavimento, ma non emise un grido. Agitava freneticamente la mano, cercando di liberarsi dell'ordigno, che tuttavia restava attanagliato su quelle due dita maciullate. Non perse il controllo della situazione. Appoggiò la mano solidale alla trappola sul tavolo, in mezzo ai formaggi, e facendo leva con il manico di un cucchiaio di legno riuscì a discostare la tagliola il tanto che bastava per estrarre le due dita tumefatte da quell'inferno. C'era del sangue? Controllò dappertutto, soprattutto sul pacchetto di gorgonzola e su quello di guanciale arrotolato.

E ora? L'ombra si sciacquò la mano nel lavabo, tentò di lenire il dolore con l'acqua fredda. Non c'era tempo da perdere. Con una mano sola, con rapidità ma anche con circospezione – di trappole poteva anche essercene un'altra – riuscì a riporre nella scatola le confezioni di formaggi e di insaccati, fra cui una luganega spiralizzata, della quale asportò una parte, all'incirca un terzo dell'intero. Sciacquò la trappola di ferro nero alla bell'e meglio, la richiuse nella sua carta e in qualche modo, assai più sommario del solito, ridette alla composizione del contenuto della scatola la sua configurazione originaria. Pensò che la trappola andasse reinnescata, ma per questo gli sarebbero occorse tutte e due le mani, e una era inservibile, il dolore era lancinante. L'ombra per qualche istante vacillò. Decise di rimettere la trappola al suo posto così com'era, in fondo una trappola può scattare anche da sola, quante volte succede di trovarla serrata come una morsa, senza topo.

La scatola era ricomposta, il lucchetto venne richiuso. La morte secca sembrava guardare l'ombra con espressione beffarda mentre riprendeva il suo posto dentro il frigorifero.

L'infortunato si affrettò in bagno, avrebbe voluto chiudercisi dentro, ma la chiave era scomparsa da più di un anno. Era vita questa? Era dignità? Stare in un appartamento in cui non ci si poteva neanche chiudere nel cesso?

Dopo l'esplosione di adrenalina dei primi momenti la mano gli sembrava stesse per scoppiare. La tenne per qualche minuto ancora sotto l'acqua fredda, ma le dita continuavano a fargli male e soprattutto si stavano gonfiando come due salsicciotti. Si affrettò a togliersi di tasca il pezzo di luganega trafugato, che oltretutto stava impregnando del suo forte odore il pantalone, una circostanza rischiosa.

Erano le due e mezza quando entrò in bagno una ragazza con addosso l'accappatoio di Loris.

«Oh, scusa» disse all'occupante, che continuava, al buio, a tenere la mano sotto l'acqua «non credevo ci fosse qualcuno».

Il bagno fu lasciato libero. Dopo venti minuti sentì il rombo della Seicento, evidentemente la tipa andava riaccompagnata a casa.

Il ladro quella notte non chiuse occhio, per il dolore alla mano, tanto che la mattina seguente dovette andare al Pronto Soccorso. Ne risultarono due fratture, alle falangine di indice e medio della mano destra.

Alle undici Loris andò in cucina, mise su la macchinetta piccola del caffè e se la bevve tutta. Poi pensò per colazione di mangiare un po' di gorgonzola, allora aprì la scatola. Fu così che scoprì l'effrazione e la conseguente entrata in funzione della trappola. Decise di non parlarne con nessuno, ma di dare subito inizio alle indagini.

19

Il Ragazzo fu di ritorno a casa che erano quasi le due e aveva una gran fame. Trovò il Saggio e Loris a tavola, si erano fatti uno spaghetto aglio e olio e avevano contemplato anche lui, che però era in ritardo.

«Questa casa non è una pensione» gli dissero, mentre lui si avventava sugli spaghetti freddi ma buoni. Loris si limitò a gettare uno sguardo sulle dita del Ragazzo, non risultavano tracce di traumi recenti.

Il giovane era ancora sotto l'effetto di una discussione appena avuta in Istituto, tanto che si era dimenticato di tenere il muso per i fatti della sera precedente. Era infervorato.

«Ma voi avete mai sentito parlare di Rawls?».

«No, e chi è Rawls?».

«Lo sapete cos'è il "velo dell'ignoranza"?».

«No».

«Rawls è un pensatore americano contemporaneo che si inserisce nel dibattito sul contratto sociale. Lui dice che prima di stabilire il contratto sociale coloro che lo sottoscrivono non sanno quale sarà il loro posto nella società, se saranno dominanti o dominati, e quindi non lo sanno se gli conviene o no fare il contratto sociale. Nel contratto sociale c'è chi ci guadagna e c'è chi ci perde, ma uno non lo sa prima, all'inizio siamo tutti uguali».

Loris e il Saggio si guardarono negli occhi, pensando che loro non avevano mai firmato un cazzo.

«Eh?».

«Se uno sapesse in partenza che nasce ricco e borghese, con tutti i privilegi possibili, che gliene fotte di firmare un contratto sociale, che gliene fotte dell'uguaglianza, lui sa che sta meglio degli altri, sa che ha dei privilegi e se li tiene. È questo il "velo dell'ignoranza"».

Gli altri due oscillavano fra le perplessità e il più completo disinteresse. Si accesero le sigarette.

Proprio in quel momento squillò il telefono.

«Ragazzo, vai tu, così ti dimentichi di queste cazzate».

Ci andò e tornò dopo poco.

«Sono quelli dell'Alfasud».

«E che vogliono?».

«Vogliono fissare la data della sfida».

Loris ci pensò un po'.

«Eh, non ho ancora montato il kit... dobbiamo prendere tempo.... Digli che la macchina è in officina, che se ne riparla a gennaio...».

Il Ragazzo eseguì e quando tornò riferì.

«Dicono che ti stai cagando sotto».

«Cagando sotto io? E tu che gli hai detto?».

«Che non è vero».

«Che risposta! Come risposta mi pare debole».

«E che gli dovevo rispondere, che era vero?».

«Un po' di presenza di spirito, no?».

20

L'Alfasud entrò in produzione nel 1972. Una rivoluzione nel mondo dell'automobile italiana, per svariati motivi. Primo, nessuna utilitaria era stata mai prodotta dall'Alfa Romeo, casa automobilistica nota per le sue auto sportive e le vittorie sulle piste di tutto il mondo.

Secondo, era la prima Alfa a trazione anteriore, e terzo, era dotata di un brillantissimo motore boxer (coi cilindri contrapposti). Era anche la prima Alfa a due volumi, ma nonostante questo carattere per un uso familiare-popolare disponeva di freni a disco su tutte e quattro le ruote.

Quarto, ma non ultimo, era prodotta negli stabilimenti di Pomigliano d'Arco, vicino a Napoli, per questo si chiamava Alfasud.

Ideata dal mitico ingegnere austriaco Rudolf Hruska, uomo di grandi risorse capace di progettare modelli di Porsche come carri armati tedeschi, i famosi Tigre, una specie di Wernher von Braun dell'automobile.

Il progetto sfruttò i fondi statali destinati all'industrializzazione del Meridione.

Fu detto che l'operazione aveva lo scopo di ridurre l'emigrazione della forza lavoro al Nord.

La carrozzeria era disegnata, ovviamente, da Giorgetto Giugiaro.

Il motore 1,2 (1.186 cc) sviluppava ben 63 cavalli a 6.000 giri (153 km/h). I proprietari di quel modello (lo stesso in possesso di quei ragazzotti) ci mettevano poco a sostenere che toccava i 160.

La discussione sui pregi e i difetti di questa vettura non avrà mai fine. I detrattori mettono in luce problemi oggettivi, primo fra tutti quello della ruggine: l'auto si arrugginiva all'istante, forse ancora prima di lasciare la fabbrica. In più scricchiolava, pezzi di plastica abbondavano, non aveva il servofreno e in partenza bruciante le gomme slittavano per metri prima di fare presa, il che probabilmente stava alla base della prima umiliante lezione presa dall'Alfasud TI da parte della FIAT Seicento di Loris, pur se artigianalmente elaborata.

Si dice che il motore non entrasse mai in temperatura, con l'aria perennemente tirata.

Più importanti erano i pregi: un motore brillante, una frenata potente, una tenuta di strada straordinaria, un prezzo abbordabile, una ripresa di grande soddisfazione, una seduta comoda anche per persone di una certa statura.

Se l'automobile è il simbolo della sua epoca, l'Alfasud lo è degli anni Settanta in Italia: un'auto popolare, aggressiva, impegnata a risolvere i conflitti sociali ma con scarso successo; anzi, la sua storia ha pesantemente risentito delle lotte operaie, i continui scioperi, l'assenteismo e addirittura il boicottaggio si dice che ne abbiano pregiudicato la verniciatura e la carriera. D'altronde l'Alfasud non poteva uscire dalle mani dell'aristocrazia operaia di Arese, dicevano i bauscia, alcuni del sindacato. I colori dell'Alfasud erano modesti, umili e smorti come il colore delle strade attraversate: beige chiaro tendente a sbiancarsi, grigio topo pallido che si macchiava di color ruggine, verdino shampoo alle erbe.

Di Alfasud non ne sono rimaste, sono introvabili, in quanto si sono disintegrate, come l'Italia degli anni Settanta.

Loris rifletteva sulla situazione e sul «velo dell'ignoranza» che gli impediva di sapere chi era quell'infame
che gli aveva scassinato la scatola, e trafugato un pezzo
di luganega, fra le altre cose. In linea di principio non
poteva accusare né escludere nessuno. Non c'erano per
il momento riscontri positivi. Che si trattasse del Saggio
gli pareva impossibile, anche perché lui dai familiari non
ci tornava mai e quindi non veniva rifornito di derrate
alimentari, usava condividere regolarmente le sue scorte,
non avrebbe avuto motivo di rubarle. A meno che non
ci fosse un problema di cleptomania, o di gusto patologico
del proibito. D. poteva essere fortemente sospettato,
ma anche lui, dalla Puglia, riceveva tonnellate di generi
alimentari, lo faceva per dispetto? Il Ragazzo era un'in-
cognita. A guardarlo così non pareva capace di una cosa
del genere, a danno dei decani dell'appartamento. Che
fosse una gatta morta?

In buona sostanza Loris non riusciva a venire a capo
della situazione. Cercò di applicare delle congetture razionali, come il famoso argomento dei prigionieri.

Ci sono tre sospetti del furto: S., D. e R.

Il giudice dice: allora se il colpevole confessa gli imporrò
la punizione X, cioè non riavrà più alcuna delle mie porzioni. Se non confessa nessuno ci sarà per tutti la punizione X, cioè non darò più a nessuno alcuna delle mie
porzioni. Sembrava una scelta ponderata, ma c'era da

tener conto del ragionamento del danno, cosa che non fanno neanche gli insegnanti, quando qualcuno commette una marachella, più o meno grave, non si trova il colpevole e viene punita tutta la classe. Che convenienza può avere il colpevole a confessare, se comunque a lui la punizione toccherà lo stesso? E poi in proporzione il suo danno è maggiore. Se uno dei tre avesse confessato, sarebbe stato punito, e perciò escluso dalla distribuzione delle porzioni, quindi sarebbe rimasta libera la sua parte, probabilmente ridistribuita agli altri, che anziché una porzione ne avrebbero avuta una e mezza. E dunque il suo danno relativo, in relazione alla porzione altrui, sarebbe stato non di una porzione in meno, ma di una e mezza. Era evidente che confessare non sarebbe convenuto a nessuno, dal punto di vista logico, e su questo Loris ebbe a riflettere a lungo: punire tutti era solo una dichiarazione di impotenza dell'inquirente.

Un'altra evenienza, assai improbabile, era che confessassero tutti, come certe volte succede nelle aule scolastiche, almeno a quanto riportano alcune fonti.

Intanto in città si era diffusa una notizia di grande rilievo, negli ambienti politici: D. M., militante del movimento universitario, era stato vilmente assalito sotto casa sua, mentre stava uscendo per recarsi a un'assemblea popolare, ed era stato malmenato selvaggiamente da una squadra fascista che lo aveva atteso vicino al portone: lo avevano sprangato, tanto da fratturargli due ossa della mano. Lo studente era stato curato nel Pronto Soccorso dell'ospedale di Santa Maria Nuova e dimesso con una prognosi di trenta giorni.

Rapidamente dilagò il fermento, presto si convocò un attivo ad Architettura per dare un'immediata risposta in termini di antifascismo militante.

D. era munito del gesso mastodontico applicatogli al Pronto Soccorso, che gli risaliva fino al gomito; claudicava anche un po', non si sa perché. A quanto pareva gli avevano schiacciato la mano e pestata con un cric, probabilmente per mutilarlo, conoscendo le sue doti di abile disegnatore, in quanto studente di Architettura.

La vittima dei fascisti diventò nel giro di poche ore un eroe da vendicare, e lui, nonostante facesse dei tentativi, abbastanza falsi e dunque fallimentari, di schermirsi, alla fine non si sottrasse al ruolo che gli spettava. Sventolava la sua radiografia come fosse una medaglia. Stranamente non aveva contusioni sul viso, in queste situazioni di norma capitava di prendere una manata in faccia o un cazzotto in testa. La vile squadra fascista aveva evidentemente atteso sotto casa il «noto esponente della sinistra extraparlamentare», come avrebbe riferito «La Nazione» il giorno dopo. Fra i compagni scattò subito l'allarme, D. doveva essere protetto e scortato, per cui si organizzarono immediatamente delle ronde a pattugliare il circondario, dandosi dei cambi regolari.

Altri compagni facevano in modo che D., in casa come in Facoltà, non fosse mai solo.

Nel pomeriggio fu accolto come un trionfatore nell'assemblea improvvisata in Facoltà, dopodiché in città partì una ricerca del fascista, spietata ma anche disperata, in quanto di fascisti conclamati se ne trovavano sempre meno. Si consultava con fretta e determinazione il Manuale dell'antifascismo militante, dove erano riportati con precisione i nomi e gli indirizzi dei possibili obiettivi. Ma era roba vecchissima, fra l'altro molti dei soggetti citati adesso si sapeva benissimo che facevano parte di tutt'altro schieramento, un po' come succedeva negli anni Sessanta quando a seconda dei successi nella Coppa dei Campioni tanti tifosi passavano senza ritegno dalle file dell'Inter a quelle del Milan.

D. era al centro dell'attenzione, e in casa arrivava gente in visita, per avere notizie fresche e indicazioni di lotta, anche alcune ragazze.

Per gli altri abitanti dell'appartamento la notizia era giunta come un fulmine a ciel sereno, veramente inaspettata. Inoltre D., chiuso in camera sua, non sembrava voler avere rapporti con i suoi coinquilini, alcuni dei quali potevano anche esser sospettati di qualche connivenza, facendo parte di strutture politiche affiliate al

PCI e quindi connesse al sistema repressivo dello Stato. Non ci si spingeva fino a dire che quelle organizzazioni potessero avere delle cointeressenze coi picchiatori fascisti, ma certo, dopo le dichiarazioni di un noto senatore del PCI, e cioè che non c'era molta differenza fra lo squadrismo fascista e certi movimenti giovanili che facevano della violenza generica la loro parola d'ordine, c'era da aspettarsi di tutto. Il livello dello scontro stava spostandosi in alto.

Loris ancora ripensava alla faccenda della trappola per topi, sul caso D. aveva dei dubbi generici. Il Ragazzo era in un tumulto di pensieri: ma come, pensava, i fascisti hanno massacrato un mio compagno di appartamento, lo hanno fatto proprio qui sotto, e io non ho potuto fare niente. Il Saggio più o meno aderiva alle tesi del senatore del PCI, anche se come al solito non diceva una parola.

La cucina era stracolma di compagni, LC, AO (Avanguardia Operaia), S. il P. (Servire il Popolo), GG (Gruppo Gramsci), perfino uno di PO (Potere Operaio), c'erano almeno dieci persone. Erano venuti a fare sorveglianza militante del compagno D., a programmare una risposta ferma e decisa al vile attentato e già che c'erano a fare uno spuntino.

Sul tavolo di cucina c'era la scatola delle derrate romagnole, quella con la morte secca, aperta e completamente vuota. Le salsicce erano state divorate crude, non era rimasto più niente, né gorgonzola, né caciotta, né alcun insaccato.

Mentre Loris era piuttosto sgomento, non riuscendo a dire niente, arrivò D. che sparò: «I compagni avevano fame, gli ho detto di prendere pure quello che c'era in frigo, tanto siamo tutti compagni, vero?».

Per D. fu un gran successo: non solo era riuscito a non farsi scoprire, bensì a convertire una circostanza negativa, smacco e colpa, in una positiva, glorificazione a eroe e popolarità, una specie di inversione da polo negativo a polo positivo.

Il Saggio, Loris e il Ragazzo, disorientati, decisero di uscire, per arrivare a prendere un caffè al bar tabacchi di piazza Vittoria.

Dopo il caffè si sedettero su una panchina sotto i pini, a fumare.

«Vabbè, ti faccio un altro quiz di intelligenza, lo conosci? Se lo conosci dimmelo e non fare lo stronzo».

«Meglio lasciar perdere. Io di questi giochi conosco solo quelli che mi dici tu».

«Va bene, ti faccio l'ultimo».

«Poi però non ti lamentare se indovino. Lasciamo perdere».

«Ah, hai paura, eh? Non ti può andare sempre bene, magari questo non lo conosci».

«Ma io non ne conosco nessuno...».

«Ah sì, allora senti questo, ma tu giurami che se lo conosci me lo dici subito».

«Certo».

«Allora, lo conosci uno che comincia così: "cos'è quella cosa che si mettono le donne sulle labbra?"».

«No».

«Non mi prendi per il culo?».

«No, non lo so, comunque sarà il rossetto».

«E cos'è quella cosa che circola nelle vene?».

«Il sangue».

«E cosa sono quei frutti che una tira l'altra?».

«Beh, le ciliegie».

«E cos'è quella cosa che le femmine si mettono sulle unghie?».

«Lo smalto da unghie».

«E qual è la macchina da corsa con il cavallino rampante?».

«La Ferrari».

«E com'è il semaforo quando si può passare?».

«Verde».

«Vaffanculo e vaffanculo, allora sapevi anche questa».

«No che non la sapevo, ma allora sei scemo?».

«Ma vaffanculo, allora tanto furbo ti crederai?...».

«Senti, se ti devi incazzare perché li indovino sempre non me li fare più».

«Scusa, che divertimento c'è a dare la risposta esatta, se la sapevi già? Non capisco che divertimento ci trovi, a torturarmi così».

23

Onde evitare di tornare a casa in mezzo a tutti quei compagni estremisti e incazzati i tre decisero di andare al cinema. Fu un'esperienza importante, assai più di quanto fosse lecito prevedere. La coscienza del Ragazzo, come quella di un numero indefinibile di militanti, fu scossa, sconvolta, stravolta da *Taxi Driver*. Se ne parlava già da alcuni giorni.

All'uscita dal cinema, tranne qualche sofistico sapientone che aveva da ridire sulla struttura tipicamente tragica del film, una americanata mirante al coinvolgimento catartico in senso fascista, la giustizia fai da te come nei film del tenente Callaghan, la maggior parte degli spettatori maschi di giovane età era in piena crisi di identificazione individualistica con Travis, a partire dalla scena dell'acquisto delle armi, passando per il corteggiamento della bellissima e irraggiungibile Cybill Shepherd, per arrivare alla protezione eroica della piccola Jodie Foster, insomma, qui si aveva a che fare con l'insorgere dell'individualità contrastante l'annullamento del singolo, un problema sociale, si dirà, ma anche, nelle menti dei ragazzi, personale.

Il Ragazzo uscì dalla sala cinematografica in assoluto silenzio, attento e meditabondo, lo stesso fecero Loris e il Saggio. Altre persone fuori dal cinema ciarlavano sulle scene newyorchesi, sull'alienazione della società americana vissuta da «un reduce del Viet Nam». A

93

quell'epoca in Italia soltanto nominare il Viet Nam valeva una presa di posizione politica, di tipo antiamericano.

Nel percorso verso casa nessuno parlò. Erano troppo impressionati.

Ma nel segreto di ciascuno, e soprattutto di uno in particolare, il film aveva colpito nel segno. Chi di loro non avrebbe voluto essere al posto del tassista notturno di New York, a parte la bellezza dei luoghi, gli spruzzi degli estintori nella nebbia metropolitana, la megalopoli notturna, il marcio, la droga, i combattimenti dell'eroe solitario?

Il Ragazzo non disse una parola per tutto il resto della serata, ma quando, dopo una fiacca birra in cucina, tornò in camera sua, nella sua branda che assomigliava molto a quella di Travis, come non identificarsi totalmente in Bob De Niro quando parla con se stesso davanti allo specchio, oppure quando distrugge la televisione, oppure quando, alla fine del film, si dichiara non più interessato alla esplicita offerta di disponibilità di Betsy?

Eugenio quella notte subì una delle crisi più violente della sua vita. Forse trascinato dalla commovente colonna sonora di Bernard Hermann, forse sognando di essere lui a interessare Cybill Shepherd, il Ragazzo si trovò disarmato nei confronti di semplici sogni piccolo borghesi, come quello di essere qualcuno, a qualsiasi costo.

Ma era sensibile, non era indifferente a queste tentazioni affabulatorie, quasi se ne vergognava. Avesse solo immaginato che nello stesso momento anche gente più grande di lui, come per esempio Loris e il Saggio, quella sera non pensavano ad altro che a essere loro, fatti i necessari adeguamenti, gli eroi della New York notturna fiorentina.

Loris in bagno si esercitò ripetendo: «Tu dici a me? Tu dici a me?» davanti allo specchio.

Il Saggio, nel segreto della sua cameretta, si appoggiava indice e medio sulla tempia, producendo con la bocca un suono che assomigliava a uno «sbuchh», a imitare il rumore di una pistolettata suicida.

Il Ragazzo, senza dirlo a nessuno, il giorno dopo, alle tre del pomeriggio, tornò a vedere il film, lo apprezzò ancora di più. Uscì dalla sala alle cinque e mezza, era già buio, convinto che fra lui e Travis ci fosse una strettissima corrispondenza. E vedeva i rapporti fra sé e il mondo completamente cambiati. Si sentiva un individuo solo e ribelle, pronto a portare una ragazza a vedere un film porno, senza saperlo. Ma quale ragazza?

La forte impressione stentò a diradarsi. L'indomani il Ragazzo si recò alla sede centrale dei taxi, non sapeva neanche lui come fare, era un ufficio squallido (in questo senso molto in sintonia con l'atmosfera del film) dove un impiegato gli spiegò che qui in città non c'erano turni di notte per autisti non proprietari. In linea di massima i turni di notte erano pochissimi e se li gestivano i tassisti stessi quando ne avevano voglia. Al massimo poteva contattare qualche proprietario di taxi che avesse convenienza nel cedere il suo mezzo per le ore notturne, ma questo non succedeva mai, se non con parenti, di solito il figlio.

«Strano» disse poi l'incaricato, «è già il terzo che oggi ci fa questa richiesta».

24

Il Ragazzo dunque stava attraversando una fase di smarrimento. Anche politicamente si era reso conto che la FGCI era troppo di destra, sentiva il bisogno di ridefinire la sua collocazione.

Forse per questo un suo compagno di corso lo convinse, senza impegno, a recarsi quella sera a una riunione provinciale del Manifesto-Pdup fiorentino. Nessuno dei militanti lo conosceva.

Il gruppo dei raffinati intellettuali del Manifesto gli sembrava un giusto mezzo fra la tradizione storica del movimento operaio e del PCI e le novità della sinistra extraparlamentare, del maoismo, di forme nuove di aggregazione. Anche se proprio il Manifesto, nella vulgata espressa dalle altre organizzazioni extraparlamentari di allora, era considerato un gruppo di intellettualini piccolo borghesi, che un operaio non l'avevano scovato mai nemmeno con il lanternino.

I due giunsero in sede, situata in una viuzza del centro. Arrivarono un po' in ritardo e la discussione già ferveva, al centro del dibattito gli esiti del recente sciopero dell'industria.

Gli interventi erano molto lunghi e complessi, ciascun iscritto a parlare si era preparato con molto scrupolo il discorso, di solito cominciava dall'inizio, dalla fase storica, abbreviata col termine «la fase», poi passava alla situazione strategica, dunque a questioni di tattica, infine alle ultime novità interne al partito, che – questo il Ragazzo non lo sapeva – pareva dilaniato fra un'anima «sindacalista e revisionista» e un'altra «studentista e parolaia», almeno queste erano le definizioni che le due anime davano una dell'altra.

Curiosamente a un certo punto la discussione partì per una tangente piuttosto inaspettata, fu affrontata la questione dei rapporti fra Evoluzionismo e Materialismo storico: alcuni sostenevano che l'uomo è storicamente determinato e che l'Evoluzionismo non spiegava tutto; altri, fra cui un professore di Fisica, dicevano che queste cazzate non si potevano più sentire.

Il Ragazzo trovò tutto questo molto interessante, finalmente un ambito politico dove si percepiva un grande ardore intellettuale e in cui non si parlava soltanto di dove attaccare i manifesti per il comizio di Luciana Castellina.

Per l'appunto subito dopo si passò ad organizzare il volantinaggio per l'importante manifestazione-incontro con l'onorevole Luciana Castellina. All'istante la maggioranza dei presenti se la dette a gambe, oppure dimostrò impegni inderogabili. Alla fine rimasero in tre, il Ragazzo, il suo compagno di corso e uno studente medio. Al Ragazzo furono appioppati tre chili di volantini e l'incarico di coprire Lettere, Filosofia e Magistero.

«Ma io... io sono venuto qui per farmi un'idea... non sono un militante... io...».

«Compagno, ecco i tuoi volantini e non rompere i coglioni».

Per il Ragazzo fu una faticata massacrante, la mattina dopo, e di volantini gliene rimasero almeno due terzi. Li nascose sotto la sua branda.

Comunque per un certo periodo avrebbe acquistato tutti i giorni «Il Manifesto», spulciandolo per intero... e se qualcuno gli avesse chiesto ragguagli sulla sua posizione politica lui avrebbe riferito di appartenere a quell'area, di avere «più il giornale che non il partito» come punto di riferimento.

25

La domenica era sempre il giorno peggiore. A nessuno dei tre interessava il campionato di calcio. Loris una settimana sì e una no tornava a casa sua in Romagna, ma questa domenica no, presto ci sarebbero state le vacanze di Natale. In casa erano rimasti un paio di compagni che dormivano nell'ingresso, in sacco a pelo.

Decisero di prendere la Seicento e vedere un po' quello che succedeva.

Ma non succedeva niente. Sui viali non trovarono nessuno con cui ingaggiare una sfida di accelerazione, la gente si riversava in centro a comprare i regali. Così Loris propose di andare in campagna, a fare merenda alla Taverna Machiavelli a Sant'Andrea in Percussina, nel Chianti.

Procedeva a velocità moderata, perché non voleva consumare troppa benzina, era ulteriormente rincarata, adesso costava quasi 350 lire al litro. C'era silenzio nella vettura, nessuno si sentiva di dire niente. Il Ragazzo accennò a uno dei suoi quiz, ma chi aveva voglia di dargli retta, erano mosci. La Taverna Machiavelli, non si sa perché, era chiusa.

Presero un'ampia strada sterrata, Loris stava molto attento per preservare la coppa dell'olio, estremamente ribassata. Si era fatto buio, nella campagna deserta. Mentre si stava smadonnando perché avevano sbagliato strada, i fari illuminarono una figura femminile in mezzo alla carreggiata, che li fermò, chiedendo aiuto.

«Fatemi salire, per favore... per favore... aiutatemi!».

Loris fermò l'auto, la ragazza si sbracciava: «Aiutatemi, portatemi via da qui! Presto, o arriveranno!».

La inquadrarono, illuminata dai fari abbaglianti della Seicento. Assomigliava a Farrah Fawcett, ma molto più giovane. Indossava un vestito leggero, assolutamente inadatto ai rigori dell'inverno. Un abitino cortissimo lasciava intravedere due lunghissime cosce magre ma ben tornite. Una volta il Ragazzo aveva letto da qualche parte che la differenza fra i ricchi e i poveri sta nello stratino di ciccia fra pelle e muscoli. I ricchi ce l'hanno e i poveri no. Adesso se mai era il contrario, perché lei povera non lo sarebbe sembrata mai, neanche completamente nuda. Ecco, la ragazza, che era uno schianto da questo punto di vista, non aveva strati, benché minimi, di grasso sulle cosce. Era assai più alta del Ragazzo, e ancor di più del Saggio. Invece Loris con i suoi 198 cm reggeva la prova.

«Sali, dai» disse proprio lui, senza pensarci due volte, costringendo lo studente di Medicina a retrocedere sul sedile posteriore.

La ragazza, che si portava dietro una cascata di capelli biondo oro, si accomodò sul sedile anteriore.

Nessuno disse niente, se non lei: «Portatemi via da qui, per favore! Per favore!!!». Sembrava in procinto di avere una crisi isterica e per giunta era mezza nuda. Per fortuna nell'abitacolo della Seicento faceva un caldo della Madonna.

L'utilitaria elaborata procedeva in mezzo alle campagne, sempre a velocità ridotta, per la solita questione della coppa dell'olio.

«Non puoi andare un po' più svelto? Mi stanno cercando, e se mi trovano io...».

Nessuno ebbe il coraggio di chiederle chi era che la stava cercando e che cosa sarebbe successo se l'avessero trovata.

Finalmente la sterrata, vicino a San Casciano, confluì nella provinciale asfaltata. Loris scalò in seconda, poi lasciò andare una bella terza. In pochi minuti furono alle porte di Firenze. La ragazza emanava un forte odore indefinibile, a metà fra il sudore, le tossine della paura e il sesso. Aveva gli occhi verdi, di un verde meraviglioso, scuro.

«Dove ti portiamo?» disse cercando di mantenersi freddo Loris, a questo punto pronto a sfide di ogni genere.

«Come dove ti portiamo? Portatemi da qualche parte, al sicuro, dove nessuno mi possa trovare...».

«Al sicuro? Ma al sicuro da che?».

«Ve lo chiedo per piacere... non posso andare dove... mi troverebbero... e mi richiuderebbero lì... portatemi in un posto sicuro... io non ho con me neanche cento lire, ve lo chiedo per favore...».

La ragazza doveva essere un'attrice del cinema o una modella, comunque uno schianto di fuggitiva, ma ciò non le impedì di mettersi a piangere. Loris mentre pilotava si voltò all'indietro cercando lo sguardo del Saggio, che annuì. Non c'era altra soluzione, si sarebbe portata la ragazza, qualsiasi fossero i suoi guai, in via IX Febbraio.

Il Ragazzo, seduto dietro al pilota, intravedeva le cosce, e anche le spalle seminude di quella ragazza, poteva avere la sua età come anche due o tre anni di più. Questo dal punto di vista fisiologico, perché da quello esistenziale lei sicuramente aveva avuto più esperienze.

«Avete una sigaretta?».

Gliene furono proposte tre di tre marche diverse, lei accettò la MS di Loris.

«Beh, ti possiamo portare a casa nostra, non è granché, ti dovrai adattare. Però, ne puoi star certa, lì non ti verrà a cercare nessuno...».

«Ah, voi siete la mia salvezza, voi non potete sapere ma... voi mi state salvando...».

A udire queste dichiarazioni le menti dei tre andarono in sollucchero. Un sollucchero attento e preoccupato – da chi stava fuggendo quella bellezza? – ma anche partecipato.

«Il nostro è una specie di covo, un posto tranquillo...».

«Un covo? Cosa intendete per covo? Sarete mica...».

«No, tranquilla» disse Loris, «si dice covo per modo di dire. Siamo ragazzi perbene...».

Posteggiò la Seicento sotto casa e mandò il Ragazzo a sincerarsi che nell'appartamento fosse tutto tranquillo. Quello salì in casa: nessun pericolo, D. e la sua ghenga non c'erano. Anche gli altri salirono su.

La ragazza entrando si guardava intorno, con un'aria abbastanza schifata. Era ovviamente abituata a ben altre sistemazioni residenziali.

«Dov'è il bagno?» chiese. I tre si guardarono l'un l'altro, un po' smarriti, pensando alle condizioni in cui potesse trovarsi il bagno, visto che da più di una settimana non veniva pulito. Il Saggio mostrò di essere quello con la maggior dose di educazione e di sangue freddo, e con la scusa di andare a prendere gli asciugamani fece una rapida ispezione del locale, ripulendo per lo meno gli orrori igienici più evidenti.

Dopo cinque minuti uscì dal bagno tutto sudato, con

una coppia di asciugamani dello stesso colore, uno da doccia e uno da bidet.

«Prego» disse elegantemente.

La ragazza si chiuse in bagno e ci rimase per tre quarti d'ora. I tre erano appostati nel corridoio, cercando di intuire che cosa stesse succedendo. La doccia pareva non finire mai, con un consumo di acqua calda pari a quello di almeno sette docce degli inquilini abituali.

I ragazzi cercavano, incrociando gli sguardi, di mettere a punto una strategia comune. Chi era quella ragazza, evidentemente di estrazione non proletaria? Chi la stava cercando? A quale destino stava sfuggendo? Le immaginazioni di ciascuno si proiettavano lontano: dalla droga alla compravendita di sesso, dalle depravazioni del jet set a complotti familiari di alto bordo – perché di alto bordo sicuramente si trattava, il vestito pop che indossava non era stato comprato a una bancarella – e mille altre illazioni.

Ma il vero problema era dove farla dormire. Sicuramente non nella camera di Loris, col puzzo di gasolio. Tantomeno in quella del Saggio, del tutto impraticabile. L'unica chance era la cameretta squallida con la luce color salmone.

«Vai in camera tua e cerca di sistemarla al meglio» ordinò Loris. «Il Saggio ti darà delle lenzuola pulite. Cerca di rendere l'ambiente presentabile, non siamo animali. Sincerati che la tenda sia chiusa, e che il letto sia pulito e accogliente. Sul resto... pazienza».

Il Ragazzo si mise al lavoro, freneticamente. Raccolse tutte le mutande sporche, le camicie, i golf disseminati nella stanza, e vari altri oggetti, li comprese dentro il piccolo armadio. In un sacco grigio di plastica per l'immondizia gettò fazzoletti, fogli, bicchieri di plastica, avanzi, bottiglie di birra e mille altri rifiuti che prima non si era posto il problema di rimuovere. Come gli avevano consigliato aerò l'ambiente, solo adesso accorgendosi del greve puzzo di sudore e di altro.

Finalmente, intorno alle dieci e mezza di sera, la ragazza uscì dal bagno, vestita soltanto dell'asciugamano grande del Saggio, sul quale imperava la scritta Marina Militare.

I tre fecero finta di attenderla indifferenti in cucina.

«In casa c'è un telefono? Posso usare il telefono?».

«Certo, da questa parte» disse Loris, accompagnandola nell'ingressino dove c'era l'apparecchio munito di contatore.

«Posso rimanere sola?» chiese lei, ancora fumante dopo la doccia calda. La porta fu chiusa, mentre quella lavorava col telefono a disco.

I tre nel frattempo allestirono un piccolo buffet in cucina, attingendo alle scarse riserve rimaste, custodite nelle rispettive camere: peperoni e melanzane sott'olio, piadina abbrustolita, tonno in scatola. Il Saggio tirò fuori da un nascondiglio in camera sua un'impensabile bordolese di Chianti Antinori, che conservava da più di un anno per un'eventuale occasione speciale.

Dopo mezz'ora la ragazza si ripresentò avvolta nell'asciugamano. Aveva terminato il suo giro di telefonate e aveva freddo. «Non ci sarebbe qualche cosa da mettere addosso?».

L'unico che disponeva di qualche indumento femminile era il Ragazzo: roba di sua sorella lasciata nell'armadio. Ovviamente si trattava degli scarti, le ultime cose che nemmeno Pinuccia si sarebbe mai messa, comunque uscì fuori una lunghissima gonna operata, una camicia indiana e un ruvidissimo golf di lana sarda. La ragazza non parve fare caso a quella mise da femminista di allora, e cominciò a riprendere fiato. Ma proprio quando, rivestita, approdò in cucina, e dopo aver dato uno sguardo panoramico alla povera offerta sul piano di marmo del tavolo, disse che non aveva voglia di mangiare, era sfinita, voleva dormire un po'. I ragazzi ci rimasero male, ma lei si avviò senza meno verso la cameretta, scortata dal Saggio.

«Domani vi racconto tutto» gli disse lei, «stasera non ce la faccio».

Chiuse la porta e così fu.

Loris, il Saggio e il Ragazzo restarono in cucina, a bocca aperta. Si fecero uno spuntino. Nessuno aveva il coraggio o gli argomenti per commentare l'accaduto. Ognuno si immaginava avventure estreme. A forza di sbocconcellare finirono tutto quello che offriva il buffet e si bevvero la bottiglia di Chianti pregiato.

Intorno alle due Loris se ne andò a letto.

«E io dove dormo?» chiese il Ragazzo.

«Tu dormirai nella poltrona letto in camera del Saggio».

Per liberare il pavimento in modo da rendere possibile l'apertura del letto a Eugenio ci vollero dieci minuti. Si accomodò sul nudo materasso pieno di macchie. Quando riuscì a coricarsi e a mettersi addosso la coperta militare, purtroppo il Saggio si era già addormentato e russava sonoramente. Ciò disturbò le fantasie erotiche del giovane, ispirate dalla ragazza, che si chiamava Eleonora.

La mattina seguente attorno alle otto e trenta in camera del Saggio suonò la sveglia. Sia lui che il Ragazzo cercarono di afferrarla ma non ci riuscirono, perché l'ordigno era intelligentemente attaccato, tramite un pezzo di spago, a una trave del soffitto, a una altezza tale da non essere facilmente raggiungibile da qualsiasi persona in piedi nella stanza. Forse solo Loris ci sarebbe potuto arrivare, ma non era presente. La sveglia suonava all'impazzata e il Saggio, come se non fosse la prima volta che gli capitava – d'altronde al soffitto l'aveva attaccata lui, proprio perché fosse irraggiungibile –, estrasse da sotto il letto un bastone da passeggio col quale tentò di colpirla, come si fa nel gioco della pentolaccia. Ma non era pronto e lucido, i suoi fendenti andarono a vuoto e la sveglia ebbe modo di portare a termine il suo compito. Di solito non andava a finire così, e un numero non indifferente di modelli simili andava distrutto.

In fondo era soltanto una enorme e robusta sveglia meccanica.

Quando il trillo si esaurì, trasformandosi in un rantolo, i due si rimisero a dormire, esausti. Si sarebbero risvegliati solo dopo le undici.

Loris dal canto suo non aveva impostato nessuna suoneria, sicuro che gli altri due lo avrebbero svegliato al momento opportuno. Ciò avvenne intorno alle undici e mezzo.

Fu preparata la caffettiera da dodici e solo alla terza tazzina i tre vennero al punto, e cioè se fosse il caso di svegliare la ragazza. Erano timorosi di bussare alla sua porta. Si disposero tutti e tre nel piccolo corridoio, a origliare, ma dalla camera del Ragazzo non proveniva alcun rumore.

Soltanto intorno a mezzogiorno e mezzo si decisero a fare toc toc. Nessuna risposta. In fondo la ragazza ne doveva avere passate delle belle, aveva necessità di recuperare. Stazionarono in cucina, in attesa.

Come era lecito aspettarsi arrivò D. che vide i tre concentrati e silenziosi.

«Buongiorno a tutti, mamma mia, non ne posso più».

I tre fecero finta di niente. Non chiesero a D. di che cosa non ne poteva più, ma lui lo disse lo stesso.

«Scopare, scopare, ininterrottamente. Tutto ha un limite, non trovate?».

Gli altri si auguravano che Eleonora facesse all'improvviso la sua comparsa, scioccando quell'idiota con il suo fisico. Non la fece.

Soltanto alle tredici e trenta circa i tre si accorsero che la ragazza in camera non c'era più. Era rimasto solo il suo vestito, il Saggio cercò di vagliarlo, per avere degli indizi, l'etichetta riportava una scritta: Capucci, Roma.

«Cazzo, se n'è andata!» fece il Ragazzo.

Gli altri due rimasero immobili a guardarsi negli occhi.

26

Nel pomeriggio in cucina c'era silenzio. Loris fumava una MS guardando la plafoniera, dentro c'erano arrivate altre mosche. Si gingillava con le chiavi della Seicento. Il Saggio si grattava la barba e soffocava qualche sbuffo del dopo mangiato. Si tolse gli occhiali e provò a pulirli col fazzoletto da naso. Seduto di fronte a lui il terzo era immerso in qualche pensiero. Con una penna in mano faceva dei ghirigori su un volantino.

Restarono così per una ventina di minuti, nessuno aveva slancio neanche per dire che non aveva voglia di parlare. Loris si alzò, il Ragazzo sollevò lo sguardo per vedere dove stesse andando. Quello dette un'occhiata fuori dalla finestra, i cui vetri erano appannati. Guardò in frigo se c'era qualcosa da bere. Si mise di nuovo a sedere e si accese un'altra MS. Il Saggio si sgranchì, restando seduto. Fuori stava facendo buio, in cucina anche. Un rumore sommesso di televisione pomeridiana proveniva dal piano di sopra.

27

Per il Ragazzo il ritorno a casa in Sicilia nel periodo delle vacanze natalizie fu drammatico, ma non per i motivi immaginabili: il solito tran tran di provincia, con i suoi vuoti rituali, lo stantio clima di riunione familiare (tornava anche sua sorella da Bologna), l'inadeguatezza della città meridionale, degli amici che lì erano rimasti, la ristrettezza della mentalità, del bar, della ripetizione all'infinito della solita frase: «Allora, come sono le donne fiorentine?», fra l'altro detta in dialetto, utilizzando espressioni triviali. No, i quindici giorni che passò «a casa» furono tragici perché aveva comprato e letto il libro *Porci con le ali*. Fu per lui un'esperienza devastante, distruttiva, squassante. E questo non tanto per il messaggio politico-epocale-generazionale che il romanzo lanciava a centinaia di migliaia di giovani: l'inizio del riflusso, il crollo dei miti ideologici, l'impatto duro e malinconico al tempo stesso del femminismo, e tutto il resto. A far deflagrare l'autoconsapevolezza del Ragazzo fu quanto quei giovani scopassero, e quanto liberamente, addirittura rapporti anali, omosessuali, promiscui, collettivi, orgiastici, liberi, disinibiti, in una parola «avanzati», insomma era allibito da come questa comunità di giovani fosse «avanti» rispetto alle sue esperienze individuali, al suo milieu, al suo mondo erotico-sociale. Questi erano quindicenni che ficcavano come ricci e i genitori glielo lasciavano anche fare, ma quando mai?, conoscevano del sesso tutti i segreti. Impastavano le loro scopate di ragionamenti critici, ma, in ogni caso, erano «avanti» anni luce.

Eugenio nella sua cameretta leggeva *Porci con le ali* in gran segretezza, se sua madre glielo avesse trovato sarebbe successo qualcosa di grave, l'avrebbe preso per materiale pornografico e vastaso, e si sarebbe risentita assai. E se lo avesse saputo suo padre? Ma possibile che quelli fossero veramente i costumi sessuali degli adolescenti romani? Il Ragazzo cercò di erigere delle difese contro un attacco così violento nei suoi confronti.

Per esempio diceva a se stesso che si trattava di una conventicola di «borghesi» della capitale, virgulti annoiati e pervertiti della Roma bene, anche se solo quindicenni. Inoltre erano figli di famiglie di intellettuali revisionisti, che in pubblico dimostravano comprensione per la causa operaia, ma in privato oscillavano fra la repressione paternalistica e il lassismo di una borghesia in crisi. Ma questi ragionamenti non reggevano: aveva il sospetto che Rocco e Antonia fossero al passo coi tempi, mentre lui invece si trovasse irrimediabilmente indietro, senza neanche un coito (effettivo) alle spalle, senza neanche un semplice tentativo di amicizia maschile a sfondo omosessuale. Ma l'avessero soltanto sentito in paese, se soltanto i suoi amici avessero sentito parlare di due ragazzi che si fanno le seghe a vicenda, cosa avrebbero pensato, nel loro infinito provincialismo? Che a Firenze Eugenio era diventato garruso, ammesso che non lo fosse sempre stato.

E poi non erano le solite millantate avventure di paese, dove a sentir loro tutti avevano scopato per la prima volta fra i dodici e i tredici anni, con la cugina grande, con una «forestiera», oppure con la classica bottana, o addirittura con una lavandaia, dove andavano a prendersele queste immagini, probabilmente nei racconti dei nonni, comunque con un numero infinito di entità tanto femminili quanto immaginarie.

A Roma, in quel liceo, scopavano, scopavano, scopavano, la parola gli risuonava nella mente e gli ricordava i rendiconti di D. Solo che D. aveva già 23 anni, c'era ancora un po' di tempo per raggiungerlo. Invece lì a Roma si parlava di quindicenni, di appartamenti, di gente vera. In fondo alla base dello scoramento del Ragazzo c'era la convinzione di essere rimasto indietro rispetto a un'idea di progresso evolutivo e rivoluzionario, a uno stato di avanzamento dei costumi e delle esperienze rispetto al quale lui si trovava irrimediabilmente arretrato, un treno che aveva già perduto per sempre. Forse i compagni di Roma di quella precisa fazione erano «più avanti» rispetto a tutti gli altri militanti di altre organizzazioni della sinistra extraparlamentare e non? Erano più a sinistra in quanto scopavano di più? Il Ragazzo poteva soltanto chiederselo, ma sicuramente non avrebbe avuto difficoltà a trovare qualcuno che alla domanda avrebbe dato una risposta affermativa. La tesi del libro gli pareva quella. Di fatto si sentiva chiamato in causa personalmente dal volumetto e dai suoi personaggi: «E tu» gli dicevano «sei sempre lì a farti le pippe? Hai vent'anni, e non solo non hai fatto niente di importante per il movimento, un contributo, in piazza, o sulle riviste, ecc. ma non hai neanche, non dico avuto un rapporto libero cioè omosessuale, ma neanche hai mai scopato?». C'era il giudizio della storia sociale con il dito alzato su di lui, i costumi sessuali erano come una tessera dell'organizzazione. Si sentiva inadeguato. Lui, che si perdeva in fantasie erotiche, meglio dire romantiche, per Eleonora! Lui, che si masturbava sempre con la solita sciatta rivistina! Era in crisi, in crisi nera, e a nulla valevano le recenti acquisizioni filosofiche che associavano alla parola «crisi» un sacco di valenze positive, sostenendo che la crisi è una svolta, e non necessariamente un dissesto, una caotica rovina. Era talmente in crisi che sua madre se ne accorse e si dimostrò preoccupata: «Ma va tutto bene, lassù?».

Ma come avrebbe potuto capire? E poi il libro in questione spiegava con chiarezza come vanno queste cose, il ruolo della madre vampiro la quale si nutre delle sofferenze filiali. Era in un culo di sacco.

Cercò di sfruttare quei giorni per studiare e per darne dimostrazione alla famiglia. E cercò di rifugiarsi nelle materie più astratte che aveva a disposizione, Hegel andava benissimo. Mentre sudava sulla *Fenomenologia dello spirito* pensava: quindici anni? Ma io che facevo a quindici anni? E chi sa che faceva Hegel, per non dire Marx.

Non gli venne in mente, non lo poteva mica sapere, che gli scaltri autori del libro fossero due persone scafate di 29 e 25 anni, dai cognomi assai noti e infatti tenuti segreti. Beh, una qualche domanda sui riferimenti culturali di quei porci c'era arrivato pure il Ragazzo a porsela, non era mica del tutto scemo. Però aveva risolto il problema con la differenza di classe e di ambiente culturale, i soliti trucchi con cui la borghesia, con la scusa di mettersi in crisi, ti fa sentire una merda, e ti fa desiderare di aspirare alle sue acquisizioni in termini di cultura e consapevolezza, pur nella criticità e nella autocontraddittorietà crepuscolare, tanto naturale quanto al passo coi tempi.

Quando tornò a Firenze, carico di dubbi, frustrazioni e specialità siciliane (sua madre si era sentita colpita nel vivo al racconto delle squisitezze che provenivano dalla Romagna) sentì subito il bisogno di chiedere a Loris se aveva letto *Porci con le ali*. E la sua inimicizia, fatta di invidia e di riprovazione, nei confronti dei compagni di Roma era cresciuta. A questi gli interessa di scopare e basta, della lotta di classe non gliene importa una minchia. Loris il libro non l'aveva letto, non era nei suoi programmi, aveva da studiare Popper, era molto indietro con gli esami.

Il Ragazzo riprese possesso di camera sua: un disastro. Chissà quanta gente ci aveva dormito. C'era un cumulo di rifiuti, lattine, cartacce e di peggio, peraltro un paio di libri glieli avevano fregati. Cambiò le lenzuola e dette una ripulita dall'immondizia, spazzò per terra. Aprì la finestra per arieggiare, mettendo il naso nella minuscola corte interna. Lì la luce non arrivava mai, era chiuso su quattro lati, l'unica cosa che vedeva era il muro di fronte, a meno di tre metri, dove si trovava una sola finestra, adesso illuminata. Doveva trattarsi di una stanza simile alla sua, nell'appartamento gemello della casa accanto facente parte dello stesso stabile, ma l'ingresso era da un'altra parte, al civico 23.

Così fu che la vide.

In camera sua, a studiare, o a sentire le cassette, non si capiva bene. Era bionda, probabilmente una studentessa dell'ultimo anno di liceo, visto che di fronte a sé aveva manuali di letteratura o di storia che lui aveva riconosciuto dalla copertina. Era proprio carina, ben vestita, e molto composta.

Eugenio quasi si vergognò di spiarla in quel modo, ma era come attanagliato, non riusciva a staccarsi da quel vetro appannato.

113

II
Krisis

28

Dopo le feste la situazione degli altri inquilini di via IX Febbraio era la stessa di prima, col Saggio impegnato nell'Anatomia patologica, D. vittima della violenza fascista e Loris al lavoro sulla sua Seicento truccata, solo ogni tanto volgeva i pensieri al furto nel frigorifero, mistero ancora non risolto.

Ma le grandi novità per il Ragazzo furono in termini teorici, occorreva andare in libreria e affrontare lo sforzo economico di comprare *Krisis*, nientepopodimeno che di Massimo Cacciari, intellettuale finissimo della sinistra, la cui prosa risultava spesso incomprensibile, il che per molti era garanzia di profondità. Il libro costava 4.500 lire. Il Ragazzo se lo faceva girare fra le mani, con la sua copertina lucida sulla quale troneggiava un quadro di Kandinskij dal titolo «Semplice». Era tutto un programma. A casa si mise ostentatamente a leggerlo in cucina, cioè in pubblico, in modo che fosse ben visibile che stava leggendo Cacciari. Scorse l'indice e già provò un senso di smarrimento, perché c'erano tante parole in tedesco, lui non le capiva, ma provando a sfogliare qualche pagina trovava un tale ammontare di riferimenti e nomi di autori a lui ignoti che si sentiva perso. A prima vista la prosa di Cacciari non sembrava del tutto incomprensibile, ma nel complesso presentiva che si sarebbe trattato di uno scoglio duro. Eppure la prova andava superata, aveva come l'impressione che una volta letto e riletto questo libro avrebbe potuto guardare con superiorità qualsiasi altra sinossi del pensiero moderno, il che probabilmente stava negli intenti dello stesso prof Cacciari.

Nella prefazione c'era un avviso perentorio: «poiché di *un solo* saggio si tratta è necessario leggere il libro dall'inizio alla fine, nell'ordine in cui viene presentato». Il Ragazzo fu colto in fallo, avendo visto l'indice per l'appunto si riproponeva si saltare a piè pari il primo capitolo su Böhm-Bawerk (e chi era?) e Mach, a parte il pezzo su *Materialismo ed empiriocriticismo* di Lenin, quello gli pareva sufficiente e probabilmente avrebbe tirato le fila. Così fece.

Lesse che c'era una crisi dell'idea di sistema come «*ordine* fisso di equazioni». In quel libro i corsivi, come prima quel «*un solo*», erano come delle dita puntate. Si diceva: «il carattere *determinante* di tale *crisi*» come dire: non sarai mica così cretino da non capire l'importanza della parola «*determinante*» e della parola «*crisi*» che ho usato qui?

Il Ragazzo era affascinato e convinto dall'uso della parola «aporia»: gli risolveva tutti i problemi, fosse questa in corsivo, fra virgolette... le aporie tramite le quali il pensiero borghese andava in crisi, come se avesse finito la benzina, o gli si paralizzasse mezza faccia. Quindi quando lesse che «Il problema dell'*Ubergang* – e cioè dell'applicazione di forme conoscitivo-pratiche *a priori* – è impensabile se non all'interno di una concezione dell'*a priori* come contenuto di intuizioni reali», non fece una piega, gli pareva di aver capito, se non che nella frase successiva si affermava: «Se ciò era vero nell'ambito della teoria della relatività, a maggior ragione lo diventa se passiamo all'analisi della fisica quantistica».

La fisica quantistica? E che c'entra? si chiedeva il Ragazzo, sprofondando in un abisso di ignoranza. E le aporie? Anche la fisica quantistica metteva in luce le aporie del razionalismo borghese?

Uscì stremato dalla prima seduta di lettura di *Krisis*, non ci capiva niente, ma non era soltanto quello, gli si apriva un'infinità di orizzonti, e veniva bombardato da orde di nomi, di pensatori, di critici, che non conosceva. Quindi la vera crisi in quel momento riguardò il Ragazzo, il quale prima di tutto decise di leggere alcuni testi di Nietzsche e Wittgenstein: poteva affrontare un saggio che li poneva in sintesi senza conoscerli? Quanto costavano quei libri? Beh, non aveva più soldi, li avrebbe presi in biblioteca. Ma c'era bisogno di leggere anche Mach e Avenarius? Poi nel saggio ci si riferiva ad autori come George, Kraus e molti altri. Cacciari pareva averli letti tutti, tanto che non riferiva mai cosa questi pensatori pensassero, lo dava per scontato, ma li *ascriveva*, li *sussumeva*, li *poneva in dialettica*, usando parecchi suffissi in -ismo o in -ità, tanto da non vergognarsi di indicare il movimento relativo a Ernst Mach come «machismo». Ma quante sollecitazioni intellettuali!

Si addormentò appena abbordato il capitolo sulla *Wille zur Macht* (per capire che si trattava della Volontà di potenza gli toccò consultare il dizionario Langenscheidt) proprio sulla frase: «Vera sarà soltanto la nullificazione *della volontà alla rappresentazione*», con i soliti corsivi terrorizzanti.

Il giorno dopo il Ragazzo rivide la dirimpettaia. La scorse per la strada e non era la prima volta, visto che lui le dedicava già da un po' numerosi appostamenti, nel primo pomeriggio e poco prima dell'ora di cena, almeno quella usuale nella sua famiglia.

Chissà che tipo di genitori aveva... probabilmente assai conservatori, la opprimevano, le toglievano la libertà, la costringevano a seguire il loro modello piccolo borghese. In effetti si vestiva come un'educanda, e quando usciva indossava un cappottino vecchio stile, grigio scuro e corto, con la sciarpa scozzese e talvolta un cappello di lana in testa, fatto a mano, con il pon pon. Ma com'era bella! Aveva i capelli mossi, tenuti da una parte, con la divisa sulla destra e una bella fronte, ampia e rassicurante. E poi gli occhi, con estrema probabilità erano azzurri, o verdi, neri comunque no, il Ragazzo non aveva le idee molto chiare perché da vicino non l'aveva mai vista.

Perché non ci incontriamo, pensava, perché restiamo ciascuno separato nel suo universo?

Tornato a casa, a mente fredda, riprese in mano *Krisis* e si lesse tutto il paragrafo sulla «Logica del *Wille zur Macht*». Ne ricavò poco: qual era la grande novità di Nietzsche, al di là di tutte le stupidissime interpretazioni che ne facevano l'eroe dell'«irrazionalismo vitalista», l'ultimo e prezzolato distruttore della ragione? Era che il soggetto logicizza il mondo, lo com-prehende, per fondare il suo potere su di esso. Ma qual era, chi era questo maledetto soggetto, che ri-fonda la logica del mondo, il suo, quello dove afferma la sua *Macht*?

Di fronte all'*Entsatzung* pessimistica, che ne restava a petto della *Macht* del *Wille* (la potenza della volontà), della *Planlosigkeit* capitalistica, classicamente descritta?

C'era poco da fare, lo stile della prosa di Cacciari era infettivo e molto contagioso, e uno studente tutto sommato abbastanza indifeso come il Ragazzo non poteva che restare vittima di questa seduzione. La crisi era tutta sua: chissà come si diceva «porci con le ali» in tedesco.

29

In quella settimana Loris si vide poco. Gli era finalmente arrivato il kit Abarth 850 TC e quindi passava
tutto il suo tempo in officina, da un amico a Borgo San
Lorenzo.

A differenza delle modifiche che aveva applicato fino
ad adesso, un po' artigianali e dettate dall'esperienza
del meccanico, marmitta stappata, carburatore e poco
altro, questa volta poteva attuare una trasformazione,
termine tecnico, ufficiale. Il kit ai tempi del suo lancio,
più di quindici anni prima, costava un sacco di soldi,
ben 250.000 lire, metà del prezzo della macchina.

Loris lo aveva trovato a prezzo stracciato. Lo pagò
meno di 100.000 lire, comunque per il periodo una cifra
non indifferente. Basti pensare che per l'acquisto della
FIAT Seicento D usata di partenza erano state sborsate
60.000 lire. Tutti quei soldi, dove li aveva trovati? Glieli
aveva diciamo così prestati sua zia, una ex maestra senza
figli, la quale per il Loriano aveva un debole.

Ormai era in circolazione da anni il kit per l'Abarth
1000 ma quello aveva prezzi proibitivi, più di un milione
di lire, per ottenere un mostro che sfiorava i 100 cavalli.

Fra gli oggetti contenuti nel kit Abarth: 1 albero a
gomiti, 4 pistoni, 4 spinotti con relativi anellini ferma-
spinotti, 8 segmenti di compressione, 4 segmenti ra-
schiaolio, 1 albero a camme, 1 guarnizione della testata,
4 valvole di aspirazione e 4 di scarico, 1 carburatore

Weber 32 con pompa, filtro dell'aria, marmitta completa con 2 scappamenti e accessori, 1 radiatore, 6 molle frizione, 1 quadrante tachimetro, 1 serie calandra e fregi laterali, 1 scudetto Abarth, 1 fregio cofano Abarth, 1 distintivo Abarth, scritte cromate, 1 serie cappe per ruote, 6 lattine di olio Castrol, più vari bulloni, guarnizioni e accessori. Nel kit trovato da Loris le lattine di olio Castrol non c'erano più.

Un altro furto? Qualcuno aveva manomesso il kit? Che il ladro fosse lo stesso della luganega? Pareva estremamente improbabile, ma che strani questi ladri che rubano solo una parte della possibile refurtiva, un po' come fanno i bambini quando rubano una fetta di torta, convinti che la mamma non se ne accorga. E a forza di togliere fette, i ladri possono essere anche più di uno, della torta non resta più niente. Era successo lo stesso con le lattine di Castrol?

Ormai erano innumerevoli le volte che il Ragazzo si era appostato nelle vicinanze del portone al civico 23, e tenendosi a distanza aveva seguito la ragazza, in quei pomeriggi di gennaio dove fa buio presto e c'è una grande umidità. In camera sua lei teneva quasi sempre la luce accesa, anche alle tre del pomeriggio, del resto la stessa cosa faceva anche lui, perché le finestre che davano su quella corte angusta offrivano poca illuminazione. Così lui capiva che Lei stava uscendo quando spegneva la luce. Allora si precipitava in strada per anticiparla, la vedeva col suo cappottino grigio, una borsa di libri in spalla, il cappellino di lana. Che amore!

Senza farsi scorgere, il Ragazzo era riuscito più di una volta a vedere dove la ragazza andasse in quei pomeriggi, una casa austera lì vicino, in viale Milton. Mica si sarà trattato di un maschio? No, più facilmente era una compagna di classe, dalla quale Lei andava a fare i compiti. Che tenerezza.

Eugenio aveva finito di fare quelle cose poco più di sei mesi prima, eppure adesso si sentiva parte di un mondo completamente diverso. Mentre la seguiva per le strade si immaginava scene di tutti i tipi, per esempio che qualcuno avesse la pessima idea di importunare la ragazza. Avrebbe fatto un terribile errore, perché lui sarebbe intervenuto subito, lui frequentava l'Università, e avrebbe fatto giustizia di chicchessia.

Lei questo non lo sapeva, ma di fatto era protetta, era sorvegliata, era al sicuro, e di questo Eugenio era inorgoglito. Magari Lei, pur inconsapevolmente, avvertiva un generico senso di protezione, trasmesso nell'atmosfera, e ne godeva sentendosi più leggera e libera camminando per strada. Ma forse quel senso di libertà era semplicemente dato dal fatto che per quelle poche ore Lei era libera dal giogo dei suoi genitori repressivi.

In ogni caso il Ragazzo si era trovato a passare un paio d'ore intirizzito dal freddo, a un centinaio di metri dal portone, lungo il Mugnone. Alcune volte l'aveva vista uscire, e inseguita di nuovo. Lei rientrava in casa senza guardare in faccia a nessuno.

Loris entrò in cucina che erano quasi le sei di sera, con le mani sporche di morchia. Se le lavò col sapone per i piatti.

Il Ragazzo era seduto al tavolo con il libro di Cacciari fra le mani e un'espressione sognante.

«Mi sono innamorato» disse, «non penso di poter vivere senza di Lei».

«Ah, bene, ottimo, e come si chiama?».

«Come si chiama? E chi lo sa... non lo so...».

«Come? Non la conosci?».

«No, l'ho vista, la vedo spesso ma non la conosco».

«E allora come sarebbe a dire che ti sei innamorato, se neanche la conosci?».

«Ah, tu la vedessi... è così bella... somiglia a Cybill Shepherd».

«Ma chi è, non ti sarai mica innamorato di una che hai visto alla televisione?».

«No, macché televisione, è una che vedo tutti i giorni in carne e ossa».

«E dove la vedi?».

«La vedo certe volte per strada, quando esce».

«Eh no, eh no, questa me la devi raccontare per bene, vorresti dire che ti sei innamorato di una che neanche conosci, che vedi passare per strada?».

«E che male c'è, mi è successo e basta».

«Ma allora cerca di conoscerla, no? Magari se la conosci ti fa tutto un altro effetto. Dalle un colpo di telefono, agganciala per strada, mandale un messaggio di carta, un bigliettino».

«E come faccio, dalla finestra?».

«Come, dalla finestra».

«Sì, la vedo dalla finestra, la sua camera è nella corte, proprio di fronte alla mia».

«E lei che fa, si spoglia nuda? Che vedi dalla finestra?».

«Non vedo granché, la vedo che sta alla sua piccola scrivania e studia, non l'ho mai vista che si spogliava nuda, e poi non la guarderei, mi farei schifo».

Loris era strabiliato.

«Ma come, falle un cenno, un saluto, mica ti dico di farle delle cosacce, delle proposte oscene, ma un salutino, un ciao, glielo potrai anche fare, dalla finestra».

«Scherzi, ti pare che ora mi metto a farle dei saluti dalla finestra?».

«Ma lei ti ha notato? Lo butta mai l'occhio? Che distanza c'è fra la tua finestra e la sua?».

«Non più di tre metri».

«E allora, non può non averti notato».

«Magari non mi nota apposta...».

Loris era stupefatto, e al tempo stesso pronto all'iniziativa.

«Andiamo in camera tua, fammi vedere se c'è».

«Ma no, potresti rovinare tutto».

«Rovinare che cosa? Se non la conosci neanche».

«E se poi pensa che siamo lì a guardarla?».

«E se poi... certo che lo pensa, lo deve pensare. Alle ragazze fa piacere se le guardi».

«Mah...».

Loris era già partito per la camera del Ragazzo. Si affacciò alla finestra. Nella stanza di fronte non c'era nessuno. Tornò in cucina.

«Non c'è. Andiamo a fare due passi per strada. Magari la incontriamo».

«Ma figurati. E poi se la incontriamo che fai, la fermi e le dici che io...».

«Io non le dico niente, magari le faccio un saluto, un complimento».

«Cosa? Le vorresti fare un complimento per strada? Una cafonata del genere?».

«Cafonate? Guarda che se non dici parolacce o cose maleducate alle ragazze non fa mica dispiacere un complimento...».

«E se poi lei si immagina che io sono uno di quelli che pensano solo al sesso, e che la sto abbordando nel solito modo sciatto e cafone?».

«Ma tu la *devi* abbordare, su questo non mi pare ci siano alternative...».

«Ma io... io non voglio assolutamente fare la figura di quello che... Io voglio che lei capisca come sono fatto, che il mio interesse per lei è sincero, che mi interessa come persona... non come...».

A questo punto Loris non sapeva proprio più a cosa pensare. Si grattò la testa e si accese una sigaretta: «Tu hai dei problemi seri» disse, e se ne uscì dalla cucina.

Il Ragazzo riprese la strada della sua stanzetta, doveva studiare Hegel. Dette uno sguardo fuori dalla finestra, senza molte speranze, visto quello che avevano rilevato prima. E invece... invece la luce era accesa. Non volle farsi notare, farsi vedere mentre spiava, e si mise al tavolino a leggere, con un atteggiamento romantico, d'altra parte lo Zeitgeist era quello. Ma presto si rese conto che la luce della stanza di lei si era spenta e allora si catapultò fuori di casa anche lui. Non resistette, voleva vederla, anche se poco, anche da lontano, anche se senza alcuna speranza.

Lei questa volta non prese la solita direzione. Procedette verso via Puccinotti. Ma per dove? Lui la vide entrare nella pizzicheria di solito frequentata anche dagli inquilini studenti di via IX Febbraio, negozio da loro soprannominato «Lo Strozzino», per motivi autoevidenti. Insomma Lei stava entrando dallo Strozzino, e lui avrebbe potuto fare altrettanto, magari salutando lo Strozzino medesimo con familiarità, visto che ormai si conoscevano. Così si lanciò dentro il negozio e si trovò Lei a un metro di distanza, anche se di spalle. Evidentemente doveva comprare qualcosa, pasta, pane, fagioli, chissà. Il Ragazzo era in piena eccitazione dei sensi, in cerca di un incrocio di sguardi, di qualcosa, ma quello che avvenne non se lo aspettava. Lo Strozzino, nel darle il resto per l'acquisto di uno shampoo (era per lei, personale, o per la famiglia? Che marca era?) le disse: «Ciao Cristina».

«Buonasera» rispose educatamente lei, facendo dietro front. Manteneva gli occhi bassi, ma lui li vide lo stesso. Non si era sbagliato, erano azzurri. Lei svicolò rapidamente, passandogli però accanto, e uscì con atteggiamento di modestia. Lo aveva notato? Lo aveva riconosciuto?

Mentre lui era lì imbambolato, quasi estasiato per averle in un colpo solo visto gli occhi e inoltre saputo il suo nome, lo Strozzino gli disse perentoriamente: «Allora? Serve niente?». Lui fu colto di sorpresa, poi disse, con qualche esitazione: «Due etti di stracchino», i quali fra l'altro avrebbero rappresentato la sua cena, sempre che Loris non tirasse fuori qualcosa dalle sue provviste.

«Cristina» si chiamava, «Cristina». «Cristina».

Non vedeva l'ora di comunicare a qualcuno il nome della ragazza, Cristina, ma Loris non fu di ritorno che alle nove. Nel frattempo il Ragazzo lesse di buona lena, e con rinnovata motivazione, alcuni paragrafi della *Fenomenologia dello spirito*.

Non trattenne molto di quelle letture. Il suo pensiero tornava, di rigo in rigo, su Lei, Cristina.

Intorno alle otto di sera D. uscì dalla sua camera, toccandosi la schiena come un vecchio che soffre di dolori reumatici. In cucina si fece un caffè.

«Ahi ahi, che mal di schiena» mugolava.

«Hai mal di schiena?» gli chiese innocentemente il Ragazzo.

«Eh, cazzo...» disse D., «è tutto il giorno che scopo, abbiamo scopato da stamattina alle dieci fino ad adesso, che scopata che ci siamo fatti...» e si toccava la schiena.

«Ne abbiamo fatte cinque, sei, ho perso il conto, Madonna mia che scopata... l'ho distrutta... ora è lì che dorme, ma se pensa che...».

Il Ragazzo fece il solito sorriso ebete, ma la forza che si era determinata in lui non fu scalfita da quello stronzo.

Lei si chiamava Cristina.

Il Saggio stava studiando a torso nudo, tutto sudato, accasciato sul manuale, fumando una sigaretta dietro l'altra.

Phalanges
Os sesamoideum
Ossa metacarpalia
Hamulus ossis hamati
Os hamatum
Ossa carpi

Os pisiforme
Os triquetrum
Processus styloideus ulnae
Caput ulnae
Ulna

Phalanx distalis
Phalanx media (quella che si era rotta D.)
Phalanx proximalis

Tuberositas phalangis distalis
Phalanx distalis indicis
Caput phalangis mediae...

Il Saggio ripeteva all'infinito questa litania, seguendo

con il dito l'immagine dell'Atlante di Anatomia. Una volta uno studente era stato buttato fuori dall'esame perché aveva detto Phalanx medialis invece di Phalanx media...

Nel pomeriggio di un venerdì Loris fece la presentazione ufficiale della Seicento elaborata, diventata una Abarth 850 TC. Era una bomba, le cromature scintillanti, le scritte Abarth (legittime) una poesia. Loris fece montare il Saggio e il Ragazzo e dette loro un assaggio delle prestazioni, un mostro. Furono raggiunti i 115 km/h in viale Lavagnini.

Si spinsero fino alla Casa della Cultura, un circolo a Rifredi dove facevano il cineforum, a vedere una proiezione semiclandestina di *Summer in the city* di Wenders, in tedesco con sottotitoli. Il regista tedesco era diventato famoso con *Nel corso del tempo*, uscito giusto l'anno prima.

Il film (1970) doveva il suo titolo a un brano dei Kinks: si svolgeva perlopiù in macchina, a Monaco di Baviera. A un certo punto per alcuni minuti l'auto entrava in galleria, e non succedeva proprio niente perché nessuno parlava, o quasi. Si sentiva solo il rumore del motore, al buio. Nel film c'erano alcune scene tirate un po' in lungo, per esempio uno che gioca a flipper per cinque minuti, due che giocano a biliardo per mezz'ora senza dire una parola, un maschio e una femmina a letto che non fanno né dicono niente.

I tre uscirono un po' disorientati, uno possibilista, uno incazzato e uno scettico.

«Con un film del genere non ha senso dire mi è piaciuto o non mi è piaciuto, non è quello il problema».

«Non succede assolutamente niente, ed è quello il senso».

«Io mi son fatto due maroni grandi come due case» disse Loris.

«Non hai capito niente...».

«E che c'era da capire? Non fanno un cazzo».

«Come sei grezzo. È la realtà che è fatta così, nella realtà non succede un cazzo».

«E allora? E a me che cosa me ne frega? E perché me lo fai vedere al cinema? Lo so anche da me».

Rimontarono sull'Abarth 850 TC. Il Ragazzo provò a guardare le strade come se le vedesse da un obiettivo di una camera da presa, senza muovere la testa, scorrevano i negozi, i portoni, i benzinai, alla Wenders. Però mancava la musica, senza musica queste scene non sanno veramente di niente.

«E l'autoradio?» chiese.

«L'autoradio mi appesantisce eccessivamente la macchina» rispose Loris «almeno di tre o quattro chili. Useremo il radio-registratore».

Il Saggio lo accese, davano *Fernando* degli Abba: non permetteva di raggiungere i risultati dei Kinks, anche se l'effetto estraniante era più che abbastanza, soprattutto in via Circondaria.

32

Il 26 gennaio si svolse la partita amichevole fra Italia e Belgio, risultato Italia 2-Belgio 1, reti di Graziani, Meeuws (autorete) e Piot (rigore). Va detto che tutti i gol furono frutto non di azioni giocate ma di passaggi a vuoto: Graziani si era trovato solo davanti al portiere per un liscio dell'avversario, il secondo gol fu un'autorete causata da una deviazione di un difensore su tiro di Sala, il gol del Belgio fu determinato da uno svarione del portiere Castellini che si lasciò sfuggire la palla e poi stese maldestramente un attaccante. Curiosamente il rigore fu battuto dall'altro portiere, specialista dal dischetto.

Il Ragazzo e il Saggio videro la partita al bar, dovettero consumare un caffè, un cappuccino, una birra e un Bitter Campari. Si annoiarono e sulla via di casa per la noia dettero qualche calcio a certi barattoli. Passò un'Alfasud color verdino, con due pensionati a bordo. Tutti e due smisero di calciare i barattoli e raddrizzarono le spalle.

33

Il lunedì il Ragazzo aveva il seminario di Antropologia culturale.

Uno dei seminari meno impegnativi, dove per la stragrande maggioranza a frequentare erano femmine e il tema era «Antropologia e modi di riproduzione culturale». Cosa questo avesse a che fare con l'antropologia culturale, con Lévi-Strauss, Margaret Mead, Merton e Parsons probabilmente non lo sapeva neanche la docente, di fatto le iscritte erano parecchie, si erano formati dei gruppi di lavoro. Il Ragazzo capitò in uno abbastanza ristretto, c'erano lui, una studentessa di Pontedera di nome Amelia, con capelli rossi molto belli, lunghi e voluminosi, riccioluti, e un'altra ragazza di Figline Valdarno che però veniva raramente. Il loro ambito di ricerca era «Ideologia e libro di testo: il concetto di razza». In fondo con l'antropologia il nesso non era poi così oscuro, dovevano raccogliere materiale sul modo di trasmettere alle nuove generazioni concetti teologizzanti di razza e di ethnos mediante i manuali di storia, che fra l'altro all'epoca erano tutti redatti da studiosi di stampo marxista. Ma qui non eravamo nel 1958, eravamo nel 1977, e oramai non sfuggiva a nessuno che anche intellettuali con in tasca la tessera del Partito Comunista non erano estranei al grande disegno dell'ideologia del Capitale.

Quel pomeriggio dopo la lezione verso le 18 il Ragazzo e Amelia dovevano stabilire una scaletta di lavoro e dividersi i compiti. Non era la prima volta che si ritrovavano a parlare insieme, ma per il momento il Ragazzo non aveva mai pensato a lei in quei termini, chissà per quale motivo. Lei era un tipo tranquillo, anche se dotata di un certo carattere e di una certa autonomia di pensiero. Purtuttavia si misero d'accordo per andare in via IX Febbraio a studiare insieme, ma lui non era pronto per una evenienza del genere. In casa, e dove, in cucina? O in camera sua. E quel manifesto di Maurizio Arcieri? E quella luce color salmone? Che avrebbe pensato di lui? Durante il percorso in autobus verso casa rimase taciturno, nella sua mente turbinava una ridda di pensieri. Ci devo provare subito, perché non pensi che sono omosessuale? Devo precederla velocemente, facendola aspettare in cucina, e rimuovere il manifesto di Maurizio? E se ci sono gli altri quali saranno i loro commenti? Se c'è Loris mica mi farà l'occhiolino? Oppure me la frega, fa lo spiritoso e si apparta immediatamente con lei?

Quando scesero dall'autobus il Ragazzo aveva rivisto mentalmente una infinita serie di scenari, ma di fatto non disponeva di un piano. Si risolse per obbligo a non avere alcuna strategia, sarebbero andati in camera sua a studiare, cioè a distribuirsi la bibliografia e tutto il resto.

Per fortuna nell'appartamento non c'era nessuno. Amelia non sembrò fare molto caso allo stato dell'immobile, poi lui la affrettò verso camera sua, costasse quello che costasse, per evitare di incontrare Loris, il Saggio, e soprattutto D.

Così si ritrovarono soli nella cameretta. Lei non parve notare il manifesto di Maurizio, né la libreria di foratoni, né altro. Si tolse il montgomery, odorava un po' forte, come tutti gli studenti fuori sede.

Intorno alle sette e mezza di sera il Ragazzo propose ad Amelia di mangiare qualcosa, che so un caffè, o un uovo. Lei acconsentì e lui percepì una situazione di affinità inaspettata. Ebbe una prima erezione mentre era lì che preparava l'uovo fritto, e lei si era tolta il maglione. Poi parlarono un po' del più e del meno, di che città di merda, poco accogliente, fosse Firenze, della situazione politica, del tempo. Fra i due, indubitabilmente, si creò un'intesa, come spesso succede quando si parla male di qualcuno. Nel loro caso i fiorentini andavano benissimo.

Dopo l'uovo e un paio di bicchieri di vino il Ragazzo si sentiva a posto. Rassettò velocemente e buttò lì che potevano tornare in camera, a finire il progetto del lavoro.

Qui si baciarono immediatamente e fu molto bello, si immagina per tutti e due. Lo fecero per un quarto d'ora circa, poi lei cominciò a svestirsi, e lui anche.

Amelia sembrava molto tranquilla e disinibita, lui non lo era affatto, comunque si spogliò nudo, quasi vergognandosi del suo pisello ritto e rossastro. Lei poi si fermò, quasi irretita, e disse: «Io con te ci vengo, non ho paura di te, ma il tuo pene lo rifiuto».

Il Ragazzo, che proprio tutto si aspettava ma non questo, viveva mille perplessità, perché mentre si stava preparando a sbarcare in un universo a lui pressoché sconosciuto e nel quale comunque gli si richiedeva una prestazione dignitosa – cosa della quale non era per nulla, come si può capire, sicuro – ecco che la scena cambiava radicalmente, perché lei insisté: «Possiamo stare insieme, carezzarci, baciarci, ma il pene non lo voglio, non lo voglio neanche vedere, tiratelo dentro, fallo regredire».

Il maschio era in un tumulto di rivolgimenti: considerava di acconsentire ai desideri della ragazza, eppure non sapeva se ciò che gli si chiedeva era proprio quello, cioè di fare al massimo petting spinto, oppure, segretamente, di forzare la mano, questo pene prima o poi tirarlo fuori; ma lui, con tali premesse ansiogene e terroristiche, questo pene, dove l'avrebbe messo? Magari per reazione avrebbe avuto un'erezione priapica, per rabbia, per disorientamento, ma ciò non avvenne. E durante tutto il corso della serata, oltre due ore, il pene rimase al suo posto, passando dall'erezione al suo contrario un indefinito numero di volte. Ci fu anche un abbozzo di eiaculazione parziale, a forza di sfregamenti, del tutto insoddisfacente.

A un certo punto il Ragazzo, frustrato nel dritto e nel rovescio, cercò di mostrare la sua impotenza, cioè impotenza a non essere potente, insomma, a non saper fare qualche cosa che non fosse esibire la sua potenza fallica, peraltro tutta da dimostrare. Così, ben conscio che lei non era affatto soddisfatta di quello che lui stava tentando di fare, e altrettanto conscio di avvicinarsi alla paralisi, chiese aiuto: «Insomma, per favore, dimmelo tu, ora cosa devo fare?» domandò pieno di riguardo e imbarazzo.

«E ora cosa devo fare? E lo chiedi a me?» rispose lei rialzandosi a sedere sul piccolo letto. «Lo vedi? Non sapete fare niente, senza il pene non sapete proprio dove mettere le mani e cosa altro fare. Eppure di cose da fare ce ne sono tante, ma te le devo dire io a te? E la creatività, la creatività erotica? No, voi sapete solo infilare il vostro randello nel primo buco che trovate, poi lo tirate fuori e saluti a tutti. Allora fai una cosa, fai come fanno certe tribù, fai un buco in terra e infilacelo, tanto per voi non fa differenza. L'ho studiato sul manuale di Antropologia culturale, così fecondate la madre terra».

Andata via Amelia, il Ragazzo rimase attonito e frustrato: era convinto che quella pensasse che lui era un ricchione, perché certe cose si dicono, ma l'uomo, l'uomo vero, ci deve provare e riuscire, e tutto sommato forse lei lo aveva messo soltanto alla prova, chissà se era vera quella storia del rifiuto del pene, forse voleva soltanto prendersi gioco di lui perché, si vedeva benissimo, era alle prime armi. E quindi una dice che rifiuta il pene ma lui, lui deve tirarlo fuori e metterlo in tavola come un asso di bastoni, poi lei potrà anche rifiutarlo, siamo gentiluomini, non è che il vero uomo avrebbe forzato la situazione, però il pene bello dritto l'uomo l'aveva messo a disposizione, lei era sempre libera di rifiutarlo. Ma tutto questo maremoto di considerazioni e di inibizioni esplicite lo aveva messo in crisi, e il coraggio di restare nudo col suo pisello decisamente confuso non l'aveva avuto. Una vittoria per la causa femminista? Anche in questo caso il Ragazzo era confuso e si sentiva male, convinto che tutto si rivolgesse contro di lui.

A un certo punto aveva pensato di dover escogitare dei comportamenti sessuali servili, tipo un cunnilingus spinto e il resto. Tutto sudato aveva cercato di mettere in pratica questa idea, ma lei non era sembrata molto per la quale, forse pensava a uno squallido tentativo di arrivare alla penetrazione. Probabilmente era per quello che se ne era andata.

Sorprendentemente, prima di andarsene aveva mostrato un grande apprezzamento per l'arredamento della stanza, le piaceva il colore della libreria, e la nuance della luce emanata dall'abat-jour: «Lo sapevo che tu eri una persona interessante... peccato...».

Come «peccato»? Peccato perché?

Ma ora ci sarebbero stati altri ostacoli da sormontare: per dirne una Loris lo avrebbe sottoposto all'interrogatorio: «Quante ne avete fatte? Com'era lei?». Eccetera eccetera.

Prostrato, abbandonato sul suo lettino, il Ragazzo soffriva di una crisi di deliquio, avrebbe voluto dormire per 48 ore, comunque la faccenda non l'avrebbe raccontata proprio nei dettagli, avrebbe detto che quella lì aveva le sue idee, senza aggiungere altro. Senza dubbio Loris di fronte a una affermazione del genere si sarebbe incuriosito molto, ma avrebbe rispettato il suo riserbo.

Quello che il Ragazzo non sapeva, e difficilmente avrebbe saputo nell'immediato, è che le due ore di petting, di confusione e frustrazione non erano passate inosservate a un altro testimone, e, come si sa, non c'è cosa che stuzzichi l'immaginazione come il vedere una persona intenta in pratiche amorose.

34

Cristina dunque non aveva mancato di osservare dalla sua finestra i movimenti che avvenivano nella stanza di fronte, illuminata da quella equivoca luce salmonata a sfondo erotico. Per via anche dell'appannamento dei vetri, non le fu facile decifrare quello che stava accadendo, o non stava accadendo, in quella stanzetta minuscola, lì di fronte. Aveva intravisto dei corpi nudi, rosei, soprattutto quello femminile, con una folta capigliatura fulva, poi la visuale si era fatta sempre meno chiara, più offuscata, o, come si dice in gergo fotografico, flou. Dopo un po' non aveva resistito, aveva spento la luce di camera sua, per osservare meglio: la scena era troppo fluida, mancava un po' di ritmo rispetto a quello che si sarebbe aspettata, spiando senza mezzi termini.

Quel ragazzo che, l'aveva capito benissimo, cercava di farsi notare in tutti i modi, e che in camera sua assumeva goffe pose ieratiche e meditative, e per la strada, nonostante i suoi appostamenti, sembrava non avere neanche il coraggio di salutarla, in realtà era uno che l'occasione non se la lasciava sfuggire, il furbo. Le venne quindi un'idea.

Il giorno dopo, quando incontrò per l'ennesima volta quel giovane di chiara provenienza meridionale a farle la posta – e dire che proprio quel giorno specifico lui non era lì con l'intenzione di farle la posta –, decise di adottare una certa strategia. Si incamminò a passo svelto come al solito in direzione di via Puccinotti, poi, come se si fosse dimenticata di qualche cosa, fece un improvviso dietro-front, con il preciso scopo di incappare in quel tipo fermo all'angolo. E così fu. Lui non se l'aspettava, se la ritrovò di fronte, appena svicolato l'angolo. Diventò tutto rosso in volto, mentre Lei, facendo finta di niente, pensava... con me fai la mammoletta e poi...

In quel momento si sentì un forte rumore di marmitte svuotate. Era Loris che transitava con la Abarth 850 TC. Avendo visto il Ragazzo in prossimità della biondina, cercava di fare più rumore possibile, in modo da metterli a loro agio.

Lei invece si spaventò e fece un'altra inversione a U. Il Ragazzo dal canto suo si ritrovò paralizzato sul marciapiede, con Cristina scomparsa e Loris che restava lì nei pressi a motore acceso e gli inviava sguardi ammiccanti.

Nessuno poteva conoscere in quel momento quale fosse il grado di smarrimento di Eugenio, eppure i fatti, nonostante lui ne fosse ovviamente inconsapevole, stavano andando in un'altra direzione.

Peccato che in casa, appena rientrati, ci fosse da fronteggiare una situazione inaspettata e sgradevole. L'appartamento era invaso da amici di D., compagni di Roma, alcuni accoppiati, che con la scusa di istituire un presidio in nome della vittima dei fascisti avevano preso possesso delle camere come se fosse roba loro (il tema di lì a pochi mesi sarebbe diventato politicamente scottante, con l'inizio degli espropri proletari). Il Ragazzo rientrò frettolosamente nella sua stanza – dopo tutto quello che vi era accaduto la sera precedente! – ma vi trovò due tipi, un maschio e una femmina, i quali, pur con due grossi maglioni addosso, si stavano dando da fare, si poteva vedere il culo peloso del maschio che ondeggiava aritmicamente, sbucando dal maglione norvegese. Ma non gli faceva caldo addosso, e al tempo stesso freddo al culo?

«Ehm, scusate... Questa sarebbe la mia stanza...».

I due lo guardarono con sdegno, ma solo dopo aver completato quello che stavano facendo. Poi, ricomponendosi, e subito fumando una sigaretta a testa – il Ragazzo aveva il sospetto fossero le sue – gli dissero che lui era uno stronzo borghese e ragionava in termini di proprietà privata come uno stronzo borghese.

«Ma come...».

«E poi... guarda che stanza di 'mmerda c'hai, con un manifesto di Maurizio, quello che canta *Amore* al Festivalbar...».

Ma come facevano a saperlo? Che vergogna!

«... ma tienitela la tua stanza di 'mmerda, stronzo, noi andiamo a scopare (sottolineato) da un'altra parte. Borghese di 'mmerda...» e mentre dicevano queste cose fumavano con un'espressione di sufficienza.

Dopo tutte le sollecitazioni delle ultime 24 ore il Ragazzo era veramente provato. «Ah, quelli andavano a scopare...».

Si chiuse in camera e per rilassarsi mise subito una cassetta, era la colonna sonora di *Ultimo tango a Parigi*, Gato Barbieri. Aprì anche le finestre, affinché svanisse l'odore di quei due.

Le note del sax si diffusero per tutto il resede, giungendo fino alla finestra di Lei. E lei le percepì, pensando che quello era veramente un satiro.

D. entrò infuriato nella stanza.

«E allora, stronzo che non sei altro, hai cacciato i compagni di Roma, li hai mandati via, dalla tua stanza!

Ma guarda che tu da qui te ne devi andare, e se non te ne vai via da solo ti mandiamo via noi, revisionista di merda...».

«Ma io...».

«E poi lo so, stronzo di merda, che ti porti in casa le compagne riproducendo schemi sessuali tipici della borghesia, tu devi metterti un po' in crisi, tu devi cambiare registro, e invece sei organico alle strutture sociali, sessuali e culturali del capitale... tu...».

«Ma io...».

«Tu qui stai facendo il furbo... se entro 15 giorni non torna tua sorella la stanza la riprendiamo noi. La borghesia è scaltra ma il proletariato non dorme. 15 giorni, non uno di più. Altrimenti interverrà la giustizia del Movimento...».

«Ma quale Movimento...».

«Comunque cerca di renderti utile. Abbiamo stabilito che stanotte, e forse anche domani, i compagni di Roma hanno bisogno della tua camera, non li vuoi ospitare? Tu puoi dormire nella stanza del Saggio, nella poltrona letto».

Il Ragazzo si chiuse in camera. Il richiamo di D. a mettersi in crisi fu uno dei più inutili che gli si potessero fare, la crisi era il suo elemento naturale, terrificante, checché ne dicesse Cacciari. Aveva bisogno di aiuto. Ma Loris se ne era già andato, forse in cerca di qualche semaforo adatto. E con chi altri poteva parlare, se non con un medico? Prese un cambio di lenzuola pulite, il cuscino e un libro e bussò alla porta del Saggio.

35

La stanza del Ragazzo rimase sequestrata, la cucina perennemente occupata, qualche sortita da parte dei compagni di D. fu fatta anche in camera di Loris, presto abbandonata per il puzzo di gasolio.

D. si era ormai tolto il gesso ma non per questo perse il suo ruolo di eroe dell'antifascismo militante.

Loris e soci decisero di andarsi a mangiare una pizza alla Casa del Popolo di Fiesole, dove costava poco. Bevvero un fiasco di vino (pessimo), quando risalirono a bordo erano alticci, il più giovane in particolare, e insoddisfatti. Per fortuna in macchina c'era una bottiglia quasi piena di whisky italiano, conservata per ogni evenienza. Ne bevvero a garganella, aumentando la loro mestizia, si spostarono verso il piazzale Michelangelo, a vedere un po' che aria tirava.

Tirava solo un gran vento gelido. Il Ragazzo ubriaco fradicio si affacciò alla balaustra, urlando a una coppia di passaggio.

Trovò una carrozzina abbandonata, di quelle blu anni Cinquanta. Le ruote funzionavano ancora. Mentre Loris e il Saggio si erano fermati a fumare, lui pretese di salirci sopra. Ci riuscì all'imbocco di viale Giuseppe Poggi, la panoramica tutta curve che riporta giù alle Rampe e in via dei Bastioni: una discesa all'inizio non molto ripida seguita da una prima curva bella larga.

La carrozzina prese velocità, con sopra il passeggero a gambe in avanti. Questo era fuori di sé dall'eccitazione, piegandosi da una parte riuscì a far curvare il mezzo quel tanto che bastava per prendere la curva a meraviglia (eccitazione massima) e immettersi sul successivo rettilineo, dove la pendenza della discesa si faceva forte. Non si sa quale velocità il Ragazzo riuscì a raggiungere. Il problema fu che alla fine di questo rettifilo c'era una curva a destra molto stretta, un vero e proprio tornante. La carrozzina non aveva freni, almeno freni governabili dall'interno. Intanto era scomparsa alla vista di Loris e il Saggio, i quali riuscivano a stento a sentire la voce urlante nell'estasi della velocità, non ebbe neanche il tempo per rendersi conto della curva, percepì che stava uscendo di strada, la carrozzina era andata dritta.

Superò miracolosamente un varco nella siepe e si andò a schiantare contro il tronco di un albero, probabilmente un pino.

Sentito l'urlo e il successivo schianto Loris montò subito sulla Seicento, fece salire il Saggio, raggiunsero il tornante.

Il Ragazzo giaceva a terra, per fortuna era finito contro un terrapieno fangoso, ma l'urto doveva essere stato forte e il trauma serio. Aveva picchiato la testa contro l'albero? In effetti delirava, del resto lo faceva anche prima.

«Ho visto la morte! Ho visto la morte! Mi è passata vicino! Ma D. non l'avrà vinta, quel figlio di puttana. Cristina, dove sei? Per te... solo per te... Ho visto la morte. Cristina! Dove sei? Sei qui anche tu?».

Il Saggio lo visitò sommariamente, non aveva la lente per guardargli il fondo dell'occhio.

Lo caricarono sull'auto, continuava a vaneggiare sul suo percorso iniziatico...

A casa furono prestate le cure del caso all'infortunato, ancora ubriaco perso e in preda all'eccitazione. Solo qualche contusione e un grosso livido sull'avambraccio sinistro, in conseguenza del forte urto contro l'albero. Fu messo a dormire sulla poltrona letto dopo avergli fatto ingollare un'aspirina.

Già dormiva quando Loris e il Saggio andarono in cucina. In casa non c'era più nessuno, i compagni di Roma erano usciti, lasciando un caos indescrivibile, in terra c'era uno strato di orecchiette alle cime di rapa, specialità di D. Loris tirò su quello che poteva, si procurò un grosso sacco di plastica e cominciò a raccogliere chili di spazzatura.

Pensava al racconto del Ragazzo in pizzeria sulla sua esperienza del rifiuto del pene. Guardò fuori dalla finestra, che dava sul retro del palazzo, alcune corti malmesse, senza una pianta.

36

Eugenio, ancora dolorante, se ne stava tornando a casa nel tardo pomeriggio, dopo una dura lezione di Filosofia politica, incentrata su alcuni aspetti della teoria di Habermas. Si era infilato in aula nonostante non si trattasse di un seminario cui era iscritto. Era immerso in pesanti riflessioni sulla «autonomia del politico». In casa non c'era nessuno, o meglio, probabilmente il Saggio c'era, chiuso in camera sua, ma era come se non ci fosse. Mentre apriva il frigorifero, scuotendo la testa, suonò il campanello. Era un'amica di Loris, una delle tante, questa non l'aveva mai vista, si chiamava Rosella. Era grande, sui 24 anni, piuttosto in carne, simpatica, disse di avere un appuntamento con Loriano. Il Ragazzo non sapeva come comportarsi, se farle compagnia facendola «passare» in cucina oppure se farla accomodare in camera di Loris, ma lei disse subito: «NO, in camera sua no». Evidentemente la conosceva già, con tutti i pro e i contro. La fece dunque entrare in cucina e le offrì «un tè o un caffè?». Lei gradì un tè. E si tolse subito il giaccone, sotto il quale, apparentemente, indossava solo un enorme golf tipo cardigan di lana grossa, abbottonato solo fino a una certa altezza, in modo che quasi ne uscivano due grossi seni incontenibili. Il golf era semiaperto e talmente grande che le scivolava sulle spalle.

Lui fece il disinvolto, simulando indifferenza, lei attaccò a parlare, a fare domande, era originaria di un paese dell'Aretino, bevvero il tè. Loris non arrivava, cominciava a sentirsi in imbarazzo, anche perché quella faceva un po' la civetta, buttava lì accenni insinuanti, rideva forte, il che, spesso le donne se lo dimenticano, i maschi li inibisce.

«Sai, io non porto il reggiseno» gli disse ex abrupto. «Vuoi vedere?». Il Ragazzo del fatto che quella non portasse il reggiseno se ne era accorto benissimo, ed era diventato tutto rosso, ma cercando di mostrarsi superiore non disse niente, tentò di fare un mezzo sorriso divertito e intrigante, ma quello che gli venne fuori fu la solita espressione ebete. Lei lo invitò a verificare di persona.

«Lo vedi? Ti pare che abbia bisogno di portare il reggiseno?».

A lui bastava già da sola la parola reggiseno per eccitarsi, figuriamoci la vista di una bella mammella che usciva fuori dal golf di lana pesante portato a pelle. Ma non le pizzicava? Lei gli chiese di avvicinarsi.

«Ti faccio mica paura?» disse, e un po' aveva colto nel segno. Era troppo disinibita e vogliosa. E se poi andava a finire come con l'altra, che gli rifiutava il pene?

In ogni caso, era eccitato come non mai, soprattutto dopo che lei gli si sedette in grembo.

«Me la fai una coccola? È bello farsi le coccole...».

Lei si tolse la maglia, esponendo una bella quantità di pelle bianca e due zinne cospicue e tonde, che prese a sfregare sul torace del Ragazzo, vicino al parossismo, quasi paralizzato. Lui cominciò a palpeggiarla sui fianchi e sul seno, lei si tolse rapidamente i pantaloni e riprese posto a cavalcioni su di lui. Finalmente la cerniera lampo si aprì, ne uscì fuori il pisello, con la fulmineità di un «misirizzi». Lei gli fu sopra, in una situazione da *Ultimo tango a Parigi*, film di cui il Ragazzo aveva tanto sentito parlare, tanto da possedere il disco, pur non avendolo mai visto. E se fosse arrivato qualcuno in cucina? E se per caso fosse rientrato proprio D.? Beh, ben gli sarebbe stato, a quello stronzo, relatore instancabile delle sue scopate, così avrebbe imparato... mah... ahh... ahh, appena abboccato il membro virile alla passerina non poté controllarsi: venne al primo accenno di penetrazione. Una eiaculazione assolutamente preliminare, preventiva si direbbe oggi, una pre-eiaculazione che lo lasciò di sale, assolutamente non soddisfatto e vergognosissimo. Ma come, si chiedeva lui, si trattava di questo? E ripensò ai suggerimenti di Loris. Porca miseria, che figura, e lei... a cosa stava pensando? Aveva goduto?

La domanda era retorica, in realtà non aveva neanche capito quello che era successo e notando che il Ragazzo demordeva e si ritraeva si chiese se non fosse stata troppo disinibita e aggressiva, troppo libera, magari era il caso di dire: «No, no, ma cosa mi fai, non possiamo... E se arriva lui?» tanto per aumentare il gusto del proibito. Poi si rese conto dell'accaduto e si ricompose. Rivestì i jeans e la maglia e domandò: «Ma che ore sono?».

E qui Eugenio cominciò a nutrire dei sospetti, confermati nel momento in cui Loris si fece vivo, alle otto in punto. Usò molta prudenza per entrare in casa, ma quando fu in cucina e vide il Ragazzo, paonazzo, e Rosella, tutta scarruffata, non riuscì a non dire: «E allora, tutto bene? Tutto a posto?».

Rosella disse che le cose andavano a gonfie vele, l'altro non si sarebbe spinto fino a tanto. La sua mente era sconvolta da due pensieri: 1) era questo il sesso?; 2) Rosella era stata reclutata apposta da Loris per sverginarlo?

Il Ragazzo salutò i due e si ritirò mesto in camera. Poteva sentirli discutere animatamente. Non sapeva che nella vita ogni acquisizione è graduale e tutto serve.

Loris portò fuori Rosella, una ragazza d'oro, addirittura si era fatta venire anche qualche senso di colpa. Più tardi telefonò a quelli dell'Alfasud, per fissare la data della sfida.

37

Al mattino il Saggio entrò in cucina per farsi un caffè, c'erano tre militanti amici di D. che solo per quel motivo avrebbero meritato di essere messi a tacere. Eppure parlavano e parlavano.

«... Ma tu l'hai mai sentita dire la faccenda dei mammalucchi e dei soldati inglesi? È la legge della conversione della quantità in qualità. Un mammalucco fa il culo a un inglese. Due mammalucchi e due inglesi fanno pari, ma tre inglesi fanno il culo a tre mammalucchi, perché sono più organizzati, insomma la quantità si converte in qualità».

«Non sarà che tre inglesi fanno il culo a un mammalucco? Mi sembra più realistico».

«È come se prendi uno di Lotta Continua, uno del servizio d'ordine, di Prima Linea. Quello fa il culo a una mammoletta del Manifesto. Ma se metti tre del servizio d'ordine di Lotta Continua e tre del Manifesto, allora il culo che gli fanno è ancora più grosso. Questa è la conferma della conversione della quantità in qualità».

«Ma scusa, se dici che fargli il culo più grosso è un fatto quantitativo, allora è la conversione della quantità in quantità».

«Vabbè, mettila come ti pare, ma tre di LC a tre del Manifesto gli fanno un culo grosso così».

Il Saggio manteneva un rigoroso silenzio.

«E a tre di AO?».

«Quelli di AO sono un po' più cazzuti di quelli del Manifesto, che sono degli intellettualini di merda, ma tre di LC fanno il culo a tre di AO, questo è sicuro».

«Secondo me tre di LC fanno il culo a sei del Manifesto e a cinque di AO».

«Dipende dalle situazioni. In certe situazioni possono bastare due di LC per sistemare sei del Manifesto-Pdup».

«Quelli del Manifesto sono tutti revisionisti figli di puttana, sono servi del PCI, perché il PCI è la loro grande mamma, invece noi gli vogliamo spaccare la testa, a quelli del PCI, che sono i nuovi guardiani del sistema».

«Io se mi trovo uno del PCI davanti mi viene voglia di spaccargli la testa, sono dei poliziotti di 'mmerda».

«E passami il caffè, vai, stronzo di 'mmerda».

«Sì, ma se becco uno del Piccì gli spacco quella testa di merda che ha. Io gli spacco il culo...».

I tre si versarono il caffè appena uscito sghignazzando. La caffettiera era già vuota. Ci fu un attimo di silenzio, mentre bevevano.

«Io sono del PCI» disse il Saggio, ed erano le prime parole che pronunciava da quando era entrato «allora, sentiti libero, spaccami la mia testa di merda».

Disse ciò restando seduto e immobile, senza guardare quello a cui stava parlando.

Ci fu una pausa silenziosa, e sguardi.

Poi il Saggio prese una forchetta, appoggiò la mano col palmo sul tavolo e lentamente si infilò la forchetta nel dorso, finché non giunse in profondità sufficiente perché potesse restare conficcata. Uscivano delle goccioline di sangue, ma lui non fece una smorfia, neanche sudava.

I tre lo fissarono sbalorditi e si guardavano fra di loro, cercando espressioni di assenso che non arrivavano.

«Allora, tu, testa di cazzo, me la vuoi spaccare questa testa di merda?».

Il Saggio in silenzio si alzò in piedi e con calma si tolse la forchetta dalla mano, poi aprì il cassetto delle posate e tirò fuori il martello batticarnc. Lo pose sul tavolo e lo indicò al tipo più agitato dei tre. Si rimise a sedere e gli disse: «Ecco, con questo mi puoi spaccare la testa molto facilmente. Ti do dieci secondi, conterò fino a dieci. Ma la testa spaccamela bene, perché se non fai un lavoro come si deve di te rimarrà poco».

I tre non sapevano che fare, uno avrebbe voluto anche parlare per ricordare che LC alle elezioni aveva dato pur indicazione di votare PCI, ma non riuscì a dirlo.

Il grosso figgicciotto contava, era già a sette, otto...

Uno dei tre si alzò, come per andarsene via.

«Nove...».

Tutti e tre a questo punto erano in piedi.

«Dieci».

Il Saggio rimase seduto. Impassibile. Poi disse: «Mettiamola in questo modo. Adesso voi prendete e sparite, vi togliete di qui e non vi fate mai più, mai più, rivedere. Siete stati fortunati, mi trovate in un periodo di grande crisi esistenziale, ed ho da pensare ai cazzi miei. Allora vi lascio andare senza versare sangue. Ma se vi rivedo, anche uno solo di voi, se soltanto rivedo una delle vostre facce di cazzo, vi garantisco che ho in mente per voi un trattamento che in confronto i compagni del KGB sono dei dilettanti».

Estrasse dal taschino della camicia una bustina di plastica grigia. La appoggiò sul tavolo, la scosse, ne uscì un bisturi.

«Vedete? Sapete che cos'è questo?».

I tre respiravano a fatica.

«Tu, tu che hai la faccia di uno che ha studiato, che cos'è questo?».

«È... un... bisturi» disse quello che conosceva la legge della conversione della quantità in qualità.

«Ma che genio che sei, lo sapevo, sei l'intellettuale del gruppo. Lo sai a cosa serve?».

Nessuno rispose.

«Basta, mi sono stufato con questi giochetti. Adesso uscite di qui, in buon ordine, e non vi fate mai più vedere. Dirò a D. che ve ne siete andati senza salutare, come dei gran maleducati. Questa volta non conto, ma vi do altri dieci secondi...».

I tre corsero a prendere le loro cose e solo quando furono fuori della porta gli urlarono: «Ma tu sei un pazzo, non finisce qui...».

Il Saggio dalla finestra lanciò il batticarne, prendendo uno dei tre su una chiappa, il che nel corso di poco tempo gli avrebbe prodotto una seria ecchimosi. Ma quanto di tutto ciò era accaduto veramente? Quanto era farina dell'immaginario del Saggio? Non sarebbe facile ricostruirlo.

38

Quella sera cominciò a nevicare, prima un nevischio leggero, poi larghe falde. Scendevano morbidamente e attaccavano per terra senza sciogliersi, visto che era molto freddo. Il Ragazzo in Sicilia la neve l'aveva vista raramente, per non dire mai, e la guardava cadere, incantato, dalla finestra di camera sua. Poi si spostò nella camera di Loris, dalla quale si poteva vedere la strada. Dopo qualche minuto il manto era già tutto bianco e compatto e via IX Febbraio si era fatta deserta. Una bellezza, erano le cinque e mezzo, il lampione evanescente illuminava la neve cadente dal di sotto e dal di sopra, insomma c'era un'atmosfera di sogno, idilliaca, fuori dalle coordinate consuete del tempo e dello spazio.

Il Ragazzo indossò il suo soprabito attillato e striminzito, fuori moda, che tanti motteggi gli era costato in Facoltà, ma aveva solo quello, avrebbe voluto ci fosse Loris per andare fuori a godersi insieme la neve. Il Saggio era come al solito in camera sua ma non era il caso di scomodarlo. Quindi se ne uscì da solo. Via IX Febbraio era illuminata da quel lampione, si mise a guardare verso il cielo i fiocchi controluce, provò un'intensa sensazione di felicità, nonostante il freddo pungente. Improvvisamente gli arrivò fra capo e collo, nel vero senso della parola, una quantità di neve che lo raggelò, entrandogli dentro il bavero cominciò a sciogliersi, gelandogli la nuca e le orecchie. Erano i soliti stronzi, amici di D.? O qualche bambino in vena di scherzi? La poesia dell'attimo era di colpo svanita... scrollandosi la neve di dosso il Ragazzo si guardò intorno, lì per lì non vide nessuno, quei maledetti si erano nascosti, ora sarebbero usciti allo scoperto e lo avrebbero bersagliato, ma lui...

Nella semioscurità, sul marciapiede c'era una figura umana, una sola, e non sembrava un amico di D. Sembrava piuttosto una ragazza, anche se era infagottata dentro un corto montgomery rosso, col cappuccio tirato sulla testa, che era già coperta da un cappello di lana spessa fatto a maglia, e da una sciarpa. Il Ragazzo ebbe per un istante la sensazione di riconoscere quella ragazza quando pum, lo colpì un'altra pallata in faccia. Ma... come...

Raccolse una manciata di neve dal tetto di una 128 posteggiata proprio lì, si mise a caccia, ma la figura era scomparsa. Chi era? Dov'era? Gli arrivò un'altra pallata sulla testa.

L'ombra svicolò, ma lui ormai aveva capito dove si nascondeva, la seguì, girò l'angolo, ormai non poteva più nascondersi, e... pum, un'altra pallata gli fu scagliata in fronte da distanza ravvicinata. Ma a questo punto anche lui lasciò partire il suo proiettile, cogliendo il cecchino sulla testa, sul cappello di lana, sugli zigomi, sulle gote rosse.

E quando il Ragazzo ebbe la conferma che quella faccia con gli occhi spiritati apparteneva a Lei, fu prossimo a cadere svenuto. Era Lei, era stata Lei a lanciargli le palle di neve...

Al giovane parve di sentire una musica, una canzone che faceva così:

Vorrei incontrarti fuori i cancelli di una fabbricaaaa
vorrei incontrarti lungo le strade che portano in Indiaaaa
vorrei incontrarti, ma non so cosa fareiiii
forse di gioia, io di colpo piangereiii.

Da dove veniva questa musica? Perché la poteva ascoltare? Solo lui la sentiva? In realtà qualche tempo dopo seppe che proveniva dal radio-registratore dentro la Seicento, mentre Loris stava cercando di montare le catene da neve, a poca distanza.

In ogni caso il Ragazzo, resosi conto che si trattava di Lei, raggiunse in pochi istanti una condizione di delirio estatico.

Lei? Lei mi ha tirato le pallate di neve? E perché? E perché io? Se avesse potuto avrebbe levitato, si sarebbe elevato di mezzo metro sopra il livello del manto nevoso, ma d'altronde, sulla neve in città, illuminata dai lampioni, non è infrequente immaginarsi di volare.

«Vorrei incontrartiiii...»

«Tu... tu...», si immaginava di gridarle, mentre Lei, rapida come un furetto, già trovava albergo nel portone di casa sua, ratta e sfuggente, colpiva e ritraeva il braccio. Ma ormai tratti erano i dadi e lui tratto nella rete.

Quando, di fronte al portone della casa di Lei, volse lo sguardo verso l'alto, forse per gridare «Dio, Dio, perché mi poni di fronte a queste prove, e perché mi mostri il Paradiso senza concedermelo?», oppure più semplicemente per cantare «Dove sei? Madamigella dispettosa? Qual è il tuo verone». In realtà avrebbe dato qualsiasi cosa per avere il suo numero di telefono. Perché, perché non ho il suo numero di telefono?

Lei, astuta, ben si guardava dal mostrarsi alla finestra, aveva lanciato il sasso nello stagno e lesta aveva ritirato il braccio, ma ormai, nella mente del Ragazzo, le loro due anime erano diventate una sola, per la semplice causa di quelle tre palle di neve.

Tanto che, una volta capito che Lei in strada non si sarebbe più mostrata, maliziosa seppure prima sfrontata, il Ragazzo, rientrato in casa, si decise a fare una cosa sulla quale da tempo meditava, ma che solo ora trovava il coraggio di mettere in atto: sul vetro interno della sua cameretta attaccò un cartello, affinché lei lo vedesse, c'era scritto in stampatello:

VORREI CONOSCERTI, MA NON SO COME CHIAMARTI
VORREI SEGUIRTI, MA LA GENTE TI SOMMERGE
IO TI ASPETTAVO QUANDO DI FUORI PIOVEVA
LA MIA STANZA ERA PIENA DI SILENZIO PER TE.

Si trattava del seguito di *Vorrei incontrarti* di Alan Sorrenti, un pezzo di quasi cinque anni prima, ma che per i giovani progressivi, soprattutto quelli provenienti dalla provincia meridionale, non mancava di esercitare ancora un certo fascino.

Per il Ragazzo fu un atto di coraggio smisurato, così che per tutta la serata mostrò un'eccitazione in grado elevatissimo, Loris non poté non notarla, con sorpresa e soddisfazione.

Quella sera, in camera sua, la passò immaginando e sognando. Per esempio si lasciava andare a prefigurazioni molto nitide, sempre per restare nel tema della canzone, che dice anche «*vorrei portarti nella mia casa sulla scogliera*»...

Ecco, la casa sulla scogliera poteva essere il loro nido d'amore, che però nel resto della nottata si confuse con i paesaggi notturni e asfissianti di una New York estiva, quella di *Taxi Driver*. Il Ragazzo spese alcune ore scrivendo le sue emozioni su un quaderno nero. Si era abbandonato al sentimento dell'amore.

Incredibilmente Lei non rispose ai suoi messaggi in stile Alan Sorrenti.

Si parla di messaggi perché nei giorni successivi ne espose degli altri, continuavano sulla solfa del «VORREI INCONTRARTI...»: il primo ripeteva «VORREI CONOSCERTI, MA NON SO COME CHIAMARTI...» (anche se lo sapeva benissimo), il successivo diceva semplicemente: «VORREI INCONTRARTI...», il terzo, per ulteriore sottrazione diceva: «VORREI...».

Forse aveva esagerato? Forse quel «VORREI...» depurato da tutte le altre specificazioni era troppo ambiguo, o troppo allusivo?

Lo tolse subito e ne mise un altro, più pedestre: «483422».

Ma non successe niente, anzi, qualcosa che andava nella direzione opposta a quella attesa.

Il Ragazzo sorvegliava attentamente la finestra della cameretta di Cristina, ora per ora, però non solo non apparivano messaggi di risposta, ma una tenda di stoffa blu fece la sua comparsa. Un sipario chiuso, un diaframma, una barriera fra loro fu eretta, prima in forma provvisoria, poi in forma definitiva, un po' come era stato fatto col Muro di Berlino. E lei era l'occidente, la ricchezza e la bellezza, seppur fatua, del versante capitalistico, mentre lui era il berlinese orientale, smanioso di conoscere le presunte delizie dell'altra parte, ma anche orgoglioso dei suoi raggiungimenti storico-sociali comunisti.

Così lui continuò ad avvicendare messaggi, fino a uno sfrontato: «CHIAMAMI».

Ed ecco che finalmente comparve una risposta:

«NON SCRIVERE PIÙ CARTELLI, SE NO CHIAMO LA POLIZIA».

Ma come? La polizia? Fino a questo punto prendeva le distanze, e con un tono così perentorio? A che gioco giocava? Rapidamente il Ragazzo passò dall'estasi al tormento.

Perché la vita è così crudele con me? si chiedeva. Perché a un piccolo successo deve necessariamente seguire una tremenda sconfitta?

39

Riflettendo su quello che era successo con Cristina, il Ragazzo era nella confusione massima. Cercava di trovare degli appigli razionali per indagare le reazioni di Lei. E, condizionato dalle sue recenti e interessantissime letture sulle furenti polemiche del marxismo italiano del dopoguerra, per esempio quella del circuito concreto-astratto-concreto fra Galvano della Volpe e Cesare Luporini, cercava in qualche modo di avere da quelle punte di diamante del pensiero italiano, pur in forte contrasto fra di loro, degli spunti, delle indicazioni, delle chiavi di interpretazione. Studiando Hegel aveva capito che non bisogna mai abbandonarsi alla superficie delle cose, superficie solo in senso dialettico perché non può fare a meno di una profondità, se no che superficie è?

Il Ragazzo aveva creduto di capire che secondo Hegel il servo, il produttore, diventa una coscienza autonoma, è lui ad avere il rapporto con la natura attraverso il lavoro. Insomma il padrone non può fare a meno del lavoratore, del servo, mentre il servo del padrone potrebbe benissimo farne a meno. Forse Cristina era il padrone e dialetticamente non poteva fare a meno di avere un servo (lui stesso)? Ma perché invece l'apparenza fenomenica gli faceva pensare che era lui a non poter fare a meno di Lei?

Perché il suo adorato polo femminile, dopo i primi prevedibili scontri dialettici (separazione), e dopo averlo invece avvicinato (concretezza), lo aveva ricacciato via (astrazione, di nuovo separatezza)?

Ma se così stavano le cose, perché adesso non si passava alla sintesi della contraddizione, al superamento, alla *Aufhebung*, cioè, in parole povere, perché quella carogna adesso lo respingeva?

Al Ragazzo piaceva ragionare talvolta in questi termini astratti. Normalmente questi pensieri avevano un effetto tranquillizzante e rassicurante, gli sembrava che la Storia la si potesse decidere a tavolino, semplicemente persuadendo chi non voleva farsi convincere a fare quello che era ineluttabile dal punto di vista del concetto, per esempio i padroni a mollare la presa, in quanto ai padroni era assolutamente impossibile attingere l'autocoscienza, proprio perché i padroni non sono proprietari del loro rapporto con la natura.

Ma questa volta il piano dell'astrazione non riusciva a dargli rassicurazioni. Perché lei si era comportata così?

Erano le undici meno un quarto, le strade deserte e tristi. Si distingueva il rumore di una macchina allontanarsi e svanire, prima che, forse, ne arrivasse un'altra. Il Ragazzo attraversò il viale Lavagnini, scarsamente illuminato, per poi raggiungere, da via Poliziano, il ponte sul Mugnone, che nonostante fosse quasi in secca, come sempre, mandava su una grande umidità. Si sentiva perdutamente solo e a nulla bastavano le sue immaginazioni romantiche, del misantropo flâneur attraverso la metropoli, che è più solo in mezzo alla folla di quanto non lo sia in un paesaggio derelitto e solitario, come può essere una enorme fabbrica dismessa o una miniera abbandonata. Anche qui c'era lo zampino delle sue letture, disorganiche e anche un po' modaiole, Walter Benjamin, Baudelaire, i *Passages*...

Via IX Febbraio era la più squallida e solitaria delle strade di quella semiperiferia, e lui avrebbe voluto scrivere dei versi su quello stato mentale in cui si trovava, di abbandono, di deriva, come su una zattera in mezzo al mare... lo *spleen*.

40

Il Saggio lo chiamò dall'ingresso, annunciandogli che c'era una telefonata per lui.

Ci mancava solo la telefonata della mamma, che gli chiedeva se mangiava abbastanza. Lo sapeva lei che non si vive solo per mangiare?

«Pronto?».

«Pronto? Vorrei parlare con... insomma, con il Ragazzo».

«Il Ragazzo? Ma chi parla? Il Ragazzo? Sono io, ma chi parla?».

«Sono Cristina».

Seguì un lungo silenzio. Il Ragazzo cercò di raccogliere le idee.

«Cristina?».

Era precipitato nella confusione mentale.

«Sì, Cristina, non mi riconosci?».

«Ah, Cristina... ciao, come stai?».

«Ciao».

Silenzio.

«Come va?».

«Eh... – *silenzio* – e tu?».

«Io bene, abbastanza».

Silenzio.

«Non dire che ti aspettavi che ti telefonassi».

«Come?».

«Dico che non ti aspettavi che ti chiamassi».

«Eh no, effettivamente no».

«E ti dispiace?».

«No, che c'entra, stai scherzando, è che...».

«Te la sei presa per l'ultimo messaggio, vero?».

«No, presa no, però, insomma...».

«Ma guarda che ti volevo parlare proprio di questo, sai?».

«Ah...».

«No, perché, devi saperlo, quel messaggio non l'ho mica scritto io».

«Ah... e come? Ma...».

«Sì, l'ha scritto mia madre, dopo che ha letto tutti i messaggi che mi scrivevi tu».

«Davvero?».

«Eh sì, lei li ha letti tutti, che ci potevo fare io?».

Il Ragazzo, ripresosi un pochino dallo shock, imbambolato dalla voce di lei, in fondo era la prima volta che gli rivolgeva la parola, e irretito dalla notizia che quel messaggio che lo aveva fatto così tanto soffrire non l'aveva scritto Lei, comunque riuscì a dire solo:

«Ah... allora...».

«A me i tuoi messaggi piacevano, ma a lei no».

«Ah... ti piacevano?».

«Beh, sì, mi hanno fatto piacere. Poi, lo sai?, Alan Sorrenti è uno dei miei cantanti preferiti».

Il Ragazzo era in brodo di giuggiole.

«Ah... eh... certo, capisco che...».

Silenzio.

Silenzio.

«Ma tu non mi dici niente?».

« No, è che io... sai... non me l'aspettavo...».

«Ma almeno come ti chiami me lo potresti anche dire».

«Io? Come mi chiamo io?».

«Sì, tu, tu, e chi altro?».

«Io? Io mi chiamo Eugenio».

«Che bel nome. Non si sente spesso».

«Eh...».

«Ma tu sai dire solo eh...».

«No, no, è che...».

«Vabbè, senti, Eugenio, ti volevo dire anche un'altra cosa».

«Un'altra cosa?».

Il Ragazzo sapeva fin dai tempi della scuola che non bisogna ripetere le domande, ma non poteva evitarlo.

«Senti, a me piacerebbe una volta uscire con te, potremmo parlare un po', ma i miei non mi darebbero il permesso».

«Non ti darebbero il permesso?».

«No, perché non ti conoscono».

«Ah...».

«Comunque un sistema lo si potrebbe anche trovare, bisognerebbe che in qualche modo ti conoscessero, ti devi presentare...».

«Presentare? Ma come faccio?».

«Beh, in qualche modo faremo, ma ora... Stanno rientrando, bisogna che ti lasci, ciao, a presto... Ciao Daniela, allora ci sentiamo dopo, Daniela...».

In pochi minuti Eugenio era tornato dal tormento all'estasi.

41

A Lettere in aula 8 c'era un'assemblea del nascente movimento del Settantasette, e a quanto pareva il Ragazzo arrivò che era già cominciata da un bel po', il tema in discussione era di carattere metodologico. Il punto in questione, sul quale sembrava esserci un accordo pressoché totale, era che occorreva dire basta alle solite dinamiche dei gruppuscoli, il movimento ne aveva piene le palle di gruppetti impegnati tutto il tempo a contare quanti dei loro affiliati partecipassero alle assemblee e che cercavano in tutti i modi di appiccicare un'etichetta alle nuove esigenze e ai nuovi bisogni. Invece tutti quelli che volevano starci, in questo movimento, dovevano parlare solo come studenti e non come aderenti ai gruppuscoli, sempre pronti a dividersi e a frazionarsi in nome di una identità politica che, oltre ad avere fallito miseramente, era rientrata nei vecchi schemi delle organizzazioni politiche preesistenti, tutte dedite ad assurde pratiche gerarchiche, organizzative, egemoniche, egemoniche si fa per dire, visto che a questo punto erano lontanissime dalle vere esigenze del movimento degli studenti e di tutti quelli che nel movimento si identificavano. Fu condannata dunque la continua pratica del frazionismo e della divisione, quel tentativo bolscevico di creare minoranze pronte a occupare la cittadella, e desiderose di impartire direttive una volta riuscita l'occupazione. In realtà un accordo di massima sul tema era poco probabile e quando si dovette stendere un documento che prendeva le distanze dalle abitudini in uso nella sinistra extraparlamentare, vale a dire il frazionismo, il gruppuscolismo, il primitivismo, ecc. si cominciarono a fare dei distinguo, ciascuno aveva da dire la sua. Ai marxisti leninisti l'accenno denigratorio sui bolscevichi smaniosi di occupare la cittadella del potere non piaceva per niente. Agli ex di Lotta Continua la critica del concetto di Organizzazione parve riduttiva e populista. Agli ex di Avanguardia Operaia sembrava che si ponesse troppo l'accento sullo studentismo del movimento, mentre occorreva dare al documento un carattere più evidentemente operaio. I cani sciolti avevano da polemizzare sul dover stendere un documento per forza, il che rientrava nelle pratiche obsolete della sinistra storica ed extraparlamentare. Alcune ragazze fecero fuoco e fiamme, nel merito e sul metodo, sul maschilismo di tutte queste procedure e sulle solite usanze di supremazia maschile, che miravano a riprodurre le dinamiche della società fallocentrica. A loro di queste solite lotte fra maschi non importava un'ovaia. Altri, ancora meno inquadrati, sostennero che in questa storia del frazionismo non ci si trovavano per niente. Perché per loro chi evocava il frazionismo lo faceva in base a un suo discorso egemonico, per condannare il dissenso, ma questo movimento «è» dissenso, questo movimento non è assorbimento del dissenso, questo movimento dissente, si separa, è separazione (se-parazione, o sepa-razione, o meglio separ-azione), quindi bisogna stare attenti a quelli che chiamano «frazionismo» il dissenso perché, dicevano, «noi andiamo controcorrente anche quando la corrente va controcorrente».

Ci fu un dibattito serrato su tutte queste questioni, anche il Ragazzo volle dire la sua, unendosi alla polemica contro il frazionismo, ma anche a quella contro il settarismo e a quella contro il primitivismo. Stranamente quando pronunciò la parola «primitivismo» si misero tutti a ridere, e non smisero di farlo anche dopo che il Ragazzo ebbe finito di parlare. Non è possibile trascrivere la pronuncia sicula del Ragazzo di quella parola: qualcosa come «pschrimitivischmo». Difficile pensare che negli ambienti del movimento da quel momento in poi il Ragazzo non venisse chiamato «pschrimitivischmo».

Si ritrovò intorno a mezzogiorno fuori dalla Facoltà, non sapeva neanche lui come e perché. La neve caduta nei giorni precedenti era ancora lì perché faceva un gran freddo e non si era sciolta quasi per niente. Ma ora il cielo era sereno e blu, ed era un piacere godersi quel solicello. C'era un gran via vai di gente, alla quale il Ragazzo era piuttosto indifferente. Solo un formidabile rombo lo richiamò alla realtà. Era la Seicento Abarth 850 TC che lo aspettava al largo del viale alberato. La sfida era imminente e Loris si era procurato l'additivo Bardahl, da cui l'eponimo «bardalizzato».
«Presto, vieni, ho trovato il posto».
«Il posto per fare che?» chiese ingenuamente il Ragazzo, mentre si accomodava nel sedile del passeggero.
«Ma come per fare che, per fare i testacoda».
«I testacoda?».
Fu così che i due raggiunsero un enorme piazzale dalle parti del Galluzzo, dove la neve si era ricongelata, formando una patina di vetro lucido e scintillante, al sole.
Loris, dopo aver fatto almeno dieci serie di testacoda multipli, tirando il freno a mano, chiese: «Vuoi provare?».
Il Ragazzo la patente ce l'aveva, ma non era tanto pratico di guida sportiva sul ghiaccio. Fare i testacoda,

in certi casi anche tre o quattro piroette, fu probabilmente l'esperienza più esaltante di tutta la sua vita. Loris era arrivato a farne sei, ma lui...

Tornando a casa ascoltarono la cassetta di Alan Sorrenti. Provavano una felicità pura e leggera.

42

Il Saggio faceva la sua figura col vestito blu e la cravatta regimental. Suonarono al campanello di casa Bettini alle ore 19.05. Eugenio si era vestito meglio che poteva, indossava una camicia celeste e un golfino con scollo a V. Scopo della visita era di introdurlo alla famiglia, affinché fosse concesso al giovane di invitare Cristina a uscire con lui.

Il Saggio si presentò come amico dei Licitra, famiglia benestante in grande intimità con la sua, quella dell'ammiraglio Bastianucci.

Non a caso la cravatta esibita era della Marina Militare.

I genitori di Cristina rimasero abbastanza impressionati dalle maniere eleganti del figlio dell'ammiraglio. Si trovarono quasi in soggezione, lo chiamavano dottore.

Sandro (il vero nome del Saggio) con rispetto e savoir faire introdusse Eugenio Licitra ai Bettini.

«La famiglia di Eugenio possiede numerose boutique di moda, nella Sicilia meridionale. Ha il monopolio del gusto».

I genitori di Cristina, che avrebbero voluto far cadere dall'alto la loro posizione sociale, il padre era un impiegato del Comune, si sentirono un po' a disagio. Quegli studenti fuori sede sembravano loro dei miserabili, degli sfasciati, dei perditempo, e invece ora ti veniva fuori che, pur in Sicilia, questi possedevano una fortuna. E poi a quel giovane posato, molto robusto ma estremamente distinto in giacca blu e cravatta, presto sarebbe diventato medico, figlio addirittura di un ammiraglio, che cosa avevano da offrire?

«Teresa, che cosa abbiamo da offrire a questi ragazzi?».

Teresa captò il senso della domanda del marito.

«Mica vorrai offrire un whisky a questi ragazzi, che ne dite di un caffè?».

«Lo accettiamo molto volentieri» disse il Saggio, consapevole che la parola «accettiamo» sarebbe parsa stravagante, scostante, ma estremamente azzeccata, come a dire, noi siamo qui in mezzo a questa gentuccia, ci mischiamo con loro perché siamo democratici e illuminati, ma siamo abituati ad altro, ebbene sì, ad altro.

Il Saggio sorbì il caffè, pessimo peraltro, con estrema classe, senza farlo troppo in fretta ma senza neanche indugiare. Quando vide che il Ragazzo era tentato di rastrellare col cucchiaino lo zucchero rimasto sul fondo lo fulminò con lo sguardo.

«Vedete» disse, «i genitori di Eugenio sono intimi amici di famiglia dei miei genitori, soprattutto di mio padre. E dunque questo ragazzo praticamente lo hanno affidato a me, sono come il suo tutore e devo stare molto attento alle sue frequentazioni».

«Frequentazioni?» si chiese il padre di Cristina, ma si dice «frequentazioni»? Se il padre era in qualche piccola percentuale ancora diffidente, la madre era totalmente conquistata. Questo giovane, il Saggio, era veramente a modo, e forse le sarebbe piaciuto che fosse lui a voler uscire con la figlia, anche se un po' grandicello, ma si sa, se a 18 anni sei anni di differenza sembrano un'eternità, un po' più in là non sono niente. Il Ragazzo, nonostante si fosse pettinato alla meglio, aveva un aspetto assai meno coltivato, e poi se ne stava sempre zitto. Fu allora che se ne uscì con la battuta concordata.

«Per me, signora, uscire con sua figlia sarebbe un onore e una gioia. Sapesse come sono fatte le ragazze di oggi, sa, io sono un po' all'antica, anche se controvoglia, e non finisco mai di stupirmi».

La frase in quanto assai retorica era anche molto ambigua e infatti Cristina, che non sapeva dove guardare, si infastidì. All'antica anche se controvoglia? Ma che cavolo stava dicendo? E poi che voleva dire quel «non finisco di stupirmi»? Voleva comunicare che con le femmine ne aveva fatte di tutti i colori? Ma la madre non la recepì in questo modo, anzi, fu entusiasta di una dichiarazione così conservatrice, ma in fondo si sapeva che questi siciliani sono persone perbene.

Quando uscirono di casa l'appuntamento era confermato: potevano uscire alle 19.30, andare a cena insieme, al cinema, lei sarebbe dovuta rientrare alle 23.30. Quattro ore insieme? Al Ragazzo non sembrava vero. Una volta nell'appartamento, liberatosi della giacca e della cravatta il Saggio fu abbastanza perentorio:

«Primo, per i prossimi sei anni non chiedermi altri piaceri. Secondo, quella lì è una gatta morta, stai bene attento».

«Ma chi, la madre?».

«No, non la madre, lei, la tua bella. Stai bene attento».

Ma il Ragazzo non era pronto a recepire questo avvertimento. Era in rapimento estatico, pensando che dopo due giorni, solo due giorni, aveva un appuntamento con Lei, cosa che fino a qualche settimana prima gli sarebbe parsa la più improbabile del mondo.

43

Intorno alle otto di mattina Loris lo svegliò mentre stava sognando. Continuò a farlo anche dopo che si era alzato e vestito, pensava all'appuntamento con Cristina. L'incontro con quelli dell'Alfasud era alle nove, all'incrocio fra via San Leonardo e viale Michelangelo. Perché così presto? Perché quella mattina fredda e nebbiosa, in mezzo agli alberi senza foglie e ai lugubri cipressi che sbucavano dalle brume? Forse per sottolineare l'atmosfera da duello all'ultimo sangue, con pistole, duellanti e testimoni.

L'Abarth raggiunse la postazione, vicino al semaforo, erano in netto anticipo. Il Saggio era seduto sul sedile posteriore, al centro, con le gambe divaricate. Ok, gli accordi erano che gli equipaggi dovevano essere formati da tre persone, ma lui, con i suoi cento chili e passa, ne valeva quasi due, e se stava seduto da una parte squilibrava l'assetto, oltre a rappresentare una zavorra non regolamentata.

«Ho messo il Castrol» disse Loris, concentratissimo.

Il Ragazzo, forse per stemperare la tensione, si riferì ai suoi impegni universitari.

«Senti, visto che siamo qui, mi risentiresti Wittgenstein?».

«Cosa intendi dire per "mi risentiresti Wittgenstein", adesso?».

«È che ho un esame liberalizzato, lo voglio dare a

giugno, ma prima di cominciare a leggere il *Tractatus* devo sapere di che cosa si parla».

«E cosa devi studiare?».

«Wittgenstein».

«Allora va bene, parlami di Wittgenstein».

«Ma che domanda è, è troppo generica, mica siamo a scuola».

«Allora, d'accordo, inquadrami storicamente Wittgenstein».

«Ma come faccio a inquadrartelo storicamente, ci sarebbero troppe cose da dire».

«E tu dimmene alcune».

«Ludwig Wittgenstein è nato a Vienna nel 1889, di famiglia ricca, morì nel 1951».

«Tutto qui?».

Loris si guardava intorno, ma l'Alfasud non si vedeva. Non aveva spento il motore, temeva di poter avere qualche problema a riavviarlo, però in questo modo consumava litri e litri di benzina.

«La sua filosofia si divide nel primo Wittgenstein e nel secondo Wittgenstein».

«E allora?».

«La fase del secondo Wittgenstein fu dedicata alla critica del primo Wittgenstein».

«Ma sei scemo?».

«Sì, è così. Wittgenstein prima espresse una teoria sulla filosofia del linguaggio, poi la negò».

Il pensiero di Loris era interamente dedicato alla possibilità che gli si impiombassero le candele.

Il Ragazzo si guardò attorno, c'era una nebbiolina leggera leggera, e un cantiere stradale, ma al momento nessuno al lavoro.

Erano le nove meno un quarto. Il Saggio leggeva il giornale, per mostrare che non c'era niente di cui preoccuparsi.

«Wittgenstein dice che ciò che non può esser detto non va detto... perché su ciò di cui non si può parlare si deve tacere».

«Ehhh? Ma era matto questo qui?».

«Beh, un po' sì, era un tipo strano. Pensa che a un certo punto si ritirò dalla scena filosofica per fare il maestro elementare».

«Si ritirò dalla scena filosofica? Ma come parli?».

«Sul manuale c'è scritto così e a me non viene un altro modo di dirlo».

Loris cominciava a innervosirsi, il riscaldamento della Seicento funzionava anche troppo bene, ma nell'abitacolo, insieme all'aria calda, arrivava anche un forte odore di benzina e di oli meccanici vari.

«Wittgenstein è famoso per la teoria del significato di Wittgenstein, egli riteneva che le parole hanno come significato le cose...».

«Bella scoperta...».

«Sì, però ci sono delle parole che non significano niente».

«Ah, e quali sarebbero?».

«Beh, per esempio se, allora, e, o, eccetera».

«Cioè se le uso non dico niente?».

«No, non è questo, è che non significano delle cose...».

Loris ascoltava il Ragazzo ma non sentiva quello che diceva. Si guardava intorno ma passava solo qualche Ape, probabilmente di ritorno dal mercato ortofrutticolo.

«Ma che cazzo, li vedi, questi non vengono».

«Non avremo sbagliato posto?».

«No, non abbiamo sbagliato posto».

«Il secondo Wittgenstein dice che la filosofia serve a togliersi il mal di testa che ci fa venire la filosofia stessa. Poi dopo che ti è passato la filosofia non serve più».

In quel momento arrivò l'Alfasud, piazzandosi accanto alla Seicento. Loris dette due o tre sgassate che nella nebbiolina sembrarono fiammate minacciose, di colore blu-rosso, lo stesso del gas di cucina.

Uscì dall'Abarth e il fiato diventava fumo. Allora si accese una sigaretta e con calma andò a parlare con quelli dell'Alfasud. Si misero d'accordo sul percorso. Quelli avrebbero voluto un tracciato misto veloce, Loris preferiva un percorso più tortuoso, in modo da poter sfruttare al meglio le doti di accelerazione e di tenuta in curva della 850 TC: l'Alfasud, probabilmente truccata, era capace di superare i 160 all'ora, e questo, per ora, la Seicento non era in grado di farlo.

La discussione fu lunga, i punti di vista molto diversi, si arrivò al limite della rottura. «Ti caghi addosso, eh, Romagna? Con quel rottame».

Finirono per mettersi d'accordo su un circuito che combinasse tratti veloci a tratti con molte curve secche. Giù per la collina per il vertiginoso toboga di via San Leonardo, fino al forte Belvedere, poi risalita lungo le mura di via de' Bastioni, l'angusta via San Niccolò, Lungarno Serristori, il ponte di Ferro, come lo chiamavano una volta, l'ampio viale Amendola, piazza Donatello (giro completo della piazza attorno al cimitero degli Inglesi, una specie di Indianapolis), via Capponi, quella col selciato più sconnesso di Firenze, piazza Santissima Annunziata (per chi non se ne intende quella con l'Ospedale degli Innocenti del Brunelleschi), via della Colonna, l'ottocentesca piazza d'Azeglio e arrivo in piazza Beccaria, davanti alla vecchia porta mozzata.

«Non al prossimo verde, a quello dopo si parte».

Il tipo dell'Alfasud fece il giro dell'Abarth, forse inquieto. Loris ne approfittò per dare un'altra sgassata terrorizzante.

Al secondo verde partì la sfida all'ultimo sangue, la Seicento scattò violentemente in testa. Nel budello vertiginoso di via San Leonardo fece la differenza. Affrontava le strette curve cieche in seconda a 5.000 giri, oltre 70 all'ora. L'Alfasud faceva fatica a starle dietro, e in ogni caso la strada era troppo stretta per sorpassare. A San Niccolò aveva un ampio margine, che andava aumentando, prima del tratto veloce. Superavano a velocità siderale gli incauti automobilisti che si trovavano sul percorso e guardavano esterrefatti le due auto in corsa.

Il Ragazzo si girava all'indietro, gli stronzi erano a una cinquantina di metri di distanza. Cominciò a spernacchiarli.

«Tè, tè, pezzi di merda».

Sul ponte Vespucci (quello che una volta era di ferro) Loris perse un po' di tempo a liberarsi di un paio di furgoni e l'Alfasud ne approfittò per rifarsi sotto, andando quasi a lambire le marmitte della 850 TC. Loris zizzagò per quanto possibile, l'Alfa ormai li aveva affiancati e nel rettilineo di viale Amendola riuscì a passare davanti. Questa volta probabilmente erano loro a inveire; «Tè, tè, ve la andate a prendere nel culo». Inforcarono per primi l'ovale di piazza Donatello, l'Abarth gli era incollata, pronta a sfruttare la scia e a buttarsi verso l'interno. Il semaforo era rosso ma entrambe le vetture non lo presero in considerazione. Al bivio per imboccare via Capponi, una curva secca a 90 gradi,

Loris si gettò all'interno e tirando il freno a mano mise la macchina di traverso, perfettamente in direzione. L'Alfasud dovette allargare un bel po', troppo sovrasterzo. E così si trovò dietro nella strettoia: la coppa sfregava contro il selciato di pietra serena, ma gli altri non riuscirono a passare davanti neanche nel rettifilo di via Giusti. In piazza d'Azeglio il margine era ancora consistente.

Anche il Saggio si lasciò andare a un: «Gliela abbiamo messa in culo».

Forse fu questa frase a far scendere l'adrenalina nella testa di Loris, quel tanto che bastava per fargli prendere a velocità troppo sostenuta via Leopardi, all'arrivo mancavano trecento metri. Una 127 del cazzo gli si parò davanti e lui dovette sterzare bruscamente sulla destra. La macchina gli partì in sbandata, si mise di traverso, finì in testacoda. Un errore da novellini.

Si ritrovò col muso puntato contro l'Alfasud che stava sopraggiungendo a 100 chilometri all'ora, poco ci mancò che le due macchine si scontrassero.

Quando Loris riuscì a ripartire e invertire il senso di marcia gli altri avevano già tagliato il traguardo.

Nessuno fece parola, a bordo della Seicento. I tre per circa 180 secondi restarono immobili, paralizzati, fulminati, increduli. L'Alfasud si avvicinò e li affiancò, aprirono i finestrini.

«E così chi era che faceva il culo a chi? Questo catorcio vallo a portare dallo sfasciacarrozze».

L'equipaggio della Seicento non accettò provocazioni. Erano tutti impegnati a fumare spasmodicamente.

Intanto arrivò quello della 127 infuriato, malediceva quei pazzi, che c'era mancato poco lo prendessero in pieno, andando contromano. Il Saggio fece spostare il Ragazzo e uscì dalla macchina: «Lei si tolga dai coglioni, se no la 127 gliela distruggo a testate».

Sempre lui dunque andò a pagare le diecimila lire dovute, consapevole del valore simbolico della loro bruciante sconfitta: l'Italia degli anni Sessanta era stata distrutta per sempre dai grigi, plumbei anni Settanta. Ma perché? Per uno scherzo del caso.

Rientrò in macchina, nel silenzio, malauguratamente rotto da Loris, il quale, a causa del nervosismo si lasciò scappar detto che se qualcuno continuava a pesare oltre 100 chili non sarebbero mai arrivati da nessuna parte.

L'interessato se la prese a male.

«Portami a casa che domani ho l'esame».

Gli avversari, quando incassarono le diecimila, sogghignavano.

«Bella gara, complimenti» dissero sarcasticamente.

«Complimenti anche a voi» disse Loris, con uno sforzo sovrumano.

Il Saggio avrebbe voluto spaccare il cranio a tutti e tre quegli stronzi.

Quando si subisce una sconfitta bruciante, quando la frustrazione è al massimo, quando lo stress ti toglie la voglia di vivere, l'unica soluzione è cercare di volgere i pensieri da un'altra parte, pensare a qualcosa di rassicurante, consolatorio, alternativo. Il Ragazzo qualcosa del genere ce l'aveva, l'appuntamento con Cristina. Non può andare tutto male. Loris in quel momento non riusciva ad allontanare lo strazio, e il Saggio a cosa doveva pensare, all'esame di Anatomia patologica?

Avesse potuto parlare la più mortificata era la FIAT Abarth 850 TC, muta, costernata, disperata. Altro che Abarth, sono soltanto una misera Seicento! avrebbe potuto pensare. L'Alfasud, invece, col suo rosso vivo, era distesa e brillante, se dotata di parola avrebbe simpaticamente detto facezie, senza negarsi a nessuno: «Beh, certo che quella curva... ma noi abbiamo dato tutto senza mollare mai... ringrazio tutta la squadra... il merito è tutto loro...». E altre frasi ipocrite del genere.

44

Cristina scese giù, il Ragazzo deglutì, si avviarono sul marciapiede.

«Ciao, come sei carina».

«Grazie».

Cristina procedeva lentamente, quasi non volesse andare avanti, aveva una strana espressione. Si decise.

«C'è una cosa che devo dirti. Non posso uscire con te».

«Beh, non puoi in che senso? I tuoi genitori ti hanno dato il permesso».

«Sì, certo, anche, ma è che non posso perché non posso».

«Non puoi o non vuoi?».

«Ma insomma, ti ci vuole tanto a capire? Non posso perché non posso. Io uscirei volentieri con te, ma non posso».

«Ma insomma, no che non ti capisco, perché non puoi?».

«Allora, secondo te, perché una ragazza può dire a un ragazzo che la invita a uscire che non può?».

«Perché ha le sue cose?».

«No, no, non è quello»,

Il Ragazzo pensava, pensava, ma in mente non gli veniva niente.

Cristina fece una faccia compresa e meditabonda e dopo un minuto circa si decise:

«E va bene, l'hai voluto tu, io pensavo che tu ci arrivassi da solo e invece...».

«Invece che? Invece che?».

Si immaginava che presto sarebbe stato messo a parte di un orribile segreto. E se lei, in una parte del corpo non visibile e non immaginabile, soffrisse di qualche orribile malformazione? E se fosse colpita da qualche terribile patologia, una malattia che le concedeva solo qualche settimana di vita? O se ci fosse qualche terribile mistero occultato nella sua semplice esistenza, una mostruosità, qualcosa di inenarrabile?

«Ho il ragazzo» disse lei con rapidità, ed Eugenio vacillò sulle gambe, stava per perdere i sensi, si appoggiò al muro.

«Ccc... come, cosa intendi dire con "Ho un ragazzo"?».

«Cosa vuoi che intenda dire, intendo dire che ho il ragazzo, uno che si chiama Andrea, che fa il terzo anno di Legge, ha una Golf. Suo padre ha uno studio legale».

Ah, no, no, pensò il Ragazzo, questo è impossibile, non ho mai visto nessuno che la venisse a prendere la sera con una Golf, non ho mai visto niente del genere, perché si è inventata questa storia? Perché? Perché mi vuole fare soffrire in questo modo?

Non gli affluiva sangue alla testa, restò in silenzio. Solo dopo qualche minuto lei parlò di nuovo.

«E se lui sapesse che ora sono qui a parlare con te, se sapesse che mi hai invitato a uscire, sarebbero guai grossi, per me e per te».

Il Ragazzo immediatamente trovò l'ossigeno sufficiente per immaginarsi la scena in cui lui, minacciato dal quell'idiota di quell'Andrea, avrebbe estratto la pistola dalla manica con un congegno a scatto. Dici a me...

«Ma lui.. ma tu... e allora... ma poi... ma allora... allora perché mi hai tirato le palle di neve?».

«Ma, che c'entra, cosa c'entra una palla di neve, non era mica che...».

Lui era affranto ma cercava di mantenere un contegno.

«Ah, allora... se è così... perché non me l'hai detto prima... però...».

«Ma sei tu che hai preso contatto direttamente con i miei genitori».

«Per forza, sei tu che mi hai detto che quello era l'ostacolo».

«Sì, ma io volevo dire che...».

«Che... che... che volevi dire?».

«Insomma, io mi fido di te».

«Ti fidi di me? Come, perché, in che senso?».

«Penso che tu possa aiutarmi, mi vuoi aiutare?».

«Certo che ti voglio aiutare, ma qual è il mistero? C'è un mistero? Tu devi dirmi tutto».

«Posso dirti veramente tutto?».

«*Devi* dirmi tutto, se no, in che cosa consiste la nostra amicizia?».

E qui il Ragazzo disse proprio una cazzata. La «nostra amicizia», ma di quale amicizia stava parlando? E poi non era l'amicizia che gli interessava.

«Tu mi devi aiutare».

«Aiutare? Certo, perché non dovrei, ma aiutare come?».

«Ma te la senti?».

«Se me la sento? Me la sento e come. Io me la sento, me la sento di aiutarti, ma qual è il problema?».

«Il problema è che i miei non vogliono che lo veda, devo fare i salti mortali, invece con te è diverso, gli sei piaciuto».

Il Ragazzo rifletteva, non capiva, forse non voleva capire, si sforzava...

«Va bene, ti aiuto, ma tu dimmi... che dovrei fare?».

«Sei sicuro? Non è che poi se te lo dico ti arrabbi? Giurami che non è così, mi *deluderesti*. Mi aiuterai?».

«In tutto e per tutto, e non ti domanderò perché. Ma una cosa devo domandartela, perché...».

«Ah ecco, lo sapevo, mi stai giudicando...».

«Come sarebbe a dire "giudicando"... io non so neanche di che cosa si tratta... ma io...».

«Tu che...».

«Io che...».

«Insomma, il piacere che ti chiedo è questo... ma tu me lo farai?».

«Ma quale sarebbe, quale sarebbe? Io tutti i piaceri ti farei».

«Dai, non fare il cretino, hai capito benissimo, insomma, dietro l'angolo c'è il mio ragazzo che mi sta aspettando, poi, quando torno, tu mi riaccompagni a casa, è una questione di dieci minuti. Perdi cinque minuti all'andata e cinque al ritorno. Come potrò mai ringraziarti?».

Avevano appena svoltato l'angolo e la Golf era lì che aspettava. Cristina ci salì al volo, partirono in tromba, tutti e due lo salutarono con la manina.

Lui tornò a casa barcollando. Per fortuna il Saggio era chiuso in camera, l'indomani aveva l'esame. Loris era uscito, probabilmente a bere per dimenticare la sconfitta.

Il Ragazzo si sedette in cucina davanti al tavolo di marmo. Restò in quella posizione per circa tre ore, come paralizzato.

Intorno alle 11.15 scese giù in strada. Dovette aspettare un bel po', quelli non tornavano, che bastardi, così se tardavano la colpa sarebbe stata sua, sarebbe stato lui a dover rendere conto ai genitori di Cristina, che stronzi.

Faceva un gran freddo e lui, per strada, dietro l'angolo, batteva i denti. Finalmente la Golf arrivò, dette una bella inchiodata. I due ebbero l'accuratezza di accendere la luce interna, così il Ragazzo poté assistere, con dolore, alla slinguazzata finale con la quale i due si salutavano. Cercò di non farsi vedere. Cristina se ne uscì di corsa, era tutta accaldata, tutta rossa, che avranno fatto nella Golf?

«Ti sembra questa l'ora di tornare? Lo sai che ore sono?» disse, e improvvisamente si accorse che stava dicendo la stessa frase da lui sentita tante volte pronunciata da sua madre e che probabilmente avrebbero pronunciato i genitori di Cristina.

I quali invece con Cristina furono molto tolleranti. Per meglio dire la madre, perché il padre era già a letto da più di un'ora.

«Come è andata la serata, vi siete divertiti?».

«Sì» confermò Cristina «siamo stati bene».

«E com'era il film?».

«Noioso» disse Cristina, che peraltro intravedeva una soluzione a tutti i suoi problemi.

Invece il Ragazzo sprofondò ancora di più nel baratro.

45

A mezzanotte, senza neanche bussare, il Ragazzo entrò in camera del Saggio, il quale, completamente nudo sul letto, aveva in mano uno squaletto di gomma, con i denti aguzzi. Parve piuttosto contrariato, ma lui lo pareva sempre.

Eugenio si buttò di traverso sulla poltrona letto e cominciò a delirare fra sé e sé, mentre il Saggio se ne stava immobile sulla sua branda.

«Perché? Perché? Perché? Perché il mondo è così stronzo? Perché lei è così stronza? Che cosa le ho fatto di male? L'ho forse cercata? Le ho forse dato fastidio? L'ho importunata? Le ho fatto gesti dalla finestra? Ho invaso la sua sfera privata? Certo, mi sono innamorato di lei, ma che ci posso fare? Ma perché mi ha fatto questo, mi ha fatto credere che io e lei...? Mi ha dato un'illusione, mi ha fatto pensare che fra me e lei potesse nascere una storia? Ma che storia, ma che storia, non c'è nessuna storia... Le storie le donne vogliono sentirsele raccontare, come probabilmente gliele racconta quell'Andrea, storie false, ma a essere se stessi si ottiene quello che ottengo io, cioè niente, a questo mondo bisogna raccontare balle, le donne vogliono sentirsi raccontare solo balle, e così sono contente, senza contare che loro di balle te ne raccontano altrettante, e così siamo tutti contenti. Ma io, io le balle non le so raccontare, io vorrei che...».

Il Ragazzo guardò il Saggio, immobile sul letto, fumava una sigaretta, dando delle tirate lunghe e potenti, si vedeva l'iridescenza del tabacco incandescente per alcuni secondi, poi si sentiva l'espirazione, profonda e rumorosa; la fumata prima andava verso il basso, più o meno all'altezza dello stomaco, poi si innalzava verso l'alto, dove stazionava la sveglia, attaccata al soffitto con lo spago.

«Io non ci capisco più niente, mi pare che in questa città di stronzi siano tutti stronzi, non gliene frega un cazzo, e tanto meno a quella stronza. Ma se la gente è così, se la gente normale è così, che cosa vogliamo sperare, se cominciamo a essere stronzi fra di noi, come ci possiamo lamentare che tutto il mondo sia regolato da questi principi, io dico... ma Lei, lei me la aspettavo diversa, mi sembrava diversa... ma forse, a causa della sua origine piccolo borghese... d'altronde... come potrebbe essere altrimenti... ma anch'io, mi vado a innamorare di una ragazza fiorentina... è proprio vero... moglie e buoi... ma io da lei che cercavo? Cercavo solo un po' d'amore, io la volevo, la desideravo... E poi, con tutto quello che succede, non si sa più che cazzo fare con le donne... ne trovi una che ti sembra diversa... che ti sembra seria... che ti sembra abbia dei valori simili ai tuoi, non è che quella te lo vuole tagliare, però, proprio quella, ti umilia, ti gioca, come usava una volta... e dall'altra parte. Ma tu, tu che leggi i tuoi libri di Chandler, con l'investigatore privato che risolve tutti i problemi, perché? Riuscirebbe Marlowe a risolvere i miei problemi?».

Il Saggio, cui si rivolgevano queste parole accorate, non disse niente.

Il Ragazzo pensava a voce alta come se nessuno lo potesse ascoltare. Era troppo frustrato e confuso, non sapeva neanche lui quello che diceva, a mente fredda avrebbe potuto esprimersi meglio, ragionare in termini meno personalistici e più sociali.

Alla fine si arrese anche lui, e rannicchiandosi sulla poltrona letto si fece silenzioso. Nella sua mente si alternavano immagini di sogno liberatorie con protagonista Cristina ad altre inibitorie del rapporto stesso, dove nella fantasticazione onirica la vicenda amorosa subiva delle battute d'arresto. Ma presto si immaginava che Lei, dopo essersi pentita di quello che gli aveva detto, andasse con lui nella famosa casa sulla scogliera, con le onde oceaniche tumultuose battenti il litorale, rendendo il loro incontro il più romantico e definitivo possibile. Tuttavia, proprio mentre lei giurava che gli aveva detto certe cose solo per farlo innamorare ancora di più, che questo Andrea neanche esisteva, e che gli si offriva in tutta la sua castità spirituale, ecco, proprio quando il respiro si stava facendo più pesante, e lei indossava una maglietta aderente, ecco, proprio in quel momento il Saggio cominciò a parlare. Disse:

«I problemi sono problemi, Ragazzo. Se non fossero problemi non ci sarebbero problemi. Ora questo è chiaro, parliamo di problemi. Mai dirò che tu non hai un problema, o che si tratta solo di falsi problemi. Sai come quelli che dicono "non ci sono problemi", oppure "ma che problema c'è", o anche "ti fai un sacco di problemi". Un problema è un problema. A scuola i problemi si risolvono, e prendi un buon voto. Nella vita ci sono problemi che non si risolvono, se mai si superano. Il tuo problema è lei. Tu non sei il suo problema. Ma lei come fa a essere un problema? Lei, senza di te, non è un problema, probabilmente. Vedi che il problema è solo tuo?

Quindi dipende solo da te. Devi pensare a lei non come un problema in generale solo perché ha un altro, o perché ti ha preso in giro. D'altronde io ti avevo messo in guardia. Però il problema è solo tuo, quindi il problema sei tu. Ti senti umiliato, tradito?».

Il Saggio si grattò la pancia nuda e pelosa.

«Chandler, eh? Ti immagini cosa ha pensato Moose Malloy quando ha visto la sua Velma sparargli addosso? Nel *Lungo addio* c'è una frase che fa al caso tuo: "Nella vita non è mai il buono a tenersi la ragazza". E sei tu il buono, in questa storia? Cristina è la ragazza, su questo non ci sono dubbi. Nei film invece il buono si tiene la ragazza, e tu ti sei fatto un film, dove vince l'amore. E mi vieni a dire che lei è una stronza? Oppure il problema sei tu, perché ti fai i film. Chandler dice: "Le donne mentono su qualsiasi cosa, tanto per fare pratica". Stampati questa citazione in testa e non te la prendere con lei, non è colpa sua, non è colpa sua... La sai la storia di Elena di Troia? A lei viene data la colpa della guerra di Troia, perché è fuggita con Paride. Invece il filosofo dice che Elena tutto quello che ha fatto lo ha fatto perché è stata come ipnotizzata, narcotizzata, dalle storie che le raccontava l'abile Paride. Perché le storie sono inganni, bugie, falsificazioni. Tali inganni sono dei farmaci, dei medicinali, ti fanno stare meglio e funzionano soltanto se ci si abbandona completamente. Chi racconta storie è come un guaritore, chi le ascolta si deve abbandonare, se no non funziona. Le storie sono un pharmakon, un narcotico, un veleno. Quindi non è colpa di Elena il gran casino scatenato: lei era stata narcotizzata. Ora sei tu che ti stai facendo una narrazione, l'amore è una narrazione, quindi è un pharmakon, un narcotico, come l'oppio. Non a caso si dice "ho una storia con una tipa". Quello che interessa è l'idea di storia, ti fa dimenticare tutto il resto, come il narcotico».

Il Saggio era già alla terza sigaretta, ma non aveva ancora terminato.

«Passo il mio tempo a leggere i romanzi di Chandler: e che altro dovrei fare? Finché lo leggo so che qualcuno riporterà il caos della vicenda poliziesca all'ordine finale. Un ordine poco consolante, parrebbe, ma in quest'ordine c'è un personaggio individuale al centro di tutta la quadratura, e quel personaggio sono io, finché leggo. Ti sembra una prospettiva individualistica? Certo che lo è, ma credi che ce ne sia un'altra? Siamo tutti fregati. Adesso dormiamo. Domani ho l'esame di Anatomia patologica, la vera sfida del samurai».

Detto questo il Saggio si tirò su il lenzuolo e si girò da una parte. Il Ragazzo era confuso, non sapeva cosa dire, e infatti non disse niente. Dopo qualche minuto sentì il respiro profondo dell'altro, che cominciò a russare. Era sbalordito da quante parole avesse pronunciato tutte di fila, cominciava a capire perché lo chiamavano il Saggio.

46

La mattina dopo sia Loris che il Ragazzo restarono a letto, non volevano accettare la realtà, sarebbero rimasti a dormire a oltranza, per non affrontare i tormenti della frustrazione. Loris la sera si era ubriacato, da solo, scolandosi una bottiglia di whisky di pessima qualità, sprofondando nell'abisso della sconfitta. Al mattino si svegliò e fra il sonno e la veglia, con un mal di testa atroce, ripensava alla sfida istante per istante. La corsa era vinta e le diecimila in tasca, e invece... all'ultima curva... Ricostruiva nei minimi dettagli il suo errore, poteva prendere con calma quella curva, aveva tutto il tempo, non lo avrebbero raggiunto mai... se avesse decelerato quel tanto che bastava... se soltanto... Rivedeva la scena centinaia di volte, nel marasma mentale, cercando di modificarla, di darle un altro finale. Si riaddormentò e vide l'Abarth 850 TC trasformarsi in un robot, con le sembianze di lui stesso, i parafanghi anteriori diventati le braccia, quelli posteriori le gambe, una specie di gigantesco mostro meccanico pronto a distruggere tutto. E poi si ritrasformava nella macchina, ma questa volta non aveva più l'innocuo aspetto della FIAT Seicento, l'utilitaria per antonomasia degli anni Sessanta, la prima che le famiglie potevano comprarsi, un agnellino. No, adesso la macchina era una bestia trionfante, assetata di vendetta e di sangue, che si muoveva per le strade a caccia di prede innocenti. E la bestia era lui, trasformato, truccato, elaborato. A quell'epoca in Italia non esistevano ancora i transformers, Jeeg Robot oppure gli Autorobot, i Transformers G1, roba inventata da produttori di giocattoli degli anni Ottanta. Ma il desiderio infantile insopprimibile di trasformarsi da un agnello imbelle in un mostro potentissimo e crudele è noto da millenni alle culture umane, il Ragazzo avrebbe potuto chiederne una bibliografia al seminario di Antropologia culturale. Le case produttrici di giocattoli ci hanno semplicemente sviluppato un business.

Si svegliò di nuovo, incapace di riprendere la consapevolezza di sé e di credere che quello che era successo era tutto vero.

Il Ragazzo invece non pensava soltanto alla bruciante sconfitta dell'Abarth 850 TC, pensava principalmente alla sua, e a quello che gli aveva detto il Saggio, e cioè che la responsabilità era sua. Si rigirava nel letto e cercava disperatamente di riprendere sonno, per sempre.

A mezzogiorno sentirono la porta aprirsi e richiudersi, violentemente. Il Saggio era tornato. Oddio, pensarono tutti e due, ha dato l'esame che sta preparando da mesi.

Bisognava stappare la bottiglia di spumante messa in frigo, almeno quello!

In mutande raggiunsero la cucina, il dottore era in camera che si toglieva il cappotto. Estrassero la bottiglia, Loris tolse il cappuccio e il filo di ferro, quando il festeggiato entrò in cucina il tappo esplose.

«Aleeee» gridarono, quello li guardò senza battere ciglio. Prese la bottiglia e la versò per intero nel lavabo, sotto gli sguardi pietrificati dei coinquilini.

Solo più tardi, anche se se lo potevano immaginare, ebbero la certezza che il Saggio non aveva superato l'esame di Anatomia patologica e aveva fatto il voto del silenzio. D'ora in poi, almeno fino alla prossima sessione d'esame, non avrebbe parlato con nessuno.

Chissà perché il Saggio immaginava un nesso fra il fatto che lui parlasse e il superamento di un esame universitario. Ma all'Università si vive in realtà nel culto della scaramanzia. E a chi l'aveva fatto poi, il suo voto, a Stalin?

Per il Ragazzo l'unico risvolto positivo di questi tragici frangenti fu quello di non essere interrogato sugli esiti del suo appuntamento.

47

«Il Manifesto», sabato 19 febbraio 1977 * 150 lire

Giornata nera all'università di Roma. Scontri di servizi d'ordine, invasione della polizia, Lama cacciato. L'irresponsabilità di PCI e sindacato respinge il movimento giovanile nel ghetto dell'estremismo e spezza il dialogo fra operai e studenti. Oggi i giovani tornano in piazza. Sta agli operai essere con loro

Roma
Momento per momento la giornata di giovedì all'università.
Le scritte cancellate, lo scontro violento dei servizi d'ordine, i bulldozer della PS che sfondano i cancelli.

LE SCRITTE CANCELLATE

LUCIA ANNUNZIATA. Alle 8.30 arriva all'università il servizio d'ordine sindacale. Per prima cosa cancella le scritte comparse per l'arrivo di Lama. La grande scritta blu che campeggia fuori i cancelli «I Lama sono in Tibet», rimane visibile, un gioco di parole che, nel piazzale della Minerva viene ripreso in vari modi. In un cuore verde, sotto un pupazzo di Lama in polistirolo, eretto su un palchetto c'è scritto «nessuno L'ama». A partire dal cancello principale la lunga fila del servizio d'ordine divide a metà il viale d'ingresso: da un lato si avviano gli studenti che vanno a circondare il palchetto, coi palloncini, dall'altro gli striscioni di fabbrica, già tutti appoggiati contro gli alberi e sotto il palco. I contrassegni del servizio d'ordine continuano ancora sotto la statua di Minerva, limitando ancora di più lo spazio agli studenti.

Da qui le prime frizioni. Gli studenti dei circoli giovanili tentano di trasformare la tensione in ironia. «Lama è mio e lo gestisco io», gridano, e poi «Lama subito libero e gratuito». Salutano con le mani e suonano, alcuni coperti con le polverine luminose del carnevale. «Pagheremo tutto», scandiscono, e «35 lire, 500 ore», «più lavoro, meno salario». Ma il servizio d'ordine stringe di più reagendo rabbiosamente proprio all'ironia: «buffoni», «via via la goliardia», «chi vi paga?». «Servi della Cia» urlano.

L'INIZIO DEL COMIZIO

GIANNI RIOTTA. Arrivo all'università alle nove e cinquanta, mentre dal camion posto alla destra della Minerva si dà inizio al comizio di Lama. Saliamo sul bordo della vasca. A mezzo metro da noi si fronteggiano i due servizi d'ordine: a destra quello sindacale, formato da militanti del PCI, a sinistra due file di compagni e studenti, che controllano un gruppo di un centinaio di autonomi. Nel viale sostano migliaia di giovani. Le parole di Lama rimbalzano vuote sui muri.

Dai cordoni che si fronteggiano a pochi palmi, si dice reciprocamente «calma, compagni, calma». Poi l'aria grigia si colora con due palloncini, uno giallo e uno rosso, pieni d'acqua e vernice, che gli autonomi lanciavano verso il palco, da cui sono distanti. Scatta il meccanismo: il servizio d'ordine del PCI [...] il pupazzo che satireggia Lama, c'è ancora un momento di calma, poi l'esplosione.

È un attimo; dal servizio d'ordine del PCI, all'imbocco del viale, parte lo spruzzo di uno schiumogeno, un estintore preso in Facoltà. I compagni che tengono fermo il collettivo dei Volsci, lo ricevono in viso, hanno tutta la faccia e i capelli bianchi di spuma, ma non fanno un passo. Da dietro volano bastoni, pietre, un pacco di calce. Lo scontro si accende violento sotto di noi, partono corpo a corpo. Lama conclude e va via scortato da venti uomini, mentre gli autonomi rompono il cordone che li isolava e corrono verso il camion. Due, agilissimi, saltano su e spaccano l'apparato di amplificazione. Sotto il palco un giovane cade e viene preso a calci da un gruppo che difende le apparecchiature. Lo risollevano una ragazza di Lotta Continua e due sindacalisti. Il filo della logica si è spezzato, inutile tentare, come facciamo noi, i compagni di AO, quelli di LC e tanti iscritti al PCI di dividere chi si picchia, chi massacra gli studenti caduti, di togliere i sassi di mano agli autonomi. Non vola una molotov («Paese sera» racconterà una bugia) ma i sassi e le bottiglie vuote possono romperti la testa ad ogni istante.

Ho la gola serrata dall'amaro di questa giornata drammatica per la sinistra italiana. Una compagna singhiozza, si portano via i feriti. Dal fondo del viale, alla riconquista del camion, riparte il servizio d'ordine del PCI.

48

Così come erano compromessi i rapporti all'interno della sinistra, parimenti lo erano quelli all'interno della casa di via IX Febbraio. Il Ragazzo giurava a D. di simpatizzare (da sinistra) per il Manifesto, ma i compagni di D. lo giudicavano un servo del PCI. Loris sfuggiva a qualsiasi impegno politico e, specie adesso, non sapeva in cosa credere. Il Saggio era uno stalinista degno del servizio d'ordine della CGIL, ma era cointestatario del contratto di locazione. D. era a questo punto un leader del Movimento del '77 sul territorio fiorentino. Entrò in camera del Ragazzo e fu perentorio.

«Vedi che per la fine di marzo te ne devi essere andato, se te ne vai via prima è meglio».

«Ma mia sorella... ancora non ha finito... è a Bologna... e io...».

«Non mi interessa, tu stai facendo il furbo, avevi detto che avresti cercato una stanza da un'altra parte e che saresti rimasto un mese, due al massimo. Sono quattro mesi e tu non stai cercando niente. Il primo aprile la stanza la prende un compagno di Barletta».

III
Il clinamen

49

Al seminario sul Giovane Marx il professore stava spiegando cosa fosse il famoso *clinamen* di Epicuro, visto che l'argomento della tesi di laurea di Karl Marx era *Differenza tra le filosofie della Natura di Democrito e di Epicuro*.

«Marx dedica una grande attenzione alla teoria epicurea del *clinamen*, ma di che cosa si tratta? Nella teoria atomistica di Epicuro c'è posto anche per il caso, contro il rigido determinismo di Democrito. Il termine latino *clinamen*, che significa "deviazione", "declinazione", si deve a Lucrezio, il quale così tradusse il termine greco *parénclisi* utilizzato da Epicuro.

«Così Lucrezio (*De Rerum Natura*, II, 216-219): "gli atomi cadono in linea retta nel vuoto, in base al proprio peso: in certi momenti, essi deviano impercettibilmente la loro traiettoria in modo appena sufficiente perché si possa appunto parlare di modifica dell'equilibrio".

«Nella fisica epicurea il *clinamen* è la deviazione spontanea degli atomi nel corso della loro caduta verso il basso: deviazione casuale che permette agli atomi di scontrarsi, aggregarsi e dar luogo alla formazione dei corpi. Ma perché il giovane Marx (la tesi è del 1841, quindi Marx ha 23 anni, e io che avrò fatto a 23 anni? si chiedeva il Ragazzo), ancora esponente della sinistra hegeliana, è così interessato al clinamen epicureo? Perché è una dottrina in netta opposizione al meccanicismo e al rigido determinismo, che introduce l'elemento del caso, e quindi lascia aperto un margine di libertà di scelta. Se il corso della storia fosse rigidamente determinato dal meccanicismo atomico, che senso avrebbe propugnare la rivoluzione comunista?».

Il Ragazzo non riusciva a prendere appunti, arrancava con la mente guardando fuori dalla finestra. Come non essere d'accordo con Epicuro? Il corso degli eventi era il risultato dell'affannoso scontrarsi degli atomi, che casualmente producevano i destini umani. Ma non è detto che questo fosse un vantaggio, anzi. Siamo in balìa del caso, il quale fa quello che vuole. Non è forse una sorta di determinismo anche questo? Perché davanti alla sua finestra c'era la camera di Cristina? Perché lei usciva con quel buzzurro con la Golf? Perché c'era quella FIAT 127 in via Leopardi? Allora sì che la Seicento aveva dovuto fare una deviazione improvvisa, ma non per andare a scontrarsi, quanto per l'esatto contrario. E senza collisione non c'è aggregazione. Questo principio valeva anche nel caso di lui e Cristina? Una deviazione può produrre un avvicinamento, ma anche un allontanamento. Lo sapeva questo Epicuro? E come la vedeva Marx? Se non c'è avvicinamento non c'è aggregazione, questo il Ragazzo lo pensava da tempo. Se gli atomi fanno curve all'impazzata la nostra vita è un caos.

Tornò con la mente al suo incidente con la carrozzina blu. Anche in quel caso aveva vinto il clinamen? Oppure aveva vinto il rigido determinismo della forza centrifuga, imponendogli di andare dritto contro l'albero?

Da quel momento il Ragazzo, quando si trovava nella disperazione e si chiedeva «Perché? Perché le cose vanno così?» il suo pensiero volava istantaneamente alla teoria del clinamen. Non siamo altro che minuscole particelle gettate nel mondo a caso e per via del clinamen, la svolta, la deviazione, ci scontriamo con altre particelle, oppure proseguiamo a rotta di collo verso il niente. Come dargli torto?

50

Il 5 marzo 1977 gli Homo Sapiens trionfarono al Ventisettesimo Festival di Sanremo, il primo a essere trasmesso dalla RAI a colori.

Nei film d'amore vince sempre il bene
e chi si lascia torna sempre insieme
ma per noi due c'è un'altra fine adesso

La folla tra i colombi che ci osserva
il freddo, i nostri aliti, la nebbia
e piangere domenica mattina qui per te

Che sei bella da morire, ragazzina, tu
sul tuo seno da rubare io non gioco più
e sei bella da morire, tutto sembra un film
da girare troppo in fretta
con la fine sopra i tuoi blue jeans

A sedici anni non si perde il cuore
nemmeno quando provi a far l'amore
e tu con me hai vinto tutto quanto

Di te rimane solo una maglietta
lasciata sopra il letto in tutta fretta
e ho pianto di domenica mattina qui per te

Che sei bella da morire, ragazzina, tu
sul tuo seno da rubare io non gioco più
e sei bella da morire, tutto sembra un film
da girare troppo in fretta
con la fine sopra i tuoi blue jeans

E sei bella da morire, tutto sembra un film
da girare troppo in fretta
con la fine sopra i tuoi blue jeans
con la fine sopra i tuoi blue jeans.

Loris si consumava cercando di comprendere il significato di questo verso «*con la fine sopra i tuoi blue jeans*». Che cosa si intendeva? Si intuiva un affrettato rapporto sessuale, prima del quale un rapido spogliarello aveva lasciato gli indumenti lì, gettati dove capitava, fra cui la maglietta, oggetto fra l'altro di altre canzoni di successo. Ma perché la fine era scritta sui blue jeans? Senza voler neanche pensare a squallide e appiccicose volgarità, Loris si chiedeva: la fine? Quale fine? Quella di una relazione? Quella del mondo? Quella di un sei cilindri?

La fine sopra i tuoi blue jeans è la famosa fine imminente che si trasforma in quella immanente? Era a questa illuminante scoperta che si riferivano gli Homo Sapiens, nome senz'altro non scelto a caso?

Spensero la tv del Saggio e si trasferirono in cucina. Nessuno dei tre aveva voglia di andare a letto, né di parlare. Si leccavano le ferite, ognuno la sua, ma c'era una caratteristica comune nei loro pensieri, ciascuno era concentrato contro qualcuno che rappresentava, rispettivamente, il più grande stronzo dell'universo.

51

Dormiva sodo e stava sognando che un campanello suonava insistentemente. Assomigliava a quello di casa, prima un colpo, poi due colpi, poi una scampanellata lunghissima. Si svegliò, realizzando che stava suonando davvero. Ci mancava anche questo, sicuramente erano quegli stronzi dei compagni di D., in cerca di aiuto, ospitalità, viveri. Ci andasse lui ad aprire. Si rigirò nel letto, ma suonarono di nuovo. Porca zozza... Il Ragazzo cercò di intuire se qualcun altro si stava muovendo, ma in casa tutto taceva. All'ennesimo scampanio prolungato si decise, in slip e maglietta andò ad aprire. Erano le tre di notte.

Stronzi, pensava. Che alla porta ci andasse il Saggio era escluso a priori, ma Loris, dov'era? E adesso cosa avrebbe detto a quella gente? Azionò l'apriporta e aprì il portoncino, lasciandolo socchiuso, in cucina bevve un bicchier d'acqua. Dopo un po' sentì la porta che si apriva, entrava qualcuno. Una figura si affacciò nell'andito e cadde a terra, a faccia in giù. Era una donna.

«Ma che hai? Ti senti male?». La ragazza respirava affannosamente, quasi esanime, poi si voltò: ma... ma... era lei, Eleonora.

Era ridotta da far paura: il volto e le mani tutti graffiati e insanguinati, gli occhi semichiusi, pareva prossima al collasso.

Oddio, pensò il Ragazzo, e adesso cosa faccio?

Sollevò la ragazza, cercando di darle un po' di sollievo, di farla respirare meglio, a fatica la portò in cucina, mettendola a sedere su una delle sedie impagliate.

«Mamma mia, mamma mia, ma che ti è successo?».

Le fece bere un bicchier d'acqua, poi si sentì completamente smarrito, quella sembrava più di là che di qua.

«Madonna santissima, e mo'?».

L'aiutò a togliersi il cappotto, era un cappotto da uomo, sotto indossava un abito estivo, ed esiguo.

«Ti faccio un caffè, un tè?».

Lei sembrava sul punto di perdere i sensi, ondeggiava sulla sedia.

Il Ragazzo si diresse verso la camera di Loris e ne aprì senza indecisione la porta. Quello se la dormiva pesantemente e ci volle un bel po' per svegliarlo. Ancora più difficile fu svegliare il Saggio, col rischio di incappare nei ganci destri che quello sparava alla cieca.

Dopo dieci minuti erano tutti in cucina, cercando di capire che cosa fosse successo a Eleonora, muta.

«Diamole qualcosa di caldo, la tirerà su» propose Loris al Saggio, il quale annuì senza rispondere. Come studente di medicina applicò alcune delle conoscenze apprese: tastò il polso della ragazza, saggiò la sudorazione della fronte, andò in camera a prendere lo sfigmomanometro e le misurò la pressione. La fece alzare in piedi e le dette due spintine per vedere se restava eretta, se mostrava reattività, un simulacro di visita neurologica. Ispezionò il fondo degli occhi con la lente. Con un gesto espresse agli altri che la ragazza non era in pericolo di vita. Neanche in un'evenienza così drammatica ruppe il suo voto del silenzio.

Si optò per un tè caldo che lei sorbì a piccoli sorsi. Parve riprendere colore. Le dettero un asciugamano inumidito per ripulirsi un po' la faccia. Era come se si stesse risvegliando: si guardò intorno, osservando Loris, il Saggio e il Ragazzo. Poi finalmente parlò: «Mi stanno cercando perché vogliono uccidermi, e voi siete gli unici che mi potete salvare... ma nessuno... nessuno... deve sapere che sono qui... mi posso fidare solo di voi... la mia vita è nelle vostre mani...».

I tre si guardarono incerti... ma che cosa era mai successo? La ragazza sembrava veramente malmessa, ferita, sanguinolenta, stremata. Si era data alla fuga dopo un tentativo, magari riuscito, di stupro? O era una terrorista sfuggita alla polizia? Oppure un affare di droga, una resa dei conti tra fazioni della mala, prostituzione?

Si metta come la si voglia, l'immaginario di tutti e tre non sapeva andare molto al di là di queste opzioni. Magari era semplicemente scappata da una famiglia oppressiva? Nessuno dei tre disse una parola: il Saggio a causa del suo voto, gli altri perché non sapevano cosa dire, cercavano di ragionare.

«Adesso vorrei andare a letto, non ce la faccio più, ho fatto trenta chilometri a piedi...».

Eleonora fu accomodata, come la volta precedente, nel letto del Ragazzo, stavolta non ci fu modo di dare una riordinata ma lei non ci fece caso. Si buttò sul materasso e dopo pochi secondi già dormiva.

I tre si riunirono nuovamente in cucina. Stabilirono i turni di guardia, nel corridoio, per controllare che nessuno, in particolare D., entrasse nella stanza e si rendesse conto della presenza della ragazza. Il primo turno naturalmente toccò al più giovane, che si aggiustò nel corridoio con un cuscino. Dopo tre ore sarebbe stato il turno di

Loris e poi quello del Saggio. Fortunatamente né D. né i suoi amici fecero la loro comparsa.

Alle nove di mattina il Ragazzo si svegliò. Era riverso sul pavimento, avvinghiato al cuscino, sentiva un gran freddo. Nessuno gli aveva dato il cambio. Si riscosse, tutto indolenzito, e immediatamente pensò che era andata a finire come l'altra volta. Vide la porta di camera sua semiaperta, era chiaro, quella se l'era data a gambe. Socchiuse l'uscio per guardare all'interno e ciò che vide lo sorprese: Eleonora era ancora lì, dormiva tranquilla. Andò immediatamente a svegliare gli altri due, perché c'erano delle decisioni da prendere.

Come al solito gli toccò riassettare la cucina, lavare i piatti, pulire le mattonelle col prodotto, lustrare il piano di marmo, sgrassare i fornelli che facevano veramente schifo.

Loris andò a fare acquisti per garantire una colazione decente, che, una volta in possesso della materia prima, fu il Saggio a preparare.

Ne venne fuori una completa da Grand Hotel, con burro, marmellate Bonne Maman, spremuta d'arancia, pane abbrustolito, macedonia di frutta e anche uova strapazzate con il bacon, da prepararsi espresse all'ultimo minuto.

A mezzogiorno Eleonora fece la sua comparsa.

Mentre mangiava di gusto la ragazza cominciò a parlare.

«Beh, la verità è che... La mia famiglia è molto repressiva e dopo infinite discussioni sono fuggita. Non sapevo dove andare, nella metropoli che è Roma, dove sembra che tutti ti possano aiutare, ma nessuno lo fa, proprio per niente. La mia è stata una vera odissea ma...

lasciamo perdere, se vi dovessi raccontare quante ne ho passate...».

I ragazzi stentavano a immaginarsi quali fossero le vicissitudini cui era andata incontro. Ognuno ne pensò di diverse.

«A un certo punto ho trovato Nestor, un uomo molto più grande di me, che però sapeva capirmi. Era molto dolce, almeno nei primi tempi. Ne abbiamo viste di tutte, momenti belli, momenti brutti. Poi le cose sono cambiate. Nestor mi ha fatto capire che... dovevo aiutarlo... non ce la faceva più, e se lo amavo veramente, diceva lui, avrei dovuto dimenticarmi certi pregiudizi...».

Eleonora a quel punto inscenò un piccolo pianto: «Insomma, ha voluto che io... mi vergogno a dirlo, ma mi ha inoltrato sulla strada della perdizione, vale a dire – altro piantino – della prostituzione. All'inizio doveva essere una volta sola, poi due, poi sempre. Mi sfruttava e se alla fine della giornata non gli portavo almeno cinquantamila lire non era soddisfatto. Diceva che c'erano delle persone che lo volevano morto, e che se non era in grado di pagare... e io... io ero sempre imbottita di cocaina... solo con quella andavo avanti... anche 10, 15 clienti al giorno...».

I tre rabbrividirono, erano sopraffatti dall'emozione, avrebbero voluto andare direttamente da questo Nestor e fargliela vedere loro, che a una ragazza come quella non si può... non si deve... ma lei continuò:

«... Finché non mi ha portato in Toscana: lui diceva che aveva dei contatti importanti, che se mi fossi data da fare ancora per un po' lui nel frattempo avrebbe organizzato tutto, saremmo fuggiti in un'isola dei tropici, e lì saremmo stati soli io e lui. Io gli credevo, pensavo che mi volesse bene, ma la situazione peggiorava di giorno in giorno e le prestazioni a cui dovevo sottomettermi erano sempre più terribili. Finché... finché una sera non decisi di fuggire... non ne potevo più... e fu quella sera che incontrai voi tre. Volevo farla finita. Sapevo di non avere scampo. Fu per quel motivo che la mattina dopo scappai via, senza neanche salutarvi. Ma lui, Nestor, mi ritrovò, alla stazione, e mi ricondusse nella prigione. Qui sono stata sottoposta a tutti i maltrattamenti possibili, anche sesso di gruppo con camionisti e agricoltori. Mi sbattevano a loro piacimento, mi violentavano, mi torturavano. Finché un giorno non ce l'ho fatta più. Ho preso un attizzatoio e l'ho sbattuto in testa a un mostro in canottiera, gliel'ho spaccata, non so se è morto. A quel punto ho approfittato del caos che si è creato e ho preso il primo treno. Non sapevo dove andare, sono venuta qui a Firenze».

Eleonora riprese fiato e addentò le uova strapazzate.

«Ma questa volta devo fuggire per sempre, lui non mi ritroverà mai, voglio rifarmi una vita. Voglio andare in un posto dove nessuno mi conosce, dove nessuno sa chi sono, da quale famiglia provengo, qual è la mia storia. E adesso, lo sapete, posso contare solo su di voi. Mi aiuterete?».

I tre avrebbero voluto disporre di una spada fatata per difendere ad oltranza quella povera ragazza, così bella e sfortunata.

52

C'era da preparare il bagno per Eleonora e naturalmente toccava al Ragazzo. Lei, molto più in forma di
quando era arrivata, andò a farsi una doccia, ma prima
il Saggio controllò di nuovo il suo stato di salute, le misurò la febbre e la pressione. Nulla da segnalare.

Mentre lei era in bagno si tenne una riunione organizzativa dei tre.

Era evidente che prima di decidere sul da farsi la ragazza dovesse rimettersi in sesto. Comunque non si riuscì
a non affrontare il tema della fuga.

«Poi dove la portiamo? Qui non può restare».

Si presero in considerazione ipotesi su un espatrio
clandestino: Amburgo? Berlino? Madrid? Parigi?

«Di solito gli esuli finiscono a Parigi, ma noi cono-
sciamo qualcuno?».

«Io ho dei parenti che stanno vicino a Londra» azzardò
il Ragazzo.

«E come ci arriva a Londra? Non ha neanche i documenti».

«Forse potremmo farle valicare in segreto il confine
con la Svizzera, da Livigno, o da Tirano, basta mettersi
d'accordo con gli spalloni e pagare quello che chiedono».
Il Ragazzo si ricordava un libro di avventure che aveva
letto da piccolo, ambientato in Valtellina.

«E poi quando è in Svizzera cosa fa? Ci vorrebbero
molti soldi».

Il Saggio scosse la testa, facendo capire che era all'asciutto anche lui sia di soldi sia di idee.

«Potremmo portarla a Genova e imbarcarla su un cargo per l'America Latina, oppure per l'Africa».

Loris fece capire al Ragazzo che doveva smettere di dire cazzate. Con un atteggiamento più realistico pensava a una pensione di suo cugino a Viserbella, sulla riviera romagnola. Fino a maggio era chiusa, poteva essere un ottimo rifugio. Ma suo cugino era l'ultimo al mondo interessato ad avere delle grane del genere. Neanche per soldi l'avrebbe fatto. Di questi tempi poi. Chi poteva aver bisogno di nascondersi, se non qualcuno ricercato per terrorismo?

Eleonora fu rivestita da compagna, con un paio di jeans di provenienza ignota e un maglione a collo alto del Saggio, che le stava abbondante ma benissimo.

«Ma tu sei compagna?» le venne chiesto.

«E come no? Ma sono finita in mezzo ai fasci».

Per pranzo le vennero preparate patate e carote lesse, assieme a un riso in bianco. Lei preferì quello che mangiavano gli altri, spaghetti alla carbonara. Bevve anche un paio di bicchieri di vino, si stava riprendendo. Non fu di molte parole, evidentemente pensava, si arrovellava, nella sua situazione disperata.

«Avete dei giornali di oggi?».

I tre si guardarono, no, non li avevano.

«Che giornali?».

«Giornali normali, con la cronaca».

Il Ragazzo fu mandato a comprarli. Tornò con «La Nazione», «Paese Sera» e «Telegrafo». Simili quotidiani al servizio del capitale non erano mai entrati in quell'appartamento.

Lei si mise a sfogliarli famelicamente, alla ricerca di qualcosa di preciso. Poi si accorse che i tre la fissavano, allora prese i giornali e se li portò in camera, senza aggiungere altro. Certamente le premeva di sapere se quel tipo cui aveva spaccato la testa era vivo. Ma perché non voleva farsi vedere da loro?

Dopo venti minuti tornò in cucina, gettò i giornali sul tavolo, come se non servissero a niente.

Nel pomeriggio si affrontò il problema: «E adesso dove pensi di andare?».

«Sono nelle vostre mani».

«E che dobbiamo fare?»

«Mi dovete portare in un posto».

«Quale posto?».

«Un posto che so io, vicino Firenze, non domandatemi di più».

«Ok, nei prossimi giorni...».

«Macché nei prossimi giorni, adesso».

«Ma tu stai male, non sei nelle condizioni».

«Sto benissimo, ora, grazie a voi».

«Va bene, domattina andiamo».

«Domattina? Andiamo subito, mi volete morta? Il tempo è contro di me, e devo vedere qualcuno che veramente mi può aiutare».

I tre si rabbuiarono un po' a quel *veramente*. Ma come, non erano loro l'unica sua ancora di salvezza? Non aveva detto che nessuno al di fuori di loro poteva aiutarla?

«Muoviamoci, tanto ormai è quasi buio».

53

La Seicento era ferma a motore acceso, sulla banchina della provinciale, prima del bivio da cui si dipartiva la carrareccia che sapeva Eleonora. Era proprio il posto dove l'avevano trovata la prima volta. Nel buio invernale quasi assoluto una mezza luna crescente ogni tanto compariva fra le nuvole, facendo un po' di pallida luce.

«Ma questa macchina non può mica fare meno rumore? Ce ponno sentì».

Era singolare la parlata di Eleonora, certe volte sembrava proprio romanesca, altre dava sul milanese.

«Eh, ci ha il minimo un po' alto, e poi ha su la marmitta Abarth».

«Ma così ci sentono da tre chilometri! Spegni il motore, vai, che andiamo a piedi» disse Eleonora aprendo la portiera.

I tre si guardarono fra loro, un po' perplessi. E adesso dove li voleva portare quella lì, direttamente nel covo? A piedi?

«Non sono più di cinquecento metri, forza, scendete, è importante».

Loris, utilizzando al minimo l'acceleratore, posteggiò in uno slargo un po' più in là, cercando di nascondere la Seicento dalla visuale di chi si trovasse a percorrere la provinciale. Scesero tutti e si incamminarono verso... verso dove?

Eleonora guidava il gruppetto, con circospezione. Estrasse di tasca una torcia elettrica. Ci sapeva fare quella, nessuno dei tre ci aveva pensato alla torcia elettrica.

Evidentemente mesi e mesi di tribolazioni l'avevano resa scaltra.

La strada bianca si inoltrava quasi rettilinea in mezzo a radi cipressi, ulivi e vigne. Dopo un quarto d'ora di cammino arrivarono a un bivio, sulla destra si dipartiva un'altra stradetta sterrata, in condizioni assai brutte. La piccola luce della pila elettrica segnava l'itinerario.

La ragazza a un certo punto fece segno di fare silenzio e si sdraiò pancia a terra in prossimità di un poggio, invitando gli altri a fare altrettanto. Da quel cocuzzolo, ci fosse stata luce abbastanza, si sarebbe potuta osservare una casa colonica mezza distrutta, evidentemente abbandonata da anni.

Eleonora controllava la situazione, non c'era nessuno, in apparenza.

Il Ragazzo pensava che sicuramente quello era un covo, anche solo temporaneo, di qualche organizzazione terroristica. Loris non pensava niente ma la situazione non gli piaceva affatto, oltretutto faceva un freddo becco. Quello che pensava il Saggio non si sapeva.

Dopo un quarto d'ora di appostamento Eleonora disse che ci si poteva muovere.

Si avvicinò alla colonica dismessa e ci girò intorno.

«Via libera» disse. «Entriamo».

Ma entriamo dove, pensava il Ragazzo, non sarà pericoloso? Ma si guardò bene dal dirlo.

La colonica aveva una pianta a U, in mezzo alla U c'erano i residui di un'aia di cotto, distrutta. Eleonora girò dietro quello che sembrava l'ingresso principale e trovò, alle spalle di un forno a legna collassato su se stesso, una porticina che riuscì facilmente ad aprire.

Furono così dentro il rudere. La torcia elettrica illuminava squarci di stanzette e ambienti agricoli.

Probabilmente gli ultimi contadini che ci avevano abitato risalivano a una decina di anni prima, tuttavia qualcuno si era trattenuto lì di recente. In quella che un tempo doveva essere stata la cucina c'erano bottiglie di acqua minerale ancora piene, scatolette intonse, sacchetti pieni di pane secco e altre derrate alimentari. Evidentemente l'avevano utilizzata di recente come rifugio. In un angolo c'era una stufetta a gas seminuova.

Eleonora pareva muoversi con una certa dimestichezza in quegli ambienti, mentre Loris, rischiando di picchiare la testa ad ogni angolo, il Saggio, temendo con il suo peso di sfondare il pavimento traballante, e il Ragazzo, convinto di trovarsi di fronte da un momento all'altro Prospero Gallinari o Renato Curcio, facevano fatica ad avanzare. Eleonora sembrava stesse cercando qualcosa. Indagò anche all'interno di certi vecchi mobili, sollevò delle mattonelle di cotto per vedere cosa c'era sotto, ispezionò l'ambiente come se ci avesse passato una vita. Ma che cercava? Loris glielo chiese.

«Nulla, nulla, ma è molto importante... anche se, qui... qui non c'è più niente».

Furono nuovamente all'aperto, faceva lo stesso freddo che all'interno, si era abbondantemente sotto lo zero.

Poi, quando Eleonora illuminò quasi casualmente un muro esterno, tutti capirono. C'erano segni evidenti di colpi di arma da fuoco, delle mitragliate, che avevano lasciato cospicue cicatrici su quelle pietre, e non si trattava di raffiche risalenti alla seconda guerra mondiale. Una parete era martoriata di colpi, che avevano raggiunto anche porte e finestre sul lato corto della colonica. Eleonora con la pila seguì quella crivellazione, fino al piano superiore.

«Aspettatemi qui» disse, «e non fate rumore».

I tre, incerti, le ubbidirono. Lei si infilò dentro un fienile mezzo crollato, il Ragazzo avrebbe voluto gridarle di fare attenzione.

Il Saggio scrutava il fienile, si potevano vedere i bagliori della torcia elettrica che uscivano dal tetto diroccato.

Lei uscì, sussurrando: «Cazzo, l'ho trovata».

Che aveva trovato? Con la mano destra teneva i manici di una vecchia borsa di pelle, né grande né piccola.

Nessuno disse più niente sulla via del ritorno, né sul tratto da percorrere a piedi, né in macchina.

Ognuno faceva le sue riflessioni. Cosa poteva contenere quella borsa? Armi? Droga? Oro? La prima e la terza ipotesi parevano improbabili, la borsa non era pesante. Documenti? Contanti?

Fu solo quando erano ormai vicini a casa e stavano passando sotto il tunnel di viale Belfiore che Eleonora parlò, senza lasciare possibilità di scelta: «Domani mi dovete accompagnare a Forte dei Marmi, ma c'è da stare molto attenti».

«A Forte dei Marmi?» replicarono quasi all'unisono in due.

«Sì, a Forte dei Marmi, sapete dov'è, no?».

«Va bene» disse Loris.

Gli altri due non dissero niente, per motivi opposti.

Quando furono in via IX Febbraio fu detto al Ragazzo di salire nell'appartamento per vedere se era tutto tran-

quillo, e dare via libera. Lui eseguì, malvolentieri. Dopo
due minuti era di nuovo di sotto e disse ai tre, rimasti
in macchina, che la via non era libera per niente.

54

A causa dell'acuirsi delle frizioni fra la sinistra storica e i movimenti studenteschi, in ogni luogo il livello dello scontro vide un progressivo innalzamento dell'asticella, a partire dagli appartamenti degli studenti fuori sede. Dalle parti di via IX Febbraio c'era chi non si era scordato l'episodio del bisturi. Pertanto la stanza con Maurizio Arcieri era stata nuovamente sequestrata dalle masse. Di masse si poteva ragionevolmente parlare perché in casa c'erano simpatizzanti dell'area dell'autonomia, indiani metropolitani o semplici cani sciolti, come piaceva loro farsi chiamare. Il Ragazzo si era affacciato in cucina e aveva visto che i presenti erano intenti a vilipendere le copie di «Nazione» e «Telegrafo» rimaste lì, al grido di «Telegrafo Nazione la stampa del padrone!». Fecero lo stesso anche con «l'Unità», organo ufficiale della repressione.

Eugenio tornò velocemente da basso e avvertì i suoi della situazione.

Loris disse che non era il caso di salire con Eleonora, poteva essere pericoloso per lei e anche per loro.

Guidò fino in centro, in zona Santa Croce. Qui abitava, insieme ad altre studentesse, una sua amica. Lei si affacciò alla finestra.

Era Rosella. Il Ragazzo girò la testa da un'altra parte.

«Rosella, salgo un attimo, ti devo chiedere un piacere».

«Non se ne fa niente, devo studiare».

«Non è quello che pensi, fammi salire».

Loris salì, dopo cinque minuti era di ritorno. Informò che quella notte Eleonora l'avrebbe passata da Rosella, via IX Febbraio non era sicura. Lei parve disorientata e smarrita.

«Non ti preoccupare, Rosella è una persona fidata e non ti chiederà niente. Ma domattina alle sette devi sloggiare, ti veniamo a prendere noi».

Eleonora afferrò la borsa e salì le scale.

«Io ho fame» disse il Ragazzo, aggiungendo che non sarebbe stato possibile cenare a casa.

Presero due pizze in tre in un locale di infima categoria in via dell'Agnolo.

Quando tornarono in via IX Febbraio la festa non era ancora finita. Il Ragazzo e il Saggio svicolarono nella stanza di quest'ultimo, della quale il Movimento era restio a prendere possesso. Loris sparì in camera sua, poco frequentata a causa degli odori meccanici.

Il Saggio fece capire a gesti che voleva dare un'occhiata ai giornali del mattino, qualcun altro doveva andarli a prendere in cucina, lui era meglio che non si facesse vedere. Eugenio replicò di non essere molto d'accordo, perché «Telegrafo» e «Nazione» erano senz'altro già stati strappati o bruciati. Bastò uno sguardo a convincerlo.

Il Ragazzo tornò poco dopo con quello che era rimasto dei giornali, si infilò nel letto e si addormentò di schianto.

L'altro invece lesse accuratamente la stampa reazionaria. Non trovò niente di interessante. Non c'erano stati scontri a fuoco nelle campagne toscane, attentati terroristici, gambizzazioni. Oddio, se si erano verificati nella notte precedente forse non si era fatto in tempo a darne notizia nell'edizione del mattino. Bisognava cercare nei giornali del giorno dopo.

55

Alle sette del mattino la Seicento era in via dei Macci, sotto casa di Rosella. Eleonora scese con puntualità.

Sull'autostrada A11 Firenze-Mare Loris guidava a bassa, bassissima velocità, per i suoi standard, fra i settanta e gli ottanta all'ora.

«Ma non si può andare più forte? Così non arriveremo mai» sbottò Eleonora.

«Beh, dobbiamo consumare poca benzina, non abbiamo soldi».

«Ah. Allora fai una cosa, fermati a quel Grill che c'è a un chilometro».

L'auto si fermò. Eleonora scese dalla macchina, senza mollare la borsa per un istante. Le scappava la pipì?

«Aspettatemi laggiù, dietro le pompe. Restate in macchina». Entrò nel Grill.

Dopo circa quindici minuti uscì abbastanza di fretta, ma senza correre. Entrò nella Seicento.

«Muoviamoci, e accelera ma non farti notare troppo».

Loris partì.

Qualche chilometro dopo Eleonora tirò fuori di tasca due pezzi da diecimila lire.

«Ecco, adesso puoi mettere tutta la benzina che vuoi».

Nessuno disse niente, ma le ipotesi fioccavano nei cervelli dei tre maschi. Aveva rapinato la cassa del Grill?

Nella borsa aveva una pistola? O era riuscita con un atto di destrezza, distraendo la cassiera, a sottrarle i deca? Oppure aveva borseggiato qualche cliente, o qualche lavoratore? E se invece i soldi se li era procurati infilandosi nelle toilette dei maschi, offrendo a qualche camionista prestazioni sessuali? E se... ultima ipotesi, nascondeva quei soldi nel posto più segreto di cui disponeva?

Al Mottagrill successivo, prima di Montecatini, Loris fece il pieno, bevvero dei caffè e acquistarono pacchetti di sigarette e «La Nazione». Eleonora andò in bagno: di nuovo?

A Migliarino l'autostrada terminava e cominciava l'Aurelia, che attraversava la pineta. Lungo la strada alberata c'erano delle prostitute, perlopiù anziane, in maggioranza sedute su seggiole portate da casa. L'aria era tersa, si respirava profumo di mare.

«Un po' di musica?» fece Loris, per interrompere un silenzio mortale.

La domanda era rivolta a Eleonora, che replicò con un cenno di indifferenza. Fu acceso il radio-registratore, con la cassetta di Gloria Gaynor.

Il Ragazzo sbirciava fuori dal finestrino posteriore, tenendo gli occhi puntati davanti a sé, come in una ripresa alla Wenders.

Dopo Viareggio e una successione di località balneari giunsero, finalmente, a Forte dei Marmi. Eleonora si fece portare davanti a un albergo di lusso, l'Augustus (*****).

«Se non torno entro mezz'ora, massimo quaranta minuti, andatevene via, non fatevi notare e non raccontate questa faccenda assolutamente a nessuno».

I tre, stupefatti, non ebbero il tempo e la possibilità di dire qualcosa. Lei scese.

Aspettavano fuori dell'Hotel Augustus, fumando una sigaretta dietro l'altra. Attraverso il cancello entravano e uscivano macchine potenti, una Maserati, una Mercedes, una Porsche.

Uscì un signore anzianotto in bicicletta.

Loris disse che era un famoso regista del cinema, Dino Risi. Secondo il Ragazzo invece era Comencini.

Il Saggio scrisse su un foglietto: «Monicelli. È di Viareggio».

Il tempo non voleva saperne di passare normalmente.

Il Saggio leggeva il giornale, «La Nazione». Si parlava di uno studente della sinistra extraparlamentare ucciso a Bologna.

Il Ragazzo, esasperato dall'attesa, lanciò uno dei suoi giochetti di intelligenza.

«Loris, senti questo, però se lo sai già dimmelo, eh?».

«Lascia perdere, lo sai che va a finire male».

«Questo è buono, è buonissimo, sono sicuro che non lo sai».

«Se non me l'hai fatto tu non lo so».

«Allora senti, è un indovinello. Quanto pesa un mattone che pesa un chilo più mezzo mattone?».

L'altro ci pensò un attimo e sparò: «Due chili».

Il Ragazzo si agitò: «Stronzo, stronzo di merda!».

«Ma perché, qual è la risposta?».

«La risposta è due chili, e tu lo sapevi già da prima. Stronzo».

«E perché secondo te lo sapevo già da prima?»

«Perché rispondono tutti un chilo e mezzo!».

«Ma non è possibile, un chilo e mezzo è sbagliato».

«Facile a dirsi, se uno lo sa già».

«Ma ragiona, se mezzo mattone pesa un chilo, è ovvio che un mattone intero ne pesa due».

«Stronzo di merda».

Ormai era passata oltre mezz'ora. I tre fissavano il vialetto d'ingresso dell'Augustus. Adesso mancavano cinque minuti.

«Ma secondo voi se non arriva vuol dire bene o vuol dire male?».

«E che ne so?».

«Pensate che ci sarà una sparatoria?».

«Mi fai il favore di startene zitto?».

Al 39° minuto Loris mise in moto, una promessa è una promessa. Si aprì la portiera del passeggero, era lei, uscita evidentemente da qualche altro ingresso.

Intimò di scappare a tutta velocità.

Si ritrovarono sulla strada per la stazione ferroviaria di Querceta. A destra sull'Aurelia verso Viareggio Eleonora vide quello che non voleva vedere, un blocco dei carabinieri. Loris fece appena in tempo a sterzare e prendere l'Aurelia dall'altra parte, poi svoltò in direzione di Seravezza.

Eleonora ordinò di prendere strade secondarie, fu necessaria una fermata per studiare la carta.

«Passiamo da qui», e si avviarono sulla provinciale per Castelnuovo Garfagnana, sottostimando la quantità di curve da fare in quella strada di montagna. Superata la galleria del Cipollaio si trovarono in mezzo alle Apuane. Loris dovette fermarsi, la Abarth 850 si era surriscaldata e al Ragazzo scappava da vomitare.

Fumarono una sigaretta guardando il panorama, sulle

cime c'era ancora un po' di neve, mentre il poveraccio rendeva l'anima sul ciglio della strada.

Loris e il Saggio, pur senza proferire verbo, si chiedevano come fosse andata la missione di Eleonora all'Augustus. Doveva consegnare la borsa? No, perché l'aveva ancora con sé, e da come se la teneva stretta il contenuto era sempre lì dentro. Dall'espressione di Eleonora si intuiva che le cose non erano andate nel migliore dei modi. Era incazzata nera, una furia, rimuginava fra sé bestemmie silenziose.

Vedendo le espressioni interrogative sui volti dei ragazzi cedette di un centimetro: «La persona che speravo di trovare non c'era».

Quando la Seicento e il Ragazzo dettero segni di ripresa, ripartirono. Il loro itinerario fu degno di una tappa del Giro d'Italia, ricca di dislivelli. Da Castelnuovo piegarono per Lucca, ma anziché andare verso l'autostrada passando da Bagni risalirono verso San Marcello Pistoiese, da qui...

Durante il lunghissimo itinerario alternativo si fermarono per bere un cappuccino con brioche, permettere a Eleonora di fare tre o quattro telefonate, mettere benzina, acquistare birre e patatine PAI.

A Firenze ci arrivarono la sera alle sette, distrutti.

E adesso? Come potevano metterla con i compagni di D.?

Entrarono con grande prudenza.

56

L'ingresso era irriconoscibile. Gli oggetti di scarto che lo occupavano non c'erano più, era stato anche spolverato, e la lampadina cambiata. I compagni di D. si erano volatilizzati, però dalla cucina arrivava un odorino promettente. Qui c'era una donna sui cinquanta, robusta ma assai attiva, stava cucinando. La cucina era uno specchio, molto meglio di quando la ripuliva il Ragazzo. Il Saggio riconobbe la signora e spiegò la situazione a gesti a Loris: era la madre di D.

Questa si voltò e alla vista di Sandro gli fece molte feste: in un fiume di parole disse, fra l'altro, che era così contenta di rivedere Alessandro, conosciuto anni prima, quando la casa era stata presa in affitto da lui e da D. Lei e suo marito avevano deciso di salire a Firenze, una visita a sorpresa al figlio che non si faceva mai sentire, quel manigoldo. Avevano preso una stanza in un albergo lì vicino, si sarebbero trattenuti un paio di giorni. Lei ne aveva approfittato per dare una riordinata all'appartamento, esclusa la stanza officina di Loris. D. e suo padre erano usciti per fare alcune spesette, il guardaroba del figlio era veramente ridotto al minimo. «E poi quel ragazzo è così trasandato!».

Stava preparando la cena, strascinate al pomodoro e pezzetti di cavallo al sugo. «Perché non cenate insieme a noi? Ce n'è per tutti». I coniugi, pur essendo arrivati in treno, avevano portato una valigiata di prodotti locali pugliesi. «Mio figlio l'ho trovato un po' stanco e dimagrito. Non lo notate anche voi? E poi, dopo quello che gli è successo! E dire che a noi non aveva detto niente! Non sapevamo cosa gli avevano fatto, quando lo hanno massacrato i fascisti. Lo sapete? Forse per non farci preoccupare ci ha raccontato una storia incredibile, che si era fatto male con una tagliola, una trappola per topi dentro al frigorifero. Ma per chi ci ha presi, per degli imbecilli? A voi lo posso dire, quando, per puro caso, da un conoscente che ha un cugino a Firenze, abbiamo saputo la verità ci siamo preoccupati assai. Il mio cucciolo picchiato sotto casa... Allora sì che siamo andati in ansia... diciamocelo francamente, il vero motivo per cui siamo venuti è questo, non stavamo tranquilli. Però lo abbiamo trovato in mezzo a tanti altri ragazzi che gli sono amici... un po' disordinati, ma bravi ragazzi. E voi come state? Allora, cenate con noi?».

I quattro, sommersi da questa valanga di parole, capirono che non c'era neanche da azzardarsi a rifiutare l'invito, del resto almeno i tre maschi avevano una gran fame. Non ci fu bisogno di dire niente, a parlare ci pensava lei. I giovani riuscirono a svicolare per qualche minuto, giusto per lavarsi le mani.

Eppure fra le innumerevoli cose dette dalla signora ce n'era una che non aveva lasciato indifferente Loris. Che nel frigorifero, dentro la sua scatola, ci fosse una tagliola lo sapeva solo lui, non lo aveva detto a nessuno.

Alla cena D., irriconoscibile rispetto alla sua consueta arroganza, e gli altri dovettero fare finta di non essere in conflitto permanente. D'altronde il Saggio non parlava, e anche gli altri pochissimo, la signora peraltro non se ne accorse nemmeno, non si chetava mai, anche suo marito pareva un tipo taciturno, si vede che c'era abituato.

Solo alla zuppa inglese la mamma di D. tirò fuori un ammiccante: «Ma chi è questa bella ragazza, è forse la fidanzata di qualcuno di voi?». Eleonora, che per tutta la cena se ne era rimasta silenziosa e scura, replicò gentilmente. Si chiamava Eleonora ed era un'amica della sorella di Eugenio, e che adesso, se gliene davano il permesso, avrebbe preferito ritirarsi perché aveva avuto una giornata faticosa.

Loris in camera si lanciò in alcuni ragionamenti logici, che richiedevano destrezza epistemologica: i genitori di D. pensavano che la verità A1 in realtà fosse un'invenzione escogitata per non rivelare la verità A2, che in realtà era una balla inventata per mascherare la verità A3, che fra l'altro coincideva con la verità A1.

Ok, ammettiamo che D. si fosse inventato una balla per non dire ai suoi genitori del pestaggio dei fascisti. Ma perché proprio quella balla? Ormai Loris cominciava a vederci chiaro.

Da «Lotta Continua», giovedì 17 marzo 1977

QUANDO L'AUTORITÀ ARRIVA A TALI BASSEZZE

Questo è il testo del discorso di Giovanni Lorusso, fratello di Francesco, che il PCI ha impedito fosse detto durante la manifestazione di ieri a Bologna.

Compagne e compagni,
non è facile, per me, parlare di quello che è successo in questi giorni, ma credo che sia necessario. Francesco Lorusso, militante di Lotta Continua, antifascista, studente di medicina, è morto, ammazzato dai carabinieri e dalla polizia di Cossiga e di Andreotti.

È importante dire con chiarezza e senza tentennamenti di chi sono le responsabilità politiche, morali, materiali di quest'omicidio.

Comunione e Liberazione, un'organizzazione collaterale della DC, ha voluto una prova di forza, venerdì scorso, all'Università: i pochi (quattro o cinque) compagni che erano andati all'assemblea convocata da loro sono stati percossi, buttati fuori. Poi questi cristiani di ben strano tipo, hanno chiamato, assieme al rettore, la polizia e i carabinieri per farsi proteggere dagli slogans di centinaia di studenti. Perché solo di slogans si trattava. Sono arrivati i «difensori dell'ordine» e hanno caricato violen-

temente i giovani, i compagni su un marciapiede di via
Zamboni; dopo le cariche, i colpi di arma da fuoco, e
alcuni di questi sparati a freddo vanno a segno: Francesco
cade colpito a morte. La DC di Gui, incriminato per lo
scandalo Lockheed, quella dei mafiosi Gioia e Ciancimino
ha così costruito e sottolineato questo ennesimo omicidio
reazionario, usando i suoi «figliocci» di CL. E la DC, la
stessa DC, sta purtroppo su questo palco; questo che si
nutre e ingrassa sulla violenza degli sfruttatori contro
gli sfruttati, quella dei mafiosi e dei sequestri di persona,
dei miliardi delle multinazionali, vorrebbe da qui presentarsi come un gruppo di galantuomini impegnati a
lottare per l'ordine e la libertà! La loro spudoratezza,
lasciatemelo dire, compagni e compagne, cittadini di Bologna, va oltre ogni limite.

In una manifestazione come questa contro la violenza
e per la convivenza civile non si può dimenticare che
non c'è peggior atto di violenza di un omicidio di un
uomo, dell'omicidio di Francesco Lorusso, preparato da
CL e attuato dalla polizia. Né può valere...

«Allora, oggi forse è la volta buona, c'è una persona che può farmi scappare all'estero».

«E i soldi?».

«Li troverò, in qualche maniera».

L'appuntamento era poco fuori Firenze, nel prestigioso Hotel Villa La Massa.

La ragazza frequentava solo alberghi di lusso?

Eleonora sollevò un problema, aveva bisogno di un abito dignitoso perché abbigliata com'era non poteva presentarsi in un posto del genere.

A casa di Rosella si provò qualche suo vestito, anche della sua compagna di appartamento: non c'era niente che facesse al caso. Allora decise di andarsene a comprare uno, in via Tornabuoni, da Principe, il prestigioso negozio di abbigliamento con le migliori marche frequentato dai bottegai fiorentini che contavano.

Volle andare da sola.

In assenza di Eleonora il Ragazzo ne approfittò per rassettare la sua camera. Rifece il letto, sprimacciò il cuscino, arieggiò l'ambiente nonostante in camera non ci fosse cattivo odore, se mai qualcosa di somigliante a un profumo. Si affacciò alla finestra, gettò lo sguardo verso la stanza di Cristina, che a quell'ora era a scuola. Probabilmente anche gli «studenti medi», come si chiamavano allora, erano in agitazione.

Chissà se quella liceale aveva visto Eleonora e cosa aveva pensato. Che era la sua nuova fiamma? Improbabile, quando in camera c'era lei lui si trovava da un'altra parte. La sorella? Non si somigliavano affatto.

Trovò una camicia indossata una volta sola, troppo presto per metterla a lavare. La ripose dentro il suo armadio.

Qui vide la borsa di Eleonora. Che strano, per una volta non se l'era portata con sé. Fu preso da una terribile tentazione, quella di aprirla, ma al tempo stesso fu preso anche da mille scrupoli. E se lo viene a sapere? Mettiamo che abbia infilato un capello nella cerniera, per sapere se qualcuno ha aperto la borsa. Cos'era, un test? Voleva sapere quanto si poteva fidare di loro? Soppesò la borsa, pesava poco, sembrava contenere carta. Banconote? E dove le aveva trovate Eleonora quelle banconote? Forse una rapina? Allora era proprio una rapinatrice? A meno che la rapina non servisse a finanziare imprese terroristiche.

Ah, balle. Magari si trattava di assorbenti igienici. In quel caso a che serviva mettere un capello nella cerniera? Così, dall'esterno, il capello sembrava non esserci.

Non ne parlò con nessuno. A cosa sarebbe servito? Cercò di sfogliare i giornali delle ultime settimane presenti in casa. Solo qualche numero di «Lotta Continua» e del «Quotidiano dei lavoratori». Dal Saggio c'erano giornali di tutti i tipi, perfino il «Corriere della Sera», ma a un'occhiata veloce non venne fuori niente su una rapina in Toscana.

Eleonora tornò con una specie di salopette color senape, con i pantaloni a zampa di elefante e le maniche a sbuffo, roba stile Charlie's Angels. Per coprirsi aveva preso un soprabito abbastanza leggero, chiaro, aveva idea di partire per i paesi caldi? Ma con quali soldi?

Fu stabilito che sarebbe stato il Saggio ad accompagnarla dentro l'hotel, era l'unico a possedere un vestito blu e una cravatta, e a disporre dei modi adeguati.

L'appuntamento era alle quattro del pomeriggio.

Lui si fece la barba, che di solito tagliava ogni dieci-dodici giorni. Restò coi consueti baffi, avrebbe continuato a portarli per tutta la vita. Si discusse sulla sua ostinazione a non parlare, anche in un frangente del genere.

«Potresti fare un'eccezione, per qualche minuto».

Lui fece segno di no, non l'avrebbe fatto, ma Eleonora commentò che andava bene così.

«In caso dico che è muto, e poi cosa dovrebbe dire? Mi deve solo accompagnare alla conciergerie».

Stavano per uscire, erano nell'ingresso, quando rientrarono i genitori di D. Si stupirono di vedere il Saggio ed Eleonora così acchittati.

«Andiamo alla prima comunione del figlio di mio cugino» spiegò la ragazza.

«Che strano. Una prima comunione di marzo? Da noi non si usa».

«È una prima comunione di riparazione» fece Loris.

59

Il Villa La Massa era un hotel ultra de luxe, dove avevano soggiornato reali e importanti uomini politici e del mondo dello spettacolo. Era collocato lungo la riva sinistra del fiume Arno, c'era da presumere che dovesse difendersi da un'enorme quantità di zanzare.

Loris parcheggiò nelle vicinanze, a una certa distanza dall'ingresso. Non perché si vergognasse a entrare in ambienti elevati con l'Abarth 850 TC, ma in quanto l'auto era troppo caratteristica e riconoscibile.

Eleonora scese e dette un bacino a Loris e al Ragazzo. Stringeva a sé la sua misteriosa borsa.

«Quando le cose saranno risolte mi farò sentire, grazie di tutto, non vi dimenticherò mai».

I due erano emozionati. Era l'ultima volta che la vedevano? C'era da augurarselo per lei, forse non per loro. Ma era giusto che l'ultimo a salutarla fosse il Saggio? I paladini di quell'angelo erano tre, non uno solo. Qualsiasi fosse la verità, e sia Loris sia il Ragazzo ritenevano non fosse quella che lei aveva raccontato, era una giovane infelice e perseguitata, pur se di una bellezza impareggiabile, dava dei punti perfino a Charlotte Rampling.

Dentro la Seicento vennero accese sigarette a raffica.

Eleonora aveva detto al Saggio di tenere gli occhi aperti, e lui la aveva presa alla lettera. Si guardava intorno senza girare il collo, bensì ruotando con tutto il busto. Questo comportamento gli conferiva una certa rigidità ma anche un aspetto professionale da guardia del corpo. Gli mancavano solo gli auricolari, come quelli dell'agente FBI in *Taxi Driver*.

Eleonora si fece viva dal portiere.

«Vorrei parlare col signor La Tulipe» disse in francese.

«Il signor La Tulipe? Aspetti che guardo...».

«No, non risulta nessun signor La Tulipe, signorina».

«Ma deve esserci! Controllate ancora, per favore... Non c'è una prenotazione? Forse è in arrivo, forse arriverà più tardi...».

«Mi dispiace, non c'è nessuna prenotazione a questo nome».

«Allora provi a guardare a nome Georges Descrières».

Il Saggio, mentre Eleonora aspettava che il portiere controllasse ulteriormente, impacciato nel suo completo blu, con la cravatta che lo strozzava, si distrasse a osservare la splendida hall dell'hotel. Colonne e archi rinascimentali definivano una sorta di loggiato interno, sopra il quale svettava una specie di balconata simile a un matroneo. Da ogni parte stemmi nobiliari antichi, oggetti d'arte preziosi. Ma con chi aveva a che fare Eleonora? E con chi aveva appuntamento? Il Saggio non parlava ma autorizzava se stesso a pensare a parole. Nella hall stazionavano poche persone, beh, era evidente, a metà marzo si era fuori stagione. Si ricordò di quando era bambino e con i suoi genitori era andato al Gritti, a Venezia.

Adesso si aspettava di vedere da un momento all'altro l'avvocato Agnelli o l'ingegner Olivetti. Ma non parevano essere presenti industriali di prima fila con rispettive signore. Invece, nella hall c'erano solo uomini. Tre di loro lo stavano guardando, il Saggio cercò di assumere un'aria indifferente e si accese una sigaretta. Anche quei tre stavano fumando, e lo fissavano. Erano tutti e tre in completo grigio scuro, con la camicia bianca e la cravatta dello stesso colore del completo, forse quella di uno dei tre, il più magro, con due lunghe basette che gli arrivavano al mento, aveva dei riflessi rosso bordeaux. Non potevano che essere francesi.

Il Saggio si sentiva a disagio, soprattutto quando vide che i tre avevano smesso di guardare lui e avevano cominciato a scrutare Eleonora. Non parlavano fra di loro ma sembrarono darsi segnali importanti, fu come se una corrente elettrica li attraversasse, senza più staccare gli occhi dalla ragazza, la quale nel frattempo continuava a insistere con il concierge, il signor Descrières doveva esserci per forza.

Il più basso dei tre fece un cenno al più grosso, che si mosse con agilità verso l'uscita.

Il Saggio afferrò per un gomito Eleonora e le fece un segno inequivocabile. Era il caso di togliersi di lì. A Eleonora sfuggì un'espressione disperata, ma la borsa non la mollò. Il signor La Tulipe o Descrières non era lì, come era successo a Forte dei Marmi. Tant'è che il portiere aveva cominciato ad innervosirsi.

Si avviarono verso l'uscita. I due francesi rimasti facevano finta di niente ma li osservavano, pronti a muoversi anche loro.

Appena fuori il Saggio strattonò Eleonora e la tolse dall'eventuale linea di tiro. Lei riuscì a sgattaiolare via ma un pugno della forza di una locomotiva colpì il Saggio al mento. L'autore era il più grosso dei francesi, che doveva essere del mestiere, il colpo era ben dato, con tutta la forza del corpo e della spalla. Anche il francese era consapevole di aver lasciato partire un bel destro, con tutti i crismi. Per questo rimase sfavorevolmente impressionato dal fatto che il tipo non aveva neanche vacillato. Provò a scaricare un sinistro, ma questo fu schivato. Il Saggio replicò con un montante. Prese in pieno il francese, anche perché era parecchio più alto di lui. L'uomo finì in terra, non ci fu tempo per controllare lo stato del bestione.

Eleonora trascinò la sua guardia del corpo in mezzo a un boschetto, e poi giù per un sentierino che costeggiava l'Arno. Occorreva raggiungere il prima possibile la Seicento e scappare a tutta velocità.

Lo fecero, non senza procurarsi graffi e lesioni, urtando contro vari tipi di vegetazione spinosa, un vero e proprio maquis, come lo chiamano i francesi, per l'appunto. Ma quando furono a bordo, e Loris aveva capito che non c'era da trattenersi troppo e già avviato il motore e ingranato la prima, si sentì il rumore di un'auto di grossa cilindrata. Era una BMW 630 CS coupé, una sei cilindri in grado di raggiungere i 210 chilometri all'ora. Questo Loris lo sapeva benissimo. Non era una macchina tanto facile da vedersi in giro, ma ne aveva studiato le caratteristiche su «Quattroruote». Questa aveva la targa francese, il codice del Dipartimento era il 13. Cioè dove?

Partì tirando una prima furiosa e decise che non era il caso di immettersi su strade a grande percorrenza, veloci statali dove la BMW lo avrebbe divorato.

Si cacciò in certi percorsi secondari, dove magari sarebbe stato possibile seminarli.

E lì, nei pressi dell'albergo, c'erano quelle tipiche stradine toscane strette strette, chiuse da muri alti, dove la differenza la faceva il fegato.

Purtroppo sul Ponte da Verrazzano da dietro cominciarono a esplodere alcuni colpi di arma da fuoco. Uno prese la Seicento, nella parte posteriore.

Per fortuna l'inseguimento si svolgeva a Firenze e non a Minneapolis. Le strade strette e a curve impedivano agli inseguitori di prendere la mira.

Loris sterzava all'ultimo momento, a un certo punto mise la freccia a destra e svoltò a sinistra. Non abboccarono. Dopo mille svolte riuscì a spingersi sulla via Bolognese. Qui c'erano dei tratti veloci ma presto poteva prendere via di Careggi e girare in via della Pietra, un posto che conosceva lui. Non erano state inutili le infinite scorribande notturne, sfide contro nessuno.

Via della Pietra scende verso il basso e poi risale bruscamente: in cima c'è una secca curva a destra, ma talmente secca e stretta in mezzo ai muri di pietra che le macchine di grosse dimensioni non riescono a passarci: la Seicento si infilò nel pertugio e Loris la fece scivolare con grande classe nel budello. L'enorme BMW invece ci si incastrò dentro, senza riuscire ad andare né in avanti né all'indietro.

Immaginando cosa era accaduto agli inseguitori Loris si lanciò in sfrenati gesti dell'ombrello.

«Tè, tè, cornuto, in gulo l'hai a pigliare» urlò il Ragazzo.

Tornati sulla Bolognese si decise di girare a sinistra, per poi fiondarsi in discesa in via Salviati. A metà strada c'era un salto, dove una volta passava la ferrovia, la Seicento si staccò da terra con tutte e quattro le ruote. Nell'abitacolo c'era euforia. In fondo a via Salviati si attraversava via Faentina e poi una salita dritta e pazzesca, quella della Badia Fiesolana. Loris la attaccò in terza, convinto di terminarla in seconda, quando sarebbe sbucato a San Domenico. Fece andare la macchina fuorigiri, raggiunse i 7.000, almeno a quanto diceva il contagiri Jaeger.

Giunti vicino al Ponte Rosso al pilota era chiaro che non poteva posteggiare sotto casa. L'inseguimento per mezza città e la sparatoria non erano sicuramente passati inosservati, e nemmeno la sua Abarth 850 TC. Fece scendere gli altri, che andassero a casa senza dare nell'occhio. Lui avrebbe posteggiato l'auto in un luogo sicuro un paio di chilometri più giù, la infilò vicino alla stazione di Campo di Marte in un angoletto appartato dietro un vecchio magazzino, posto frequentato solo la sera da qualche coppietta in macchina, in cerca di intimità.

Quando arrivò a casa il Saggio e il Ragazzo erano seduti in cucina, ascoltavano il Giornale Radio.

Da Firenze una breve notizia, c'era stata una sparatoria in mezzo alla strada: da una macchina di grossa cilindrata, una BMW targata Marsiglia, erano stati esplosi dei colpi, non si sa all'indirizzo di chi. C'era poi stato un inseguimento, da parte di una pantera della polizia che circolava in zona Ospedale di Careggi. L'inseguimento si era concluso perché la BMW si era incastrata in una strada troppo stretta. Gli occupanti erano riusciti a fuggire, nel bagagliaio dell'auto, presto risultata rubata, erano state ritrovate delle armi: un fucile mitragliatore e due pistole. Un regolamento di conti?

A questo punto Loris cercò, gentilmente, di chiedere qualche spiegazione a Eleonora: «Tu ci hai portati a farci impallinare, adesso fuori la verità».

Lei non se lo fece dire due volte: secondo lei i tre erano stati mandati dal suo carnefice al quale evidentemente la persona di cui lei si fidava aveva spifferato tutto. «Mi ha tradito anche lui!».

Mentre lo diceva le venivano le lacrime agli occhi, più di rabbia che di disperazione.

«Non so più, non so più cosa fare, adesso loro sanno dove sono, in questa città di merda».

Proruppe in un pianto dirotto, non sembrava simulare, i ragazzi le credettero.

60

Quella mattina la cucina era occupata dai genitori di D., impegnati negli ultimi ritocchi prima di ripartire per la Puglia. Loris, il Saggio e il Ragazzo, visto che Eleonora dormiva della grossa, decisero di uscire e di fare colazione al bar di via Puccinotti.

Indossarono tutti e tre gli occhiali da sole, uscirono circospetti. Chi poteva sapere se qualcuno li aveva pedinati?

Nonostante fossero solo le dieci del mattino Loris scelse un paio di pezzi al juke-box, per 100 lire. In realtà mise lo stesso pezzo per due volte consecutive, *Anarchy in the UK* dei Sex Pistols:

I am an antichrist
I am an anarchist
Don't know what I want
But I know how to get it
I wanna destroy the passerby
'Cause I wanna be Anarchyyyyy

Presero un cappuccino a testa e una brioche, e muovendo la testa al suono dei Sex Pistols si accomodarono a un tavolino.

Il Ragazzo prese «La Nazione» alla ricerca di quello che «la stampa del padrone» riferiva sull'episodio dell'inseguimento.

Trovò l'articolo in questione: una automobile francese di grossa cilindrata, dalla quale erano partiti alcuni colpi di arma da fuoco, si era bloccata, inseguita dalla polizia. Auto rubata, armi nel bagagliaio, le stesse notizie che già sapevano. Poche righe, niente su una Abarth 850 TC eventualmente coinvolta. Sfogliò svogliatamente il resto del giornale.

Una notizia lo incuriosì nella cronaca italiana: c'era stata una sparatoria in Liguria, per la precisione a Portofino. Dopo un lungo conflitto a fuoco era stato arrestato un uomo, registratosi in albergo come Georges Descrières, evidentemente un nome falso. Il vero nome era Robert Molinari, o Molinarì, detto il Bello, un noto criminale marsigliese. Il malvivente aveva dato del filo da torcere ai poliziotti, ma alla fine si era arreso, col sorriso sulle labbra.

Leggendo la notizia al Ragazzo venne naturale, come usava a quei tempi, parteggiare per l'uomo solo, braccato dalle forze dell'ordine, poi lesse meglio. A quanto pareva il Bello era coinvolto nel rapimento di Augusta Serpi, figlia di un noto imprenditore romano dell'edilizia, un cosiddetto palazzinaro. La ragazza mancava da casa da qualche mese e a quanto pareva, nonostante il riserbo mantenuto dalla famiglia, era stata rapita e imprigionata in luoghi sconosciuti per tutta la durata delle trattative. Ma una volta che il riscatto, si parlava di 800 milioni di lire, era stato pagato, la PS era stata in grado di rintracciare il rapitore, cioè il Molinari. Dopo lunghi appostamenti e conflitti a fuoco la polizia era riuscita a scovare l'ultimo nascondiglio del Bello, un famoso hotel a 5 stelle di Portofino. L'articolo accennava a qualche incongruenza nella storia del rapimento, del quale evidentemente la stampa aveva già parlato molto, ma di questo il Ragazzo non sapeva niente, non erano notizie delle quali i giovani politicizzati si curassero. Insomma, sembrava possibile ipotizzare che fra il rapitore e la ragazza rapita si fosse sviluppato qualche cosa che normalmente non rientra nei consueti rapporti fra vittima e carnefice: era stata battezzata la sindrome di Stoccolma. Che la bellissima diciannovenne Augusta si fosse innamorata del suo rapitore, il fascinoso marsigliese? L'articolista non era in grado di svelare la vera dinamica dei fatti, ma pareva possibile che il Bello fosse stato colto in fallo proprio perché aveva un appuntamento con qualcuno nel lussuoso hotel ligure, e questo qualcuno poteva sicuramente essere la giovane rapita, ormai totalmente succube del fascino del marsigliese. Ma adesso lui era stato arrestato e incarcerato. Se una grossa cifra di riscatto fosse stata effettivamente pagata non era dato sapere.

Il problema era che della rapita non c'era traccia. L'articolo riportava anche una foto del Bello, un trentacinquenne con le basette lunghe e l'espressione sferzante, ma, sorpresa, c'era anche la foto della ragazza rapita, e questa, il Ragazzo si dovette stropicciare gli occhi, non era altri che Eleonora.

L'ultimo boccone della brioche gli andò di traverso, non riuscì, mentre si stava strozzando, a fare altro che afferrare il gomito del Saggio e indicargli l'articolo del giornale. Quello, impegnato a sorbire lentamente il suo cappuccino, avrebbe voluto pensare ad altro, ma lesse l'articolo e inquadrò la fotografia. In breve anche Loris fu messo al corrente.

Velocemente uscirono tutti e tre dal bar, il conto fu pagato dal Ragazzo, che era l'ultimo della fila. In un minuto furono a casa, si diressero rapidamente verso la camera, ma era troppo tardi. Eleonora, o come veramente si chiamava, non c'era più.

Le giornate successive furono dedicate dai tre a una più accurata rassegna stampa. Capirono che Augusta/Eleonora era stata rapita nell'ottobre 1976. In quelle date i giornali avevano riportato molte notizie, poi, da un giorno all'altro, non se ne era parlato più. Evidentemente era stata emanata una direttiva. Occorreva lasciare che le trattative e le indagini della PS si svolgessero in libertà, senza intromissioni e senza dare ai rapitori dei punti di riferimento. Però, prima di questo blackout, si era parlato di un riscatto enorme, ma tutto sommato alla portata della famiglia.

61

Qualche giorno dopo il Saggio accondiscese a utilizzare il suo televisore portatile per dare un'occhiata al telegiornale. Toccò al Ragazzo provvedere a esporre l'antenna fuori dalla finestra.

Notizia del giorno: Augusta Serpi era tornata a casa. Mancavano altri particolari, l'importante era che la ragazza fosse incolume, così dichiarò il padre intervistato; di cosa fosse successo del riscatto nessuna notizia.

Sotto la voce dello speaker scorrevano immagini di repertorio: il dottor Serpi intervistato mesi prima sul rapimento, sua moglie affranta che probabilmente lanciava un appello ai rapitori, la bella Augusta in costume da bagno su un panfilo in Costa Azzurra. Furono passate anche immagini del rapitore, il marsigliese detto il Bello. Non erano filmati ma fotografie, risalenti forse a qualche anno prima. Abbronzato, in forma, guardava in macchina con espressione scettica, fumando una sigaretta senza filtro, certamente una Gauloises. Era vero che la ragazza non aveva resistito al suo fascino e si era innamorata del delinquente?

Il cronista si spinse un po' più avanti nelle supposizioni, affermando che secondo alcune voci la ragazza aveva riportato a casa anche i milioni del riscatto, forse con qualche decurtazione. Ma il padre si affrettò a negare il pagamento di alcun riscatto, attribuendo la felice soluzione del caso soltanto alla perizia delle forze di polizia, in particolare al capitano Miserini, il quale con grande acume era riuscito a scoprire il luogo dove veniva tenuta la sequestrata, intervenendo a tempo e a luogo.

Per i tre queste notizie furono sconvolgenti. Ognuno si era immaginata un'altra piega delle vicende e ormai si sentivano esclusi. Per loro fu traumatico vedere l'immagine della loro Eleonora, appena ritornata in seno alla famiglia, vestita da collegiale di alto bordo e pronta a essere spedita in chissà quale località centro-europea, la quale pareva stare bene, nonostante la traumatica avventura. Sembrava molto più giovane di come l'avevano vista loro.

Per i tre fu un colpo amaro rendersi conto che il loro ruolo era stato nullo. Ed Eleonora se ne era andata senza neanche ringraziare. Era tornata nell'accogliente alveo della ricca famiglia, e del fatto che per giorni degli oscuri difensori del bene si erano presi cura di lei nessuno ne parlava.

Nei giorni seguenti riscontrarono la stampa di tutte le tendenze, alla ricerca di chiarimenti. Augusta si trovava in località sconosciuta, non aveva rilasciato dichiarazioni, se non al magistrato. Se da un lato si insisteva sull'ipotesi della sindrome di Stoccolma, ovvero dell'amore sbocciato fra Augusta e il Bello – addirittura si riportavano voci sulla possibilità che fosse stata proprio lei a ritirare il riscatto, e a tentare di consegnarlo al marsigliese –, dall'altro c'era chi sosteneva che la ragazza avesse «fatto finta» di essersi innamorata del rapitore: lo aveva convinto di amarlo e così si era assicurata la sua fiducia, ed era riuscita a scappare e forse a impossessarsi del riscatto, magari per tenerselo. Lui intanto era finito dentro.

Comunque il caso era ambiguo e confuso: i ragazzi non seppero districarsi e capire quale fosse la verità. Ma chi gliel'avrebbe fatto fare a Eleonora, in possesso di ottocento milioni, di restituirli a suo padre?

«Ottocento milioni, vi rendete conto? Avevamo in macchina ottocento milioni».

«Perché, li avresti rubati?»

«Certo che no, ma erano sempre ottocento milioni».

«Ecco cosa volevano i marsigliesi, dei professionisti al soldo del Bello. Oppure lavoravano per una banda avversaria, da quelli si nascondeva Eleonora».

«Dei veri duri».

«E allora, gliel'abbiamo fatta vedere noi a quei duri».

Il Saggio si toccò il petto con la mano, come a dire: «Sono stato io». Mimò un gancio e un montante.

«E io allora?» disse Loris. «Chi li ha seminati i duri, con una guida da Formula 1, bloccandoli come dei dilettanti? E quelli sparavano col mitra, non scherzavano».

Se Loris e il Saggio avevano qualcosa di cui vantarsi al Ragazzo non venne in mente di quale atto di eroismo potesse dichiararsi responsabile e vantarsi anche lui. Gli toccò essere estremamente generico.

«Ah, quanti inseguimenti, avventure, nascondigli, situazioni estreme».

«Già, a proposito di situazioni estreme, ti ricordi che bella vomitata ti sei fatto sulla statale che attraversa le Apuane? Per poco non ci resti secco».

Al Ragazzo non piacque molto questa battuta e si indispettì con Loris, il quale pensava alla sua Abarth 850 TC.

«Anche la vecchia Seicento ha fatto il suo lavoro. In fondo è stato il suo riscatto».

«Guarda che lei contro l'Alfasud si era comportata benissimo, sei tu che hai fatto un errore clamoroso».

Si indispettì anche Loris, entrambi si chiusero nel silenzio, eguagliando il Saggio. Fumavano guardando nel vuoto.

D. arrivò che era tardi e subito si mise alla ricerca di qualche cosa da mangiare. Dopo la partenza dei suoi genitori aveva ripreso la sua arroganza tradizionale.

«Ah, voi, qua siete? Vi divertite voi tre insieme? Che fate, i vostri giochetti?... Io, purtroppo mi sono fatto una bella scopata, ma che palle, voi» disse guardando il Ragazzo con disprezzo «scopate mai? E tu, Euggenio, dov'è che ti trasferisci? Il tempo ormai è scaduto».

Loris fu come risvegliato, guardando D. gli tornarono in mente mille congetture e nuove verità, che con il caso Eleonora aveva lasciato in sospeso. Guardò D. e si alzò in piedi, fissandolo negli occhi dall'alto in basso. Poi parlò.

«Senti, grandissima testa di cazzo, sappiamo tutto».

Sappiamo che? si chiesero il Saggio e il Ragazzo.

«E che sapete voi, fresconi, che state sempre in casa a farvi le seghe, o dietro a quel rottame di macchina...».

D. non aveva capito.

Loris prese un tono che non gli era solito.

«Allora mettiamola così. Io domani vado dove so io e dico quello che so, cioè che un grandissimo stronzo si è rotto due dita infilandole in una trappola per topi, ne ho le prove, la trappola ce l'ho io, e che quello stronzo ha fatto finta di essere stato assalito dai fascisti. Domani vado alla "Nazione". Vuoto il sacco. Ti pare che il movimento ti sarebbe riconoscente? Sì, diranno, direte, che è la solita manfrina reazionaria, ma io la trappola ce l'ho davvero e ci sono tracce di sangue. Pensi ci voglia molto a determinare l'origine di quel sangue? E in ogni caso basta consultare i tuoi genitori. Vogliamo consultarli?».

D. era impietrito.

Il Saggio e il Ragazzo erano stupefatti. Loris continuò:

«Allora ti diciamo noi le cose come stanno. Il Ragazzo resta dov'è. Sei tu che te ne vai, al più presto possibile».

«Ma io... compagni... cosa volete che capiscano i miei genitori... i picchiatori... compagni...».

Al Ragazzo girava la testa. Ma come? L'innominabile veniva messo alla porta, e non aveva alternative, senza che lui sapesse perché era innominabile?

62

Molto scalpore fece l'arresto del serial killer David Berkowitz, responsabile di numerose vittime e ferimenti a New York, detto anche «il figlio di Sam», così si era definito lui stesso in una lettera lasciata sul luogo di uno dei suoi delitti, nell'aprile scorso.

«Mi ha molto ferito il fatto che tu mi abbia definito un misogino. Non lo sono. Ma sono un mostro. Io sono il "figlio di Sam". Io sono un piccolo monello. Quando padre Sam beve, diventa meschino. Picchia la sua famiglia. Qualche volta mi costringe ad andare fino al retro della casa. Altre volte mi chiude nel garage. Sam ama bere sangue. "Vai fuori e uccidi" comanda padre Sam. Dietro casa nostra qualcosa resta. Per lo più giovani – violentati e massacrati – il loro sangue ormai colato – adesso sono ossa. Papà Sam mi chiude in soffitta talvolta. Io non posso uscire ma posso guardare fuori e vedere il mondo scorrermi davanti. Mi sento un outsider. Io sono su una diversa lunghezza d'onda rispetto a tutti – programmato per uccidere. Comunque, per fermarmi dovete uccidermi. Attenzione polizia: sparatemi prima – mirate alla testa o tenetevi alla larga o morirete! Papà Sam è vecchio adesso. Ha bisogno di sangue per preservare la sua giovinezza. Ha anche avuto molti infarti. "Ugh, mi duole, mi fa male, caro ragazzo". Più di tutto mi manca la mia dolce principessa. Lei è rimasta nella nostra casa femminile. Ma la vedrò presto. Io sono il "Mostro" – il rotondo. Io amo cacciare. Girando furtivamente nelle strade cerco il bel gioco – saporita carne. Le donne di Queens sono le più carine. Dev'essere l'acqua che bevono. Io vivo per cacciare – la mia vita. Sangue per papà. Mr. Borrelli, signore, io non voglio più uccidere. No signore, non più ma devo, "onora il padre". Io voglio fare all'amore con il mondo. Amo la gente. Io non appartengo alla terra. Riportami su yahoos. Alla gente di Queens, io vi amo. E voglio augurarvi una lieta Pasqua. Possa Dio benedirvi in questa vita e nella prossima. E per adesso dico addio e buonanotte. Polizia: lasciatevi perseguitare da queste parole: Io tornerò! Io tornerò! Che va interpretato così – bang bang bang, bang, bang – ugh!!! Vostro nell'assassinio, Mr. Monster».

63

Quell'anno la Pasqua era media, quasi bassa, il 10 aprile. Il Venerdì Santo Loris recuperò la Seicento, tornava a casa per le festività e anche per dimenticarsi un po' di quello che era successo. Controllò il vano motore. Il colpo di arma da fuoco aveva preso la carrozzeria giusto sotto il lunotto posteriore. Ci piazzò sopra un adesivo della tifoseria viola, non aveva piacere che suo padre vedesse, e sicuramente se ne sarebbe accorto, che la macchina era stata presa a fucilate.

Questa volta aveva idee chiare e intenzioni serie. Bisognava scendere sotto le due ore sulla Colla di Casaglia.

Dal benzinaio fece il pieno, dette da solo una controllata alla pressione delle gomme, ai livelli. Partì dal Ponte Rosso, su per via Bolognese, alle 10 in punto.

La 850 TC aveva una prima corta e ruggente, una seconda un po' lunga e fiacca, una terza da paura e una quarta esageratamente lunga, non arrivava mai alla fine, ma con la quale sull'autostrada Loris era riuscito a portare la macchina oltre i 150 chilometri all'ora, con beneficio di inventario, perché i dati riportati dai tachimetri sono sempre da prendere con le molle.

Nel tratto più divertente, dalla Lastra a Pratolino, impostò una prestazione da record. A San Piero a Sieve era in anticipo sulla sua tabella di marcia di oltre un minuto. A Borgo San Lorenzo perse un po' di tempo per il traffico, certo fosse partito alle sei del mattino ne avrebbe trovato di meno. Prese la statale e cominciò la salita. Attraversò Ronta come un missile, poi si divertì negli zig zag della Madonna dei Tre Fiumi. A Razzuolo si cominciava a fare sul serio, con i tornanti. Sollecitava l'auto al massimo, aveva messo il Castrol. Era una scorrettezza? Quasi doping? Ecco la salita fino al passo.

Loris si stava esaltando. A ogni curva divorava l'asfalto, la freccia del contagiri era quasi sempre nella zona rossa. Vaffanculo Alfasud del mio cazzo. Stammi dietro se ne sei capace. 1200 TI, bella forza. Ma questa macchina l'ho fatta io con le mie mani, l'ho fatta diventare un mostro in officina. Non come voi, in fabbrica, dove andate malvolentieri e non sapete cosa fate, di quello che esce dalla catena di montaggio non ve ne frega niente.

Forzava in rettilineo tanto che, nonostante la salita, doveva inchiodare prima delle curve. Quelli dell'Alfasud non si curavano dell'Italietta delle utilitarie abartizzate, quella che cercava di andare oltre i propri limiti, si preoccupava dell'Italia industriale di merda del presente.

Il motore della Seicento ovvero Abarth 850 TC esplose poco prima del passo della Colla di Casaglia, metri 913 s.l.m. Il propulsore, spinto oltre ogni limite, cedette di schianto. Loris avvertì, come Niki Lauda, che c'era qualche problema di raffreddamento. E adesso? Si fermò proprio davanti al ristorante-bar al valico. E dunque quel colpo di arma da fuoco aveva perforato il filtro dell'olio?

Stava perdendo tempo, era meglio scendere subito, perché il posteriore della macchina prese fuoco come un fiammifero.

Restò a guardare la sua Seicento che andava in fumo. L'utilitaria italiana abartizzata non esisteva più.

64

Da WOW *chiamiamo* WOW *il movimento reale che si strugge e supera lo stato presente delle cose.* S.d.

SIAMO DIVERSI

Signore e signori,
di fronte a voi lo specchio.
Siamo gli agenti della 5ª Internazionale, l'ultima; quella del complotto di questi mesi.
Guerre rovinano il mondo, bombe e rapimenti, menti ricomposte si sgretolano, saggi e scienziati si arrendono di fronte alla grandezza del fatto che supera la fantasia.
Affannosamente si raccolgono i giocattoli lasciati imprudentemente sulla spiaggia prima che salga la marea. Troppo tardi.
Sabato 23 aprile a Firenze dalle 14.30 in poi, tutti i diversi si ritroveranno in piazza Santacroce per dare vita e morte alla prima MANIFESTA AZIONE FINE A SE STESSA.
Questo non è un editoriale che riepilogherà quello che già qua e là si dice. Quello che scrivo è codice cifrato che non si esplicita. Mille occhi tra le righe, eh? Tutto è pronto, oramai, le nostre telescriventi ammiccano le adesioni di organismi influentissimi dalle cantine A/traverso Manidifata Lottantina e diecine di consigli fraterni e di fabbrica che in queste ore approntano il lenzuolo

da gettare sul fantasma, Stradivario è qui solo che batte sulla... queste righe, come da ordini superiori.

Ma stradivario, segretario generale di WOW-5ª Internazionale, è già con la sua mente, oltre il presente (il presente è già vissuto).

Questi giorni sono dolorosi per la 5ª travagli interni, disgregazione forzata, espulsioni, dimissioni.

Ma per ogni alieno che cade un altro prende il suo posto.

I nostri fogli circolano, liberamente in tutto il mondo, il complotto ha le gambe lunghe.

Chi vuol essere lieto sia...

IV
Il pharmakon

65

Arrivato nell'ingresso il Ragazzo fece appena in tempo a rispondere al telefono. Era Marina, la ragazza romana del Saggio, quella con cui passava ore all'apparecchio.

«Te lo passo» le disse, un po' dubbioso sull'utilità di un comportamento del genere, visto il suo mutismo. A meno che con lei invece parlasse...

«No, non me lo passare, c'è Loris?».

Eugenio andò a vedere in camera e in cucina, ma non c'era.

«Non c'è».

«Allora posso parlare un attimo con te?».

Lui questa Marina non l'aveva mai né incontrata né vista, che voleva?

«Senti, bisogna che tu mi dica che cosa è successo a Sandro».

«Perché?».

«Perché non parla. Io gli telefono ma lui non risponde, anzi, non è che non risponde, alza la cornetta ma non dice niente. Io gli parlo ma lui no. Dopo un quarto d'ora sto zitta e poi riattacco. Che sta succedendo? Ha un'altra?».

Lui non sapeva proprio cosa dire. Non voleva immischiarsi e tanto meno spifferare a quella donna qualcosa che non lo riguardava.

«Effettivamente parla poco con tutti, anzi non parla proprio, non lo fa solo con te».

«Davvero? Ma perché?»

«Eh, non lo so, fattelo spiegare da lui».

«Ma se non parla».

«Con noi si fa capire a gesti, certe volte scrive su un foglio».

«Non ci credo, ma è impazzito?»

«Non mi pare».

«Allora mi stai dicendo che devo venire a parlare a gesti con lui?».

«No, non lo so, magari scrivigli una lettera».

«Una lettera?».

«Sì, perché no».

«E che faccio, lo lascio per lettera?».

Il Ragazzo capì che la situazione si faceva drammatica. Pronunciò qualche altra frase di circostanza e poi chiuse la telefonata.

Il Saggio era sulla porta di camera sua, che lo ascoltava.

66

Loris era tornato dalla Romagna con la Simca 1000 di suo padre, in prestito. Tanto il babbo la usava solo la domenica. La Simca era una macchina che a saperla valorizzare poteva anche dare qualche soddisfazione, ma l'umore era spento, non ne aveva la minima voglia. Al suo ritorno trovò un'atmosfera dimessa, in sintonia col suo stato d'animo. Il Saggio era muto e appartato, il Ragazzo malinconico e demotivato, erano in cucina, a fumare, uno davanti all'altro. D. non si era più visto.

Loris aprì la borsa delle provviste preparata dalla sua mamma. C'era una teglia di lasagne, un barattolo gigantesco di brodo di carne, pasta fresca, confezioni di fichi caramellati, squacquerone, culatello di Langhirano, piadine, carciofi e fave. I coinquilini non fecero festa a tutto questo ben di Dio, ed erano così concentrati sulle proprie sfighe che neanche notarono lo strano atteggiamento di Loris, abulico, assente.

Il Saggio se ne tornò in camera sua, a studiare.

A quel punto il Ragazzo aggiornò il romagnolo.

«Marina l'ha mollato».

«E tu come lo sai, visto che non parla?».

«Me l'ha detto lei. Anzi, per la precisione sono stato il primo a saperlo, prima del Saggio. A lui sono stato io a dirglielo».

«E lui come l'ha presa?».

«Mah, non particolarmente male, non ha detto niente».
Così anche Loris si sentì in dovere di aggiornare brevemente del fatto che la Abarth 850 TC non esisteva più, perché era finita arrosto sulla Colla di Casaglia.
«E adesso?».
Loris non rispose, finì di riporre la roba in frigo.

Nel pomeriggio perfino Loris si rimise a studiare, erano nove mesi e più che non dava un esame. E dire che non gliene mancavano molti, nei primi tre anni si era dato da fare, nell'ultimo si era dedicato ad altro. In questo momento era in cucina col suo libro di Husserl, le *Ricerche logiche*.
Dopo aver osservato il volume da tutti i lati lo aprì alla prima pagina del testo, saltò prefazione e introduzione.
Si grattava, sbuffava, si distraeva, si scaccolava, si metteva le mani nei capelli. Interrompeva queste attività solo per fumarsi una MS: ogni dieci minuti circa.
Poi ricominciava a sudare, ansimare, tossire, si agitava, fumava, sottolineava.
Il pomeriggio trascorse così, senza alcun profitto.

In serata uscirono per fare un giro e bere una birra. La Simca 1000 era assai più comoda della Seicento, in particolar modo nei sedili posteriori. E aveva quattro porte. Loris la portava senza forzare.
«Dove andiamo?».
«Boh?».
Arrivarono a Settignano e posteggiarono nella piazzetta dove c'è la fermata dell'autobus. Entrarono nella Casa del Popolo, i tavolini erano occupati da gruppetti di persone anziane che giocavano a carte...
Presero tre birre e se le dovettero bere in piedi perché

non c'era più posto a sedere. Stavano dietro i giocatori a guardare la partita, cosa che a chi sta giocando di solito dà fastidio.

«Giovine, mettiti da un'altra parte».

Il giovane si scostò, uscirono tutti e tre e si sedettero sugli scalini della fontana.

«Facciamo la Settignano-Fiesole?».

La fecero senza entusiasmo. A tratti il Ragazzo pensava a Eleonora, ma la sua immagine si stava un po' appannando. Il Saggio forse pensava alla sua Marina. Loris pensava all'Abarth.

In serata tornarono a casa, ciascuno mangiò in camera sua.

Prima delle dieci il Ragazzo si gettò desolato sul letto, senza neanche spogliarsi. Il Saggio prese in cucina una copia dell'«Unità» di qualche giorno prima e andò in bagno, per tentare la fortuna. Nel suo caso non c'era un buon rapporto con l'evacuazione, saltuaria e insoddisfacente. Ma mentre leggeva un articolo sull'Unione Inquilini ebbe una strana sensazione, come di sopraffazione, come se qualcosa di grosso stesse succedendo. E la peristalsi positiva ebbe la meglio, producendo, nonostante l'ora (*defecatio vespertina ducit hominem ad ruinam*) i risultati furono effettivamente straordinari, dal punto di vista qualitativo, ma soprattutto da quello quantitativo. Il Saggio provò una sensazione mai provata in vita sua, un senso di liberazione e purificazione che i Greci chiamavano catarsi. Si sentiva la testa sgombra e leggera, il corpo dinamico e fresco. Non si sa perché mise in relazione queste sensazioni con il comportamento di Marina, che adesso non faceva più parte della sua vita, non c'era più.

67

Venne la stagione degli esami, e per il Ragazzo gli esiti non furono esaltanti. Si cimentò con Filosofia della storia e Filosofia morale, etichette di puro comodo, poi il docente faceva quello che voleva. Al primo, quello sul giovane Marx, prese 28 che a quell'epoca era come prendere 5 meno alle superiori. Vigeva una regola simile a quella del 30 garantito e il professore, un uomo pacioso, gli disse chiaramente che più di 28 non gli poteva dare. Benino sul Clinamen, si era del tutto impantanato sull'Ideologia tedesca. Una settimana dopo all'esame sulla dialettica in Hegel si incasinò oltre ogni limite, ma col casino non riuscì a mascherare la sua assoluta impreparazione. Il professore gli disse di ripresentarsi.

Anche Loris dette un esame, quello su Husserl e la fenomenologia: preparato in 7 giorni, 27. Presto per lui la stagione fiorentina sarebbe finita. Come ogni anno sarebbe andato, per tre mesi, a Viserbella, a lavorare nella pensione del cugino.

Il problema era la Abarth 850 TC, nello stesso stato del giorno in cui era esploso il motore. Era custodita da un meccanico di Crespino sul Lamone, impietosito dalle condizioni del proprietario il giorno della disgrazia.

«Ti conviene comprartene un'altra» gli aveva detto desolato una volta portato lo scheletro della macchina in officina col carro attrezzi, «magari da questa qui qualche pezzo ce lo recuperi».

Loris aveva già fatto i suoi calcoli. Con quello che avrebbe guadagnato in riviera ce la poteva fare ad acquistare un'altra Seicento D e a trasformarla a dovere. Questa volta però l'obiettivo era un altro, il sogno ineguagliabile: l'Abarth 1000.

A Viserbella avrebbe lavorato duro, dodici ore al giorno, però non spendeva niente, vitto e alloggio erano gratis. Il suo incarico lì era quello del tuttofare: guidava una Fiat 127 Panorama con la quale andava a consegnare e a ritirare la biancheria in lavanderia, passava dai fornitori alimentari, si occupava della manutenzione degli impianti. La sera serviva ai tavoli, come tutti.

Ma da qui a procurarsi il milione per l'Abarth 1000 la strada era lunga.

Il Ragazzo doveva ancora sostenere l'esame di Antropologia culturale ai primi di luglio, ma quello era un 30 garantito. Sfogliava distrattamente il *Manuale di antropologia culturale* di Carlo Tullio-Altan, poco convinto della scarsa attenzione alla lotta di classe degli antropologi. Pensava al suo piano di studi, non vedeva con entusiasmo l'ipotesi di tornare in Sicilia, per l'estate. Che avrebbe fatto? Rivisto stancamente i pochi amici? Aiutato il padre in uno dei suoi negozi? Litigato con i fratelli? Ormai sentiva di appartenere a un altro pianeta: con tutto quello che aveva vissuto negli ultimi nove mesi, gli sembrava di aver fatto il militare. Ma un militare alla rovescia, dove cresci, fai esperienze, non hai nessuna nostalgia di casa, non ti annoi. Certo, ora era depresso e sfiduciato, ma in quel modo per cui ti senti superiore a come eri prima: un uomo vissuto.

Si era convinto di passare almeno il mese di luglio a Firenze, insieme al Saggio, il cui programma era quello di studiare ininterrottamente fino a ottobre, per la nuova sessione di Anatomia patologica. D'altronde anche il Ragazzo doveva studiare e riuscire a superare l'esame su Hegel, doveva impegnarsi, e fargliela vedere a quello stronzo.

68

Il Ragazzo si alzò dal letto, cercò di scuotersi. Sul comodino aveva un'edizione Garzanti de *Il ventre di Parigi*, tanto criticato da Lukács. Purtroppo di teoria del romanzo non ne sapeva niente e inavvertitamente preferiva Zola a Balzac, il contrario di quello che doveva fare un buon marxista.

Si affacciò alla finestra per ritirare le mutande stese ad asciugare sul filo, sul quale di solito cacavano i piccioni.

Sorpresa delle sorprese, accanto alla finestra di Cristina c'era un foglio attaccato con lo scotch. Intelligentemente, peraltro, perché in quella posizione, a meno che non si fosse spenzolata fuori dalla finestra, la madre non lo avrebbe potuto vedere.

Sul foglio c'era scritto: «VORREI INCONTRARTI».

Un turbine di vertigine prese il Ragazzo, dovette mettersi a sedere per non precipitare. Ma come? Quella canaglia adesso si rifaceva viva? Con quale coraggio, dopo che lo aveva prima illuso e poi sfruttato per le sue bassezze?

Da più di un mese non l'aveva rivista, con tutto quello che era successo era quasi riuscito a dimenticarla, e adesso quella tornava a girare il coltello nella piaga.

Eh no, eh no, mai più. Non ci casco! Chissà cosa vuole, che le regga il moccolo un'altra volta? Non è roba per me, ne ho viste troppe ormai, ne è passata di acqua sotto i ponti.

Pareva risoluto, non avrebbe abboccato, a nessun costo. Mai e poi mai.

Tale determinazione non durò più di cinque, sei minuti. Dopo questo intervallo di tempo era già più possibilista, fino a diventare flessibile. Sono proprio curioso di sentire cosa ha da dirmi! E dopo: forse ci ha ripensato, forse ha sofferto, pensando a me.

Ci fu la telefonata, fissarono un appuntamento per uscire insieme.

Morale della favola il giorno dopo, alle otto e mezza di sera il Ragazzo suonò il campanello dei signori Bettini. Cristina scese fresca come una rosa, in abbigliamento primaverile.

«Dove andiamo?».

«Ho sentito dire che c'è un locale nuovo, un po' off. Dice che fanno musica interessante. Si chiama Banana Moon».

«Va bene».

Decisero di andare a piedi, d'altronde non avevano alternative.

Lungo il tragitto Cristina si affannò a dare le dovute spiegazioni, si abbandonò a una sessione fiume di scuse. Le era dispiaciuto moltissimo trattare Eugenio in quel modo, aveva pianto tanto a proposito. Era stata male. Ma adesso andava detto che prima di tutto la sua relazione con Andrea era terminata. Quello era un infame, la costringeva con la forza a stare con lui, e lei aveva paura di troncare, perché temeva la sua reazione. Con lei faceva i suoi sporchi comodi (quanto sporchi?), una relazione intossicata, nella quale anche lei aveva perso il senso delle cose.

Però negli ultimi tempi lei era riuscita a prendere le distanze, non ne poteva più.

Poi era successo un fatto tremendo – non si sentiva di raccontarlo, non era pronta – che aveva portato alla rottura definitiva.

Il Ragazzo non osò chiedere quale fosse stato questo fatto tremendo, lei continuava a raccontare, ne aveva subite di tutti i colori.

Alla fine veniva fuori che la vittima era lei, ma lui non si rese ben conto di questo ribaltone, già non capiva più niente, sedotto da quella confessione, e pervaso dal desiderio bruciante di afferrare Cristina e tirarla a sé.

Raggiunsero il locale off, in un palazzo di Borgo degli Albizi, quartiere Santa Croce.

Il posto non era granché a vedersi, uno scantinato buio e umido, non c'era molta gente. Fra i frequentatori individui un po' diversi dal solito, fricchettoni, ex hippies, addirittura un travestito. Quella sera non c'era il concerto dal vivo, bensì musica disco. Non sembrava il solito jazz club, pareva un club e basta.

Il Ragazzo e Cristina bevvero una birra a mezzo, la musica era molto forte e li trascinava via.

Solo dopo le dieci qualcuno si mise a ballare, dopo un po' si lanciarono anche loro. Va detto che all'epoca non era così frequente lasciarsi andare nelle danze, sulle note di musica di intrattenimento puro, con effetto liberatorio. Il movimento seguiva gruppi come gli Area di Demetrio Stratos o la Premiata Forneria Marconi, musica d'avanguardia bellissima ma assolutamente imballabile. Invece KC and the Sunshine Band e Donna Summer ti facevano venir voglia di muoverti e Cristina ed Eugenio si buttarono in pista. Si agitavano un po' sguaiatamente, senza i rudimenti necessari, ma in fondo chi li guardava? Il loro abbigliamento non era particolarmente creativo, ma chi se ne frega? Si divertivano.

Cristina mostrò di disporre di una grande quantità di energie da sfogare, si scatenò molto oltre le aspettative. Eugenio, che in assonanza col suo nome di battesimo non era privo di una certa dose di ingenuità, non aveva capito che il locale era gay friendly, termine allora in Italia assolutamente sconosciuto, ma forse già in uso a San Francisco.

Purtroppo, quando l'ambiente cominciava a scaldarsi e arrivava gente di tutti i tipi, erano già le undici. Cristina doveva essere riaccompagnata a casa, uscirono fuori che erano tutti sudati.

Nel viaggio di ritorno si dettero la mano. Cristina riuscì a non parlare di quella bella ragazza che aveva intravisto in camera di Eugenio, molto tempo prima.

Davanti al portone ci fu un castissimo bacetto, sul quale il Ragazzo, una volta a letto in camera sua, ricamò moltissimo. Ma prima i due si erano salutati dalla finestra, caldamente.

69

Un pomeriggio il Ragazzo e Cristina decisero di andare al cinema, a vedere *Il deserto dei Tartari*, il nuovo film di Valerio Zurlini, tratto dal romanzo di Dino Buzzati. Era la storia di una guarnigione austriaca, fra fine Ottocento e inizio Novecento, distaccata in una fortezza ai margini dell'Impero, Forte Bastiano, ai confini con la Turchia, o anche più in là. Il Ragazzo non aveva letto il libro, non ne sapeva granché, però rintracciava nel film un preciso tono antimilitarista, che apprezzava nei pochi momenti in cui si distaccava da Cristina, con la quale si slinguazzò per tutto il primo tempo. I due giovani si toccavano dappertutto, per fortuna la sala era semivuota e potevano agire indisturbati. Poi però anche loro arrivarono al limite della resistenza. Lei era surriscaldata e anche un po' bagnata, lui era arrapato come non mai e in tutto il corpo sperimentava fenomeni di vasodilatazione, a partire dalla faccia, che era tutta rossa. Più o meno alla fine del primo tempo, quando il sottotenente Drogo (Jacques Perrin) si sente rifiutare dal generale (Philippe Noiret) la sua richiesta di trasferimento per motivi di salute, visto il certificato medico firmato dal maggiore medico (Jean-Louis Trintignant), e deve tornare nella fortezza, dopo che Giuliano Gemma (maggiore Matis), in una inusitata parte dello stronzo, aveva fatto morire Laurent Terzieff, i due decisero di uscire dal cinema. Senza bisogno di parlarne si avviarono verso via

IX Febbraio. Per fortuna il film lo davano al cinema Vittoria, una di quelle sale di semiperiferia, appartate, a pochi passi dalle loro rispettive case. L'unico momento in cui tornarono per una breve pausa in controllo di loro stessi fu nell'attraversare con cautela la luce del portone. Lei poteva essere vista e riconosciuta. Ma non lo fu. In pochi attimi furono nella stanzetta. Lui mise sul piatto un disco dei Kinks e presto si ritrovarono avvinghiati sulla branda.

Nonostante il letto fosse piccolo, i due corpi nudi trovavano il modo di muoversi molto e di sguciare uno sull'altro come due salamandre. Il Ragazzo era in uno stato di eccitazione indicibile, ma non sapeva cosa fare di preciso, per evitare una eiaculatio ultra-precox spontanea, quasi a vista, addirittura prima di un qualsiasi tentativo di penetrazione, come l'altra volta, lasciando lei nella frustrazione, e magari con l'idea di averne anche qualche responsabilità. «È che mi piaci troppo» era la frase pronta all'uso, anche se Loris gli aveva espressamente vietato di usarla. In realtà Cristina di questi problemi non se ne faceva affatto, ma quando percepì che Eugenio, appena montato su di lei, già era venuto, capì che ci sarebbe stato da pazientare. Non era riuscito ad andare oltre due o tre colpi di pelvi. Ma l'eiaculazione era stata neutra, liscia, povera, quasi un'emissione involontaria di liquido, si poteva vederlo a occhio nudo, era più trasparente che lattiginoso. Il Ragazzo aveva letto da qualche parte che queste cose succedono, fra l'altro questa sorta di pre-eiaculazioni sono le più rischiose perché una resti incinta. In effetti il pensiero, tardivo, si affacciò alla sua mente ove prese forma la seguente domanda: «Mah, potevo andare?».

Lei gli disse di stare tranquillo.

Il Ragazzo ebbe il buon gusto di non chiedere a Cristina se era venuta, comunque si accese una sigaretta, nell'imbarazzo. Rifletteva. Ma allora era veramente questo scopare? Era tutto qui? Era questo l'amore? Me l'aveva detto Loris, pensò, forse era meglio se mi masturbavo in precedenza, così con lei avrei fatto miglior figura.

Era mortificato, temendo che lei dell'accaduto non se ne fosse neanche accorta, lei lo guardava perplessa, domandandosi perché quello si fosse fermato lì.

Ma lei fu abile e comprensiva. Sdraiata sulla branda in modo disinibito chiese: «Ma secondo te Giuliano Gemma quale figura rappresenta? Il militare idiota che applica il regolamento alla lettera, oppure il proletario orgoglioso della sua capacità di lottare per una causa, al contrario della casta aristocratica che regge il forte, e tutto l'esercito austriaco?».

Questo ragionamento ebbe il merito di distrarre il partner e di metterlo a suo agio, fecero una breve conversazione, parlarono del più e del meno, finché non si avvinghiarono di nuovo.

Lei mostrava più esperienza del previsto, ma l'esperienza del Ragazzo era talmente scarsa che non aveva neanche i mezzi per valutare quella altrui. Finalmente, come per magia, si avviò la seconda penetrazione e le cose andarono diversamente. Lui si mise a pompare gagliardamente e questa volta mostrava resistenza e vitalità. La cosa durò un bel po', almeno rispetto al primo tentativo, e cominciava a provare nuove sensazioni. Si sentiva una turbolenza che gli prendeva tutto il corpo, non pensava più a niente, non attendeva più niente, era come se qualcuno gli avesse sensibilizzato ogni centimetro di pelle e provava un abbandono attivo, un trasporto travolgente, un abisso estatico che si concretizzò, al momento opportuno, in un brivido infinito e squassante, raggiunse i limiti dell'ultragodimento, un'esperienza che non aveva mai provato prima, un bagliore dell'animo. Ma nessuno l'aveva avvisato, ne fu sorpreso e trascinato, non ebbe visioni tipo cascate del Niagara o Maelstrom oceanici, ma insomma, ci andò vicino. E poi anche dopo tanti e tanti colpi eiaculatori, come era bello continuare, col pisello che rimaneva gonfio e insistente, e ne voleva ancora, di gaudio.

A cose fatte, mentre Cristina era ancora fra le sue braccia, il Ragazzo pensò di avere un'intuizione mistico-egoistica. Questa cosa, pensò, non me la potrà mai togliere nessuno, è mia, qualsiasi cosa succeda in futuro.

E riprendendo fiato, obnubilato, riusciva a malapena a vedere Cristina, la sentiva solamente, morbida e calda, si accese una sigaretta nella convinzione di aver portato a termine il suo viaggio nell'iperspazio: poteva lei aver goduto meno di lui?

E districatosi dalle volute di lei, uscitone fuori, lasciò al silenzio produrre i suoi effetti. Poi disse:

«Ma secondo te Max Von Sydow che cosa rappresenta? È un personaggio positivo o negativo? Insomma, è lo spirito della patria che assorbe tutte le negatività, oppure è l'incarnazione della perdita di coscienza, della perdita del "sé", in relazione alla minaccia del male, un male indefinito e ignoto?».

Cristina si mise a ridere.

«Ma che sei scemo?».

Il Ragazzo sogghignò benevolo. Ormai il mondo era ai suoi piedi.

Tornò da lei e la strinse di nuovo, già pronto, data la sua giovane età, a un'altra prova d'amore.

Cristina gli parlò con affetto e senza far uso di particolari tecnicismi.

«Vedi, io per avere un orgasmo devo avere una stimolazione del clitoride, allora, ti spiego come fare, se tu ti metti dietro, vedi, mettiti così, allora, da davanti, devi toccarmi così, e poi così, hai capito? Sono fatta in questo modo, quindi tu, ohh», le era già entrato dentro da dietro, «ecco, dammi la mano, non avere timore, ecco, ohh, tocca qui con gentilezza ma anche con decisione».

Cristina gli guidava la mano, mentre lui già percepiva nuovamente l'interezza del contatto con lei. Si impegnò con disinvoltura nel massaggio clitorideo, mentre lei gli toccava delicatamente i testicoli, e la base del membro in entrata e in uscita. Fu un gaudio reciproco, che durò dei lunghissimi minuti, alla fine portò entrambi a un godimento così pieno che nessuno dei due poi ebbe, per qualche altro minuto, la voglia di dire niente.

Per il Ragazzo era tutto nuovo, per lei anche, visto che il suo ganzo precedente non aveva mai dimostrato tanta pazienza nel toccare le corde fondamentali.

Alla fine giacquero entrambi spossati e rapiti, col fiato grosso e l'ottimismo della volontà.

Finalmente il Ragazzo vide Cristina totalmente abbandonata nelle sue braccia e si sentì in estasi. Erano sospese le schermaglie, i sospetti, i dispetti, erano entrambi in balìa l'uno dell'altra, una sensazione nuovissima, a quello che sembrava dalla sua espressione, anche per lei. Era questo l'amore? Entrambi, nella trance erotica, pensarono che questo era più che amore, era qualcosa di superiore, di indefinibile, di sublime, se gli fosse venuta la parola in mente. Ma la cosa superlativa era che nessuno dei due sentiva il bisogno di trovare parole, erano in uno stato di completezza, un vertice di beatitudine di confidenza e tenerezza, tanto che si muovevano entrambi nudi per la stanza, illuminati da quell'incantevole, a questo punto, luce salmonata, si sentivano in un guscio cosmico, appartenenti a tutta l'umanità e anche alla natura in sé.

70

Nei giorni successivi i due dedicarono tutti i pomeriggi a fare l'amore in modo continuo e ininterrotto. Cristina diceva alla mamma che andava a studiare da una sua amica, la solita (era imminente l'esame di maturità), e si fiondava dal Ragazzo. La prima botta avveniva nel giro di un paio di minuti da quando lei varcava il portone d'ingresso. Poi procedevano con più calma, fino alle sette e mezza di sera.

Dopo due o tre giorni lei optò per non andare nemmeno a scuola: alle otto e venti suonava il campanello, alle 13.45 tornava a casa a mangiare, alle 14.25 era di nuovo al civico 25. I due interrompevano solo per mangiare qualcosa, biscotti, crackers, in camera, non certo in cucina, se no perdevano troppo tempo.

Il record fu raggiunto un giorno che Cristina aveva ottenuto il permesso di uscire la sera con Eugenio: quindi fecero tre turni, mattina pomeriggio e sera, al diavolo il cinema o i locali off.

Gli studi di entrambi ne risentirono parecchio, furono del tutto abbandonati.

Le frequentazioni del Ragazzo con Loris e il Saggio si ridussero drasticamente. Entrambi ne conoscevano il motivo – e come poteva essere diversamente –, ogni tanto incrociavano Cristina in cucina oppure sulla strada del bagno. Loris osservava stupito e contento, come se fosse merito suo. Il Saggio *sapeva* che invece il merito era suo e quando fumava una sigaretta la dedicava al giovane innamorato.

Questi ormai si era dimenticato di tutto ciò che non fosse Lei: dall'università alla famiglia, dal Movimento del '77 agli amici, dalla Seicento (ferma) all'US Ragusa, nonostante per la prima volta nella storia avesse raggiunto la serie C.

Gli innamorati, quando Cristina era in casa dei suoi, si salutavano dalle rispettive finestre. Una volta arrivarono a masturbarsi entrambi, guardandosi l'un l'altra.

Non esistevano più né il tempo né lo spazio.

Quel pomeriggio si erano lasciati andare a discorsi più astratti del solito, sull'amore e il sole dell'avvenire.

Erano le sette di sera, nel giro di poco tempo Cristina avrebbe dovuto rivestirsi e tornare a casa. I due si guardavano teneramente, spossati e felici.

Questo stato d'animo portò Cristina a fumare una sigaretta. Lei di solito non fumava, qualche cicca se l'era fatta, da ragazzina, ma ora era diverso, e con la sigaretta in bocca si avvicinò alla finestra, le tendine erano discoste. E così, in piena rilassatezza, si espose completamente nuda alla stessa finestra che in qualche maniera era stata il cancello del loro amore, il passaggio visivo e comunicativo del loro sentimento, il minuscolo accesso del loro incontro, la finestra del desiderio. E così lei, per un istante, meditò, alla finestra, davanti alla quale stava quella della sua cameretta, appartenente a un'esistenza passata, superata, quasi antica, che nulla più aveva a che fare con i nuovi raggiungimenti, le nuove risultanze del destino e della perdizione nell'amore.

Peccato che sua madre non la pensasse nella stessa maniera, e in quel preciso istante si trovasse proprio nella sua cameretta, ma al buio però, in incognito, allo scopo di una banale perquisizione. E così quando la signora Bettini, dando un'occhiata fuori dalla finestra, vide sua figlia, nuda, lasciva, intenta a fumare una sigaretta, nella camera di quel ragazzo di cui, provvisoriamente e non completamente, si era fidata, si scatenarono reazioni emotive in netto contrasto con quelle di pace e di amore che si erano sviluppate nella cameretta di fronte.

La mattina dopo Cristina non si fece viva. Era andata a scuola? Poteva dirlo, no? Eppure non venne nemmeno nel pomeriggio, il Ragazzo guardò dalla finestra, in camera di Cristina non c'era nessuno. Provò più volte a telefonarle, scese anche per strada e suonò al campanello dei Bettini. Niente. Si erano volatilizzati. Che fosse successo qualcosa di brutto, al padre o alla madre? O a lei? Gesù Santo, si sentì venire meno. Passò una giornata da incubo, aggirandosi come un fantasma per il quartiere, non sapeva dove battere il capo. Qualcosa di grave era sicuramente accaduto.

La mattina seguente, di buon'ora, esasperato, andò al Liceo Classico Dante, frequentato dalla ragazza. La vide, accompagnata dal padre fino all'entrata. Restò tutta la mattina fuori del liceo-ginnasio, lei era là dentro. Lo stesso padre la andò a riprendere all'uscita e la caricò in macchina in fretta e furia.

Lui riuscì a parlare con una compagna di classe di Cristina: così venne a sapere che la ragazza si era trasferita con padre e madre in una casa in campagna fuori Firenze, a San Donato in Collina, dagli zii. Qui i genitori la tenevano sotto chiave, a studiare per l'esame. Mancavano pochi giorni alla fine dell'anno scolastico.

Il Ragazzo lasciò un messaggio scritto alla compagna per Cristina.

Il giorno dopo tramite la stessa arrivò una lapidaria risposta: «È tutto finito. Mia madre mi ha visto in camera tua, sanno tutto. Ti amo. Non ci vedremo mai più».

71

Eugenio avrebbe voluto distruggere l'intero universo e anche i signori Bettini. Nessuno avrebbe potuto convincerlo che fra lui e Cristina era tutto finito, piuttosto immaginava qualsiasi gesto, anche il più estremo, financo uccidere, se questo poteva servire a farlo tornare insieme a Lei. Si fece prestare la Simca, era talmente stravolto che Loris si preoccupò, soprattutto per la macchina. Ma non poté rifiutare, se no l'amicizia che cos'è? *Amicus certus in re incerta cernitur.*

Camuffato come meglio poteva il Ragazzo attese che il signor Bettini venisse a prendere la figlia a scuola e appena questo ripartì iniziò a seguirlo, fino alla casa di campagna dove avevano segregato la ragazza. Un altro sequestro di persona?

Mentre guidava ne pensò di tutte: principalmente irrompere nel casolare, salvare Cristina e portarla via, magari in Sicilia, o ad Amburgo, o a Parigi.

Nessuno avrebbe potuto separarli mai più.

Si appostò sul retro della colonica, nascosto dietro un rovo, si graffiò abbondantemente ma neanche se ne accorse. Quando fece buio si cominciava a vedere qualcosa di più, alcune stanze avevano le luci accese... In una finestra al piano di sopra la luce in realtà non si era mai spenta. A un certo punto qualcuno si affacciò. Aveva i capelli mossi e biondi, era Lei. Provò il desiderio fortissimo di urlare, di fare sapere a Lei e a tutto il mondo che l'amava e che l'avrebbe portata via da lì: loro non si sarebbero mai separati, non era possibile altrimenti.

Ma riuscì a restare in silenzio, la posta in gioco era troppo alta.

Prima o poi la lasceranno sola, e io entrerò in azione. Partiremo il prima possibile ma ogni cosa deve essere organizzata alla perfezione...

Quando tornò a casa Loris era in ansia: «E la Simca?».

«Tutto a posto, è qua sotto».

Durante il viaggio aveva avuto modo di elaborare il piano, che prima di tutto andava comunicato a Cristina, avrebbe contenuto istruzioni dettagliate. Quindi, lasciando Loris e una porzione di tagliatelle in asso, si dedicò con scrupolo a redigere il messaggio definitivo per Cristina. Eccolo:

Cristina,
amore mio grandissimo. Spero che questa lettera arrivi nelle tue mani. Dovesse arrivare nelle mani sbagliate auguro loro di morire sul colpo del peggiore dei tumori.

Saperti segregata, lontana dalle mie braccia, mi fa diventare pazzo. Non posso stare senza di te, il cuore mi esplode nel petto, sarei pronto a tutto... Ma bisogna stare calmi, calmi, e organizzare tutto alla perfezione. Non ci fermeranno, a nessun costo, ma bisogna essere freddi e determinati. Vogliono farci perdere la testa e invece noi non la perderemo e la faremo funzionare. Eseguiremo il mio piano come un orologio a cronometro. Ecco quello che faremo: se vogliamo fuggire deve essere per sempre, non ci devono ritrovare mai più, anche se siamo entrambi maggiorenni e nessuno può decidere per noi. Noi ci rifaremo una vita, lontano. Andremo a Parigi e lì vivremo, studieremo, lavoreremo, impareremo il francese. Fuggiremo in treno: raggiungeremo Ventimiglia e poi da lì Marsiglia, Lione, Parigi. Ci nasconderemo nei quartieri più malfamati, in locali poco raccomandabili. Lì nessuno verrà a cercarci. Chi ci darà i soldi? Io a casa ho una piccola cifra, qualche centinaia di migliaia di lire, in un libretto al portatore che mi regalò mio nonno, e sul quale nonna aggiunge qualche soldo a Natale o per il mio onomastico. So dove mia madre lo nasconde. Per i primi tempi basterà. Poi lavorerò, a costo di andare a scaricare le casse di frutta ai mercati generali. E magari, col tempo, ci iscriveremo alla Sorbona. Per questo occorre che tu porti a termine l'esame di maturità, se no come fai a iscriverti? Ma come potrai fuggire dal tuo carcere? Ho pensato a tutto, bisogna soltanto avere pazienza, aspettare l'ultimo giorno degli esami, quello degli orali. Il piano prevede che appena finito l'orale tu ti assenti un momento per andare in bagno, da lì fuggirai sul retro dove io sarò ad aspettarti. Poi ci nasconderemo nel territorio, per qualche giorno, e raggiungeremo Ventimiglia attraverso percorsi alternativi.

Ecco come farai a comunicare con me: avvolgi come ho fatto io il messaggio su un sasso o altro oggetto e scaglialo nell'oliveta sotto casa di tua zia. Io andrò a recuperarlo, con l'oscurità. Mi devi solo comunicare la data e l'orario dei tuoi orali, io poi farò un sopralluogo a scuola, vedrò da quale porta tu potrai sgattaiolare fuori.

Senza farti notare ti porterai dietro una borsa con le cose che ti servono, il nostro sarà un lungo viaggio, senza ritorno. Domani mandami una risposta nel modo che ti ho detto.

Ti amo come nessun altro ha mai amato nessun'altra, ti stringo forte. Il nostro amore è più forte di qualsiasi altra cosa.

Erano le due di notte quando il Ragazzo comunicò a Loris, il quale stava fumando in cucina, intento a lavorare a certe parole crociate, che riprendeva la Simca.

Quello cercò di sollevare qualche obiezione ma il Ragazzo era già partito. Dopo poco più di mezz'ora era di nuovo sul retro della colonica.

Scagliò il sasso con la lettera appallottolata intorno. Questo entrò nell'apertura della finestra come un coltello nel burro. Un buon segno.

Quando tornò a casa vide la luce della stanza del Saggio ancora accesa. Non ebbe il coraggio di disturbarlo per raccontargli le ultime novità, quello comunque non avrebbe detto niente. Stava leggendo per l'ennesima volta *Il lungo addio* di Raymond Chandler.

72

Il giorno dopo il Ragazzo raggiunse San Donato in Collina nel tardo pomeriggio, con un mezzo delle autolinee SITA, sul quale ebbe modo di provare sintomi di nausea, con tutte quelle curve. Ma la posta era troppo alta per mettersi a vomitare sulla vettura. Indossava degli occhiali da sole molto scuri che aveva comprato in una bancarella vicino alla stazione. Arrivò in paese e camminando lungo i muri, col bavero rialzato, cercò di farsi notare il meno possibile. In questi piccoli paesi, si sa, un forestiero non passa mai inosservato, soprattutto se si dirige a piedi verso l'aperta campagna. Continuava a volgere la testa a destra e a sinistra, per assicurarsi di non essere seguito. Muovendosi come un ladro e indossando, col cielo grigio all'ora del tramonto, quei vistosi occhiali neri, non sarebbe potuto riuscire meglio a destare sospetti.

Comunque dopo una ventina di minuti raggiunse la colonica e la circumnavigò, provando a rendersi invisibile.

Fece appena in tempo a sentire due voci, gente che usciva dal fienile posto di fronte al corpo principale della fattoria. Eugenio si vide spacciato, si guardò intorno, nessun riparo dove nascondersi. A meno che... Ebbe la fortuna di trovarsi proprio accanto alla porcilaia. Aprì il chiavistello e senza indecisioni ci si lanciò dentro.

Si trovò in mezzo al buio assoluto e a un puzzo micidiale di escrementi di maiale. Se la porcilaia era stata abbandonata, non era avvenuto di recente. Lo strame era freschissimo, si trovò immerso in questo troiaio (nel vero senso della parola), fino alle ginocchia. E il piccolo locale, alto poco più di un metro, non era vuoto, c'era qualcuno. Accese la torcia elettrica che aveva acquistato nella stessa bancarella degli occhiali da sole.

Le dimensioni della scrofa erano gigantesche. Cominciò a grugnire, fissando lo sconosciuto con intenzioni aggressive. Per giunta comparvero due maialini saltellanti, che la madre redarguì, ponendosi fra loro ed Eugenio, il suo verso diventava sempre più acuto e selvaggio. Il ragazzo aveva sentito dire che le scrofe, soprattutto se hanno con loro i cuccioli, sono animali assai pericolosi e feroci, che col loro morso d'acciaio ti potevano sbriciolare. E con tutta probabilità non c'era bisogno di disfarsi del cadavere, poi ci pensava lei.

Eugenio manteneva il raggio della torcia negli occhi del maiale, che attendeva il momento opportuno per sferrare l'attacco. Ecco che si mosse, e rapidamente atterrò l'uomo e gli si lanciò addosso, bloccandolo a terra.

Si mise ad annusarlo, ogni tanto ringhiava. Fu l'annusata più lunga della vita di Eugenio Licitra. Ma non condusse l'animale a scelte bellicose. Si alzò, tornò dai piccoli, parve calmarsi. Evidentemente il Ragazzo non era di suo gradimento. Questo ne approfittò per rialzarsi e gettarsi fuori dal portoncino.

Era completamente cosparso di merda, ma fuori non c'era nessuno. Si fece il segno della croce.

In quelle condizioni raggiunse l'oliveta sul versante in discesa, e si mise a cercare la pietra col messaggio avvolto, la risposta di Cristina. Sperando di trovarla, e che in primo luogo lei l'avesse scritta. D'altro canto potevano le sue istruzioni essere più chiare? E se lei non

avesse risposto di proposito? Atroci e velocissimi dubbi
gli attraversarono la mente. No, non è possibile, Cristina
mi ama quanto io amo lei. E poi una risposta si dà sempre, anche se negativa. Ma no, a quest'ipotesi non ci
voleva neanche pensare.

Riaccese la torcia elettrica, angosciato faceva saettare
il cono di luce in mezzo agli olivi, tanto diversi da quelli
della sua Sicilia. Con la bava alla bocca setacciava ogni
metro quadrato, ma il messaggio non si trovava. Studiò
la possibile traiettoria, scese più in basso immaginandosi
che il proiettile fosse potuto rotolare giù. Niente da
fare, non c'era. Cominciava a essere travolto dai dubbi:
e se mi avesse già dimenticato? E se non mi rispondesse
apposta? Se non avesse nessuna intenzione di fuggire
con me a Parigi?

Proprio mentre si poneva queste domande scivolò sul-
l'erba bagnata, cadde e rotolò giù per il ciglione, pic-
chiando spalle, braccia, fianchi contro tutto quello che
c'era di fronte, pietroni, radici divelte, andò a urtare
un vecchio erpice abbandonato e arrugginito. Lì si fermò
e, stordito, stava per perdere i sensi. Scosse la testa,
cercò di tornare in sé, e quando ci riuscì sentì una mano
robusta che si posava sulla sua spalla destra. Era il signor
Bettini.

73

Lo scudetto spagnolo nell'anno 1976-1977 fu vinto dall'Atlético Madrid, dopo il consueto biennio di egemonia del Real.

Il campionato finì il 22 maggio 1977 e l'Atlético vinse la Liga con un solo punto di vantaggio sul Barcellona.

Clamorosa fu l'esclusione del Real Madrid dalle coppe europee, essendosi piazzato solamente all'ottavo posto. La Spagna proprio in quei giorni stava vivendo momenti decisivi, in quanto erano imminenti le prime elezioni democratiche del paese dopo 36 anni di dittatura. Poteva essere un caso che il Real, simbolo preferito del regime franchista – e c'è chi dice anche più volte favorito per questo –, fosse finito così in basso proprio quell'anno? Un tempo l'Atlético era la squadra per cui tifavano gli operai.

Il Caudillo era morto nel novembre 1975, reinsediando al suo posto la monarchia di re Juan Carlos I. Da allora il re gestì la cosiddetta fase di transizione, di cui le elezioni politiche del 15 giugno 1977 rappresentarono uno dei passaggi chiave.

La Spagna, quasi incredula, viveva momenti di fermento popolare, sociale e culturale. Furono riammessi partiti che per decenni erano stati dichiarati illegali, primo fra tutti il Partito Comunista. La campagna elettorale visse momenti di grande intensità, e anche qualche episodio di tensione: si presentava anche Alleanza Popolare, nella quale militavano i franchisti moderati, e Alleanza Nazionale, il partito dei falangisti irriducibili. All'entusiasmo per la prima manifestazione delle libertà democratiche, fra cui quella di informazione, faceva da contraltare la paura che le forze reazionarie tornassero ai metodi tradizionali di violenza e repressione.

A esclusione dei gravi incidenti nei Paesi Baschi, 17 morti, il periodo pre-elettorale procedette in una incredibile «normalità».

Le elezioni, seguite con grande interesse in tutta Europa, col fiato sospeso, premiarono l'Unione di Centro Democratico, il partito di Adolfo Suárez, uomo noto per i numerosi incarichi all'epoca del regime franchista nonché ex presidente del governo durante la transizione democratica.

La Spagna tornava a far parte dell'Europa. Non furono pochi i giovani italiani che nell'estate del 1977 andarono in Spagna a respirare la nuova atmosfera, in caso a dare il proprio contributo alla lotta dei compagni spagnoli.

«E che cosa?».

«Il cuore».

«Ma sta morendo? Che successe?».

La madre non fu molto chiara, diceva che papà si stava riprendendo ma fu poco persuasiva. Però aggiunse che anche Pinuccia sarebbe presto arrivata da Bologna, in giornata.

«Ma mamma, io in questo momento non posso venire... ho gli esami, ho da studiare, devo...».

La madre si fece molto seria: Eugenio non aveva alternative.

Lui promise di mettersi sopra un treno appena trovava il biglietto.

Passò un'ora buona alla biglietteria della stazione, finalmente si procurò un posto sul Torino-Reggio Calabria, in partenza l'indomani mattina. E Cristina? E Parigi?

In fondo a casa doveva tornarci per forza a prendere il suo libretto di risparmio. Mica pensavano che lui si sarebbe arreso alla prima difficoltà... Ma ora come comunicare con lei, come farle sapere che... Comunque non era male cambiare aria per qualche giorno, penseranno che mi sono arreso, lei non lo penserà mai... nel frattempo io...

75

C'era mestizia, silenzio e clima di smobilitazione in via IX Febbraio. D. non si era fatto vedere, d'altronde l'ultima cosa che interessava il Ragazzo era salutare quel porco.

La sera alle otto e mezzo il Ragazzo, riconoscibile per l'imponente bendatura sul naso, il Saggio e Loris si ritrovarono per la cena: al mattino il Ragazzo sarebbe uscito molto presto e visto che era l'ora degli addii, il Saggio provvide al fiasco di vino, Loris si produsse in delle lasagne al ragoût.

Anche lui era in partenza e aveva preparato i suoi bagagli: lasciava la stanza per l'estate.

La cena si svolse rapidamente e in silenzio, rutti esclusi, nella fase di meditazione e delle sigarette. Fu tutt'altro che brillante e la plafoniera era di nuovo piena di mosche.

A parlare si decise il Ragazzo, con la voce nasale determinata dai tamponi nelle narici.

«Beh, se ti va, ce ne sarebbe un altro».

«Un altro che?».

«Un altro quiz».

«No, lascia perdere, non sono dell'umore».

«Se è per quello neanch'io. Però questo è molto difficile».

Loris assunse un'espressione scettica. «Vabbè, vai avanti con 'sto quiz».

Doveva ancora fare i bagagli. Mentre faceva la valigia ripensava alle sue prospettive e scuoteva la testa.

Per prima cosa riempì due borse, una non bastava più, coi suoi libri di studio. Sapeva che in quella stanza non poteva lasciare niente di suo, altrimenti avrebbe dovuto continuare a pagare l'affitto, e chissà se sarebbe mai tornato. Dalla Sicilia avrebbe direttamente raggiunto Cristina, ovunque fosse, per portarla via, strapparla dalle mani dei suoi aguzzini, costasse quello che costasse. E allora di sicuro non avrebbe potuto tornare in via IX Febbraio. Lì li avrebbero ritrovati subito. Invece loro due sarebbero fuggiti in treno, subito, per la Francia. Quindi l'idea era, dopo qualche giorno in Sicilia per sistemare le cose, di tornare in incognito, e via! Con lei!

Passò agli indumenti, molti dei quali non erano puliti. Li pressò a forza nella valigia e vuotò l'armadio.

Sul fondo trovò una busta di panno. E questa? Pesava parecchio.

La aprì e dentro c'era un oggetto impossibile a non riconoscersi, una pistola, una automatica di piccole dimensioni. C'erano anche sei proiettili, sciolti.

Il Ragazzo si mise a sedere sul letto, guardando l'oggetto appoggiato sul cuscino, fra paura e attrazione. Chi ce l'aveva nascosta nel suo armadio, forse Eleonora? O forse qualche compagno che stava sbagliando?

Ma il problema era grosso: con le nuove leggi, sottoscritte anche dal PCI, se ti trovavano un'arma in casa, anche se non ne sapevi niente, per te era finita, andavi dentro per favoreggiamento fino a data da destinarsi. Ma bastava molto meno di una pistola, per esempio una tanica di benzina. Per Loris si presentavano tempi difficili.

Eugenio fu preso dal terrore.

76

Il Ragazzo sul treno, seduto nello scompartimento, era come pietrificato, gli occhi sbarrati. Non aveva dormito più di un'ora, almeno così credeva. Il suo destino, i suoi pensieri, i suoi piani, facevano corto circuito nella sua mente. Sentiva un peso addosso che lo schiacciava, quello del mondo intero.

Guardava dal finestrino la campagna piatta della Val di Chiana, accanto a lui un signore occhialuto leggeva il «Corriere della Sera». Di fronte c'era un giovanotto in divisa da militare, il quale sfogliava l'ultimo numero de «Il Tromba», rivistina soft porno a fumetti per gli amici di Onan.

Il Ragazzo, sotto questo aspetto, aveva deciso, non si sarebbe mai più masturbato in vita sua. Giudicava che ormai quel periodo l'aveva superato. Cercava disperatamente di dormire, di non pensare a niente, ma non ci riusciva, gli venne in mente che se lui avesse smesso di studiare il militare lo avrebbe dovuto fare, e tale pensiero lo agghiacciava. Ma io sarò a Parigi, o a Berlino, a Edimburgo, col cazzo che farò il militare. Ormai con l'Italia io ho chiuso! Ma, a proposito, smetterò di studiare?

A Roma il signore con gli occhiali scese, assieme al soldato di leva, salirono i passeggeri diretti in Sicilia, con i quali avrebbe condiviso una quindicina di ore di viaggio, anche di più se arrivavano a Siracusa. Vicino

zionale, i menù speciali, da Tindari a Santa Maria di Pompei.

Ripensando alla Freccia del Sud, Ripensando alla Freccia del Sud, Ripensando alla Freccia del Sud...

Nella psiche del Ragazzo il distacco dalla realtà si stava facendo avanti. Sentiva che stava diventando pazzo e l'immagine che stava prendendo quasi tutto lo spazio a disposizione era quella della pistola, la potenza e la paura. Per rassicurarsi cercava di ricordare i momenti più belli della sua veramente breve relazione con Cristina. Cercava di riportare alla memoria, come tipicamente fanno gli innamorati, le scene del loro idillio, minuto per minuto. Le frasi dette, quelle non dette, gli occhi, le labbra, le natiche.

Gli pareva, con orrore, che le immagini si andassero annebbiando e che tutti quei chilometri in treno già fossero al lavoro, per oscurare, sostituire, allontanare la Sua immagine, come farebbe un viaggio in nave verso l'Islanda. Tentava di concentrarsi, di rivivere gli istanti di passione. Tutto quello che ne ricavava però era una fastidiosa erezione, del resto questa era un'evenienza frequente, in treno.

Donna amante mia, donna amante mia, ripensando alla Freccia del Sud, cos'era, una rivelazione?

«Modestamente il timballo di anelletti come lo faccio io è il numero uno. Mia nonna me lo insegnò». Eugenio si fece certo che le due signore non erano parenti.
«Beh, il ragù lo do per scontato, mezza macinata di maiale, mezza di manzo, poi concentrato e piselli. Ma

quello che conta è il ripieno. Per semplificare certa gente manco le uova sode ci mette, e alcuni nemmeno le melanzane fritte. Ti rendi conto? Io ci metto rigorosamente la scamorza, si può usare anche il caciocavallo, non è un'eresia... ma la mozzarella no, siamo impazziti? Ci vuole la scamorza, se no quella fa acqua e ti rovina tutto, e la cottura al forno non la regge, babbìi? La mozzarella col prosciutto cotto non si combina, almeno secondo me».

Ripensando alla Freccia del Sud, Ripensando alla Freccia del Sud, Ripensando alla Freccia del Sud...

I seminaristi scambiarono qualche altra opinione sui prezzi. Gli storni, gli sconti, i termini di pagamento, il numero minimo di partecipanti. Poi si stufarono. Fu spenta la luce.

Il Ragazzo nel corridoio si accese una sigaretta, guardando quelle campagne oscure, ogni tanto tenui bagliori di centri abitati... in mezzo alle montagne, qualche luce di paesi, anche il fievole rosso di un incendio lontano. Non aveva fatto in tempo a prendersi una cuccetta, ma sarebbe stato meglio? Con quei lenzuolini sintetici dall'odore indescrivibile, i materiali letterecci.
Nello scompartimento tutti dormivano o almeno ci provavano. Per fortuna il ragazzino col mangiadischi aveva ceduto al sonno, così come i due seminaristi. Era buio fitto.
Anche Eugenio provò a dormire. Cadeva dal sonno, ma si susseguivano scene terrorizzanti o violente come fosse al cinema.

Indice

Questo volume è stato stampato
su carta Arena Ivory Smooth
delle Cartiere Fedrigoni
nel mese di luglio 2021

Stampa: Officine Grafiche soc. coop., Palermo

Legatura: LE.I.MA. s.r.l., Palermo

Il contesto